SINN UND FORM

BEITRÄGE ZUR LITERATUR

HERAUSGEGEBEN VON DER
AKADEMIE DER KÜNSTE

75. JAHR / 2023 / 6. HEFT

November / Dezember

SINN UND FORM

Redaktion: Postfach 21 02 50, 10502 Berlin, Akademie der Künste, Hanseatenweg 10, 10557 Berlin, Tel. 030/20057-2220, -2221 oder -2222, Fax 030/20057-2223, E-Mail sinnform@adk.de, www.sinn-und-form.de. ISBN 978-3-943297-74-4. ISSN 0037-5756. Satz: Dörlemann Satz, Lemförde. Anzeigenverwaltung: Agentur Hanne Knickmann, Theaterstraße 7, 69117 Heidelberg, Tel. 06221/6734 2-50, www.kulturzeitschriften.net. Druck: Thiele & Schwarz GmbH, Kassel. Printed in Germany. Der Chefredakteur ist v.i.S.d.P. Bei unverlangt eingesandten Manuskripten ohne beiliegendes Porto keine Rücksendung. Beurteilungen werden nicht gegeben. Auf den Textseiten erscheinen in der Regel keine Literaturangaben und Anmerkungen. Nachdruck eines Beitrages während der gesetzlichen Schutzfrist nur mit Genehmigung der Redaktion. Die Zeitschrift erscheint zweimonatlich. Jahresbezugspreis einschließlich Versand 45,00 € (Inland) und 60,00 € (Ausland). Einzelheft 11,00 €. Vorzugsabonnement für Schüler und Studenten 34,00 € (Inland) und 45,00 € (Ausland).

Bestellungen von Abonnements und Einzelheften: tableau, Neumagener Straße 27, 13088 Berlin, Tel. 030/4236606, Fax 030/4285 0078, E-Mail tableau@t-online.de. Zuschriften, die den Inhalt betreffen, sind an die Redaktion, solche, die den Bezug angehen, an die Firma tableau zu richten. Das Abonnement kann spätestens sechs Wochen vor Ablauf des Bezugsjahres gekündigt werden. Die Mindestbezugsdauer beträgt ein Jahr. Die Kundennummer ist unbedingt anzugeben.

INHALTSVERZEICHNIS

NATASCHA WODIN, TANJA WALENSKI

»MAN KANN DEN ABGRUND NICHT BESCHREIBEN, SOLANGE MAN SICH DARIN BEFINDET«

Ein Gespräch über die Angst, das Unsagbare und Wörter als vorletzte Wahrheit

TANJA WALENSKI: Ihr Leben erscheint wie das Aschenputtel-Märchen. Im September 2022 haben Sie mit dem Joseph-Breitbach-Preis einen der höchstdotierten Literaturpreise der Bundesrepublik verliehen bekommen. Noch immer erreichen Sie Einladungen zu Lesungen in der ganzen Welt. Aber nicht im Licht hat Ihr Leben begonnen, sondern als Kind von Zwangsarbeitern in Dreck und Armut. Sie waren immer Außenseiterin – als Mädchen, als Bürgerin, als Schriftstellerin. Ist da ein Wunder geschehen? Oder liegt Ihrem heutigen Erfolg ein hart erarbeitetes Lebenswerk im Schreiben zugrunde?
NATASCHA WODIN: Das Schreiben kann in der Tat sehr hart sein, aber ich habe nie an einem Lebenswerk gearbeitet. Daß ich immer mit den Worten kämpfen mußte, gehörte einfach dazu, es liegt in der Natur der Sache und hat nie etwas daran geändert, daß das Schreiben mein Ort war, meine Zuflucht, meine Arche. In meinem Leben sind mir mehrere Wunder widerfahren, und das größte war zweifellos, daß ich meine Mutter gefunden habe – sechzig Jahre nach ihrem Tod. Ich konnte das Buch »Sie kam aus Mariupol« schreiben, das war ein großes Glück für mich. Das zweitgrößte Wunder war der Erfolg des Buchs, das inzwischen die zehnte Auflage erreicht hat und in alle möglichen Sprachen übersetzt wird. Menschen in Vietnam, in Griechenland, in Japan lesen jetzt die Geschichte meiner Mutter. Das hätte sie sich nie träumen lassen, und ich mir auch nicht.
WALENSKI: Ihre Beziehung zur Welt war lange zwiespältig, sie erinnert an Christa Wolfs Medea. Diese Figur lebt vereinsamt in einer Höhle, an einem Ort innerhalb und gleichzeitig außerhalb der Gesellschaft. Durch Ihre Angsterkrankung Agoraphobie sind Sie jahrzehntelang kaum aus der Wohnung gekommen. Haben Sie einen Großteil Ihres Lebens verpaßt?
WODIN: Eindeutig ja. Meine Außenweltphobie war noch weitaus schlimmer als meine Kindheit. In meiner Kindheit und Jugend hatte ich wenige Chancen, später, als ich zu schreiben und zu veröffentlichen begann, öffneten sich mir viele Türen. Aber ich konnte durch kaum eine dieser Türen gehen, ich konnte die Angebote, die mir das Leben machte, nicht annehmen und blieb gefangen in den Mustern meiner Kindheit. Das ist auf jeden Fall die psychologische Deutung. In

meiner Kindheit, als ich wirklich von vielem bedroht war, hatte ich keine Angst. Aber als ich so etwas wie ein rettendes Ufer erreicht hatte, stürzte die Angst wie ein nicht endender Steinschlag auf mich ein. Eine Angst ohne jeden Grund. Der einzige Grund war die Angst selbst, die Angst vor der Angst. Ich lebte wie eine Gefangene in jeder meiner Wohnungen, immer auf den nächsten Einschlag der Angst gefaßt. Das Leben ging an mir vorbei, ich saß immer nur am Schreibtisch und suchte nach Worten für das, was mir widerfuhr. Ich habe diese Worte nie gefunden. So sind meine Bücher entstanden – auf der Suche nach den Worten für die Angst, den Worten für ein Buch, mein eigentliches Buch, das ich nicht schreiben konnte.

WALENSKI: Haben Sie sich aus dem Leben herausgeschrieben oder ins Leben zurückgeschrieben?

WODIN: Beides.

WALENSKI: Die Publikation von »Sie kam aus Mariupol« mit zweiundsiebzig Jahren war der Wendepunkt. Aus sozialer Isolation heraus wurden Sie ins Licht einer großen Öffentlichkeit katapultiert. Woher kam der Mut, plötzlich im Rampenlicht vor Hunderten Menschen zu lesen und zu sprechen?

WODIN: Es war der Mut der Verzweiflung. Ich wußte, daß es meine letzte Chance war. Hätte ich abgelehnt, wäre die Tür zur Welt für immer zugeschlagen, wäre ich wohl nie mehr herausgekommen aus meiner fast lebenslangen Einzelhaft. Am Anfang war jede Lesereise ein Alptraum. Inzwischen ist es Routine geworden. Das genieße ich immer wieder: daß das einst Schrecklichste etwas Alltägliches und sogar Erfreuliches geworden ist.

WALENSKI: »Einzelhaft«: Der französische Philosoph Gilles Deleuze sagte einmal, im Akt des Schreibens liege der Versuch, das Leben aus dem zu befreien, was es einkerkert.

WODIN: Das Schreiben kann selbst zum Kerker werden in dem Versuch, aus dem Kerker auszubrechen. Aber das Ausgangsmotiv ist zweifellos immer auch das Verlangen nach Befreiung, man möchte seine eigenen inneren Grenzen überwinden, die Not und Verzweiflung, in der man eine existentielle Verengung erlebt. Es ist auch der Versuch, dem Tod zu entkommen, die irrwitzige Hoffnung, Unsterblichkeit zu erlangen.

WALENSKI: »Sie kam aus Mariupol« wurde inzwischen in sechzehn Sprachen übersetzt, darunter ins Ukrainische und Chinesische. In dem 1,4-Milliarden-Einwohner-Land stand es mit fünfzehn Auszeichnungen auf der »Annual Awards List 2021«, darunter auf Platz 3 in der Kategorie der besten sozialwissenschaftlichen Dokumentationen. In der Topliste der Frauenliteratur – ausgewählte Literatur von Frauen für Frauen – werden Sie als »Hüterin des weinenden Feuers« geführt. Weshalb sind die Chinesen so berührt von Ihrem Text?

WODIN: Das ist mir selbst ein Rätsel. Ich habe gehört, daß dort auch Holocaust-Literatur hoch im Kurs steht. Es soll so etwas wie Stellvertreterliteratur für die Chinesen sein, die noch keine Möglichkeit hatten, ihre eigene traumatische Geschichte zu bearbeiten. So wenden sie sich erst einmal an Bücher aus anderen Ländern, in denen sie auf die politische und persönliche Auseinandersetzung mit der Vergangenheit stoßen. Aus keinem anderen Land, in dem meine Bücher übersetzt wurden, kamen so betroffene, gefühlsstarke Reaktionen. Aus China hatte ich das am wenigsten erwartet, da den Chinesen ja der Ruf besonderer Verschlossenheit anhängt. Auch die Buchcover sind mit einer ungewöhnlichen Emotionalität gestaltet, sehr intelligent und gleichzeitig so dramatisch, wie wir es uns hier wohl kaum je erlauben würden. Könnte ich eine so weite Reise noch bewältigen, würde ich nach China reisen. Das Land interessiert mich sehr.
WALENSKI: Ausgerechnet ins Russische wurde der Text bislang nicht übersetzt.
WODIN: Nein, ins Russische wurde nie etwas von mir übersetzt. Ich scheine dort nicht in die Landschaft zu passen. Ich weiß nicht, ob das politische oder ganz andere Gründe hat. Vielleicht besteht bei den Lesern kein Interesse daran, wie eine im Ausland geborene und lebende Russin Rußland sieht. Im Grunde bin ich darüber aber nicht unglücklich, weil Rußland immer eine sehr ambivalente Liebe war, immer auch Beunruhigung und Verwirrung. Hätte man mich dort übersetzt, wären wohl neue Beziehungen entstanden und hätten wieder an die frühere Ambivalenz gerührt, an eine einst lebensgefährliche Wunde, die inzwischen verheilt ist.
WALENSKI: »Sie kam aus Mariupol« ist ausschließlich am Schreibtisch entstanden, ohne daß Sie je in die ukrainische Stadt gereist sind.
WODIN: Ich kann die vielen Lesungen, die ich gemacht habe, nicht mehr zählen, aber für eine Lesereise nach Mariupol hat es nicht gereicht. Abgesehen von einer gewissen Berührungsangst vor so viel potentiell enttäuschender Realität fand in der Ukraine bereits der Vorkrieg des jetzigen Krieges statt. Die Reise wäre nicht ganz ungefährlich und auf jeden Fall sehr strapaziös gewesen. Das konnte ich als Ausrede benutzen, um mir mein inneres Mariupol nicht nehmen zu lassen.
WALENSKI: Wie in »Sie kam aus Mariupol« wird auch im Roman »Nastjas Tränen« (2021) die Sowjetunion als eine mörderische Diktatur gezeichnet, die postsowjetische Ukraine nach 1991 als ein in Armut, Korruption und Oligarchenherrschaft versinkendes Land, als eine »Bananenrepublik«. Nach Beginn des russischen Angriffskrieges am 24. Februar 2022 haben Sie sich öffentlich mehrfach gegen den Krieg geäußert, nie aber die Unabhängigkeitsbewegung und die Orientierung nach Europa, die staatliche Souveränität und den Willen der Ukrainer zu politischer Freiheit erwähnt.

WODIN: Ich kann für die Ukraine nur hoffen, daß ihr Freiheitswille, ihre Sehnsucht, Teil der europäischen Familie zu werden, die in Wahrheit auch immer eine russische Sehnsucht war, nicht enttäuscht werden. Ihre staatliche Souveränität ist unantastbar, das versteht sich von sich selbst. Putins Aggression hat unermeßliches Leid über dieses Land und seine Menschen gebracht. Ob man dieses Leid mit immer mehr Waffenlieferungen beenden kann, weiß ich nicht, ich bin weder Politikerin noch Militärexpertin. Aber das, was im Moment aus der Ukraine zu uns herüberschwappt, erscheint mir sehr gefährlich. In meinen Büchern kann man nachlesen, was ich als Kind russisch-ukrainischer Zwangsarbeiter im Nachkriegsdeutschland an Diffamierung und Russenhaß erfahren habe. Dieser rassistische Haß hat mich in meiner Kindheit fast vernichtet und dazu beigetragen, daß meine Mutter sich das Leben genommen hat. Seit Kriegsbeginn erleben wir eine neue Dimension dieses Hasses, der aus der Ukraine kommt. Man bezeichnet die Russen als Orks, das Böse aus dem Weltraum, als Unrat, als Tiere, als genetisch verdorbene Rasse, die nicht nur nicht zu Europa gehört, sondern nicht zur Welt, ja nicht einmal zur Menschheit. Die Grausamkeit wird als Teil russischer Kultur beschrieben, Denkmäler russischer Schriftsteller werden dort zertrümmert, Puschkin, Tolstoj, Turgenjew, Pasternak, Anna Achmatowa und alle anderen gelten in toto als Wegbereiter des russischen Überfalls auf die Ukraine. Deutschland wird aufgefordert, keine russischen Deserteure aufzunehmen, da man geflüchteten ukrainischen Frauen den Anblick russischer Männer nicht zumuten könne.

Ich habe in meinem Leben zum Glück nie einen Krieg erlebt, ich weiß nicht, wie man in einem Krieg empfindet. Vielleicht ist dieser fast biblische Völkerhaß das gute Recht der Ukrainer. Was mich aber zunehmend verstört, ist, daß deutsche Medien diesem Haß den roten Teppich ausrollen, daß er teils gefeiert und beklatscht wird. Ukrainer, die vehement Waffenlieferungen fordern und keine Argumente gegen eine militärische Lösung gelten lassen, werden mit Friedens- und Menschenrechtspreisen geehrt. Man fordert praktisch von jedem Russen, daß er oder sie sich politisch erklärt.

Es scheint vollkommen in Vergessenheit geraten zu sein, daß Deutschland im letzten Jahrhundert die Sowjetunion überfallen und dort an die dreißig Millionen Menschen getötet hat. Ich rede nicht von den weiteren Millionen, die als Zwangsarbeiter verschleppt wurden und als Kriegsgefangene umgekommen sind. So wie einst die Eltern, so gelten jetzt deren Kinder und Kindeskinder wieder als das Böse in der Welt, als Bestien und Barbaren. Man wagt kaum noch auszusprechen, daß sie vielleicht trotz allem Menschen sind. In Wahrheit fühle ich mich jetzt in Deutschland immer weniger zu Hause – ein bitteres Ende meiner Geschichte in diesem Land.

WALENSKI: In einem Interview in der Schweizer Wochenzeitung WOZ sagten Sie: »Ich weiß nicht, ob die Ukrainer:innen wirklich meine Freiheit verteidigen, ob sie wissen, was ich unter Freiheit verstehe.« Was verstehen Sie unter Freiheit?

WODIN: Freiheit ist ein sehr komplexer Begriff. Freiheit muß man aushalten können. Dostojewski läßt den spanischen Großinquisitor in »Die Brüder Karamasow« sagen, daß die gesamte Menschheit und jeder einzelne Mensch von Anbeginn nichts mehr fürchtet als die Freiheit. Vielleicht ist das falsch, aber meines Erachtens ist Freiheit sehr viel mehr, als seine Meinung sagen zu dürfen, zu reisen, alles zu lesen, was man lesen möchte. Wird dem Menschen das verwehrt, fühlt er sich unfrei, geknechtet. Aber ist es ihm erlaubt, bedeutet das noch lange nicht, daß er sich frei fühlt. Die meisten Menschen sind gefangen in sich selbst, in ihren inneren Verstrickungen. Richtig ist aber auch, daß erst die politische Freiheit uns erlaubt, das zu erkennen. Um uns diese Erkenntnis zu ersparen, läßt der Großinquisitor den auf die Erde zurückgekehrten Christus zum zweiten Mal kreuzigen, weil er gekommen ist, den Menschen die Freiheit zu bringen. Wir haben also nur die Wahl, Kinder des Großinquisitors zu bleiben oder uns auf die gefahrvolle Reise zu uns selbst zu machen, uns abzunabeln und unser in jedem Augenblick gefährdetes und immer tödlich endendes Leben auf uns zu nehmen.

WALENSKI: Ihre Eltern wurden beide in politischer Unfreiheit sozialisiert, Ihr Vater noch im Zarismus, Ihre Mutter im Sowjetsystem. Beider Leben geriet in der NS-Zeit in den »Reißwolf zweier Diktaturen«, wie Sie schreiben. Gab es da intergenerationelle Übertragungen?

WODIN: Meine Eltern haben mir wohl vor allem die Angst übertragen. Nicht nur meine Eltern, auch die Umwelt lieferte einem »Russenkind« im Nachkriegsdeutschland genug Gründe für lebenslange Angst. Mein Vater war zwar absolut antisowjetisch eingestellt, aber ich glaube, er hat mir auch die sowjetische Autoritätshörigkeit übertragen. Lange wußte ich gar nicht, daß man auch nein sagen kann. Ich wußte nicht, daß ich ein Mitspracherecht über mein eigenes Leben habe. Das hat mir auch meine Mutter vermittelt in ihrer Melancholie, in ihrem uferlosen Gefühl der Aussichtslosigkeit. Ich war ein vollkommen determiniertes Wesen.

WALENSKI: Sie konnten die russisch-ukrainische Familiengeschichte Ihrer Mutter rekonstruieren, in der Sie beide einen festen Platz in einem Stammbaum haben.

WODIN: Meine Mutter hat sich in einem Fluß ertränkt, als ich zehn Jahre alt war. Mein Leben lang wußte ich so gut wie nichts über sie. Als ich sie sechzig Jahre später im Internet gefunden habe, in einem ukrainischen Forum, war das ein Wunder für mich. Ich war immer ein Mensch mit Luftwurzeln gewesen, ich kannte nichts anderes, aber plötzlich wuchs mir ein riesiger Stammbaum zu, ein ganzer Wald, in dem ich mich ständig verirrte. Es dauerte eine Weile, bis ich begriff, daß ich kein herkunftsloser Mensch war, daß ich, wie alle andern auch, in der Menschheitsgeschichte wurzelte. Das, wovon ich in meinem vorherigen Leben nichts gehabt hatte, fiel mir jetzt in Überfülle zu – eine Hiobsgeschichte.

WALENSKI: Wie würden Sie heute Ihre Identität beschreiben? Mehrere Ihrer Ich-Erzählerinnen sprechen über ihr Dasein auf einer Grenze, die durch alles hindurchlaufe.

WODIN: Ich werde oft nach meiner Identität gefragt, aber ich weiß eigentlich nicht so recht, was das sein soll. Ich glaube, ich habe so etwas nicht. Ich fühle mich weder als Deutsche noch als Russin noch als Ukrainerin, oft komme ich mir vor wie meine eigene Erfindung. Wenn ich in meine alten Bücher schaue, kann ich nicht immer unterscheiden, ob ich das, was ich da lese, erlebt oder ob ich es erfunden habe, ob es also Wirklichkeit oder Fiktion ist. Wenn ich mich über etwas definieren müßte, dann wären es das Schreiben und die Angst, über die ich nie geschrieben habe. Diese allgegenwärtige Grenze, die Sie ansprechen, war früher die Grenze zwischen der russischen und der deutschen Kultur. Inzwischen fühle ich mich weitgehend auf der deutschen Seite verortet. Die russische Kultur ist kein Gegensatz mehr, sondern eine Bereicherung.

WALENSKI: Zu Ihren Urerfahrungen in der deutschen Gesellschaft gehörte das Gefühl des Ausgestoßenseins, der sozialen, kulturellen und räumlichen Fremdheit. In den meisten Ihrer Texte ist das Nichtdazugehören und Anderssein der eigentliche Stoff. Was ist Ihnen heute in der deutschen Gesellschaft fremd?

WODIN: Ich habe lange Zeit die deutschen Chiffren, gesellschaftlichen Übereinkünfte und Konventionen nicht verstanden. Das schuf eine Fremdheit, für die ich bis heute nicht die richtigen Worte gefunden habe. Es war eine Art Kaspar-Hauser-Syndrom. Inzwischen habe ich das natürlich alles entziffert, aber die einstige Fremdheit läßt sich nicht endgültig aus den Körperzellen entfernen. Darüber hinaus fehlt mir an den Deutschen wahrscheinlich am meisten eine kleine Portion Wahnsinn. Da ist so viel Ernsthaftigkeit, Bravheit, politische Korrektheit und Selbstgerechtigkeit. Und mir graut vor der Spaß- und Glücksgesellschaft, vor der zunehmenden Anonymisierung und Menschenformatierung, obwohl letzteres nichts spezifisch Deutsches ist, sondern eine beängstigende Entwicklung auf dem gesamten Globus. Vertraut sind mir meine deutschen Freunde. Ich bin zu Hause in der deutschen Literatur, in der deutschen Musik, die Berliner Philharmonie nenne ich mein Wohnzimmer. Ich könnte mir mein Leben ohne Gluck, Händel, Beethoven, Mozart nicht vorstellen. Ich weiß nicht, wer ich wäre, wenn es die Resonanz auf diese Musik in mir nicht gäbe.

WALENSKI: In Ihrem ersten Text »Die gläserne Stadt« von 1983 fühlt sich die in Deutschland lebende Ich-Erzählerin trotz ihrer Muttersprache Russisch auch in Moskau fremd. Sie macht eine doppelte Fremdheitserfahrung. Wie fremd ist Ihnen Rußland und Russisches heute?
WODIN: Ich war vor vier Jahren nach sehr langer Zeit wieder einmal in Moskau und habe die Stadt nicht wiedererkannt. Eine Megacity zwischen futuristischen Skylines und zaristischem Pomp, ein allgegenwärtiger, fast biblisch anmutender Tanz ums Goldene Kalb, achtspuriger Verkehr auf den Straßen. Das Leben hat eine solche Geschwindigkeit, daß ich nach einer Woche das Gefühl hatte, ich wäre um ein Jahr gealtert. Als ich nach der Landung in Schönefeld aus dem Taxifenster schaute, kam mir Berlin wie ein Dorf aus dem letzten Jahrhundert vor. Aber meine früheren Reisen nach Moskau waren keine eindeutigen Fremdheitserfahrungen. Ich hatte noch nie so viel Wärme, Austausch, Humor erfahren, ich war noch nie so geistreichen Menschen begegnet. Es gab viele Momente, in denen ich mich zum ersten Mal in meinem Leben zu Hause fühlte. Aber ich hatte auch ein Leben in Deutschland, und die Sowjetunion war eine Diktatur. Ich geriet in eine Zerrissenheit, die ein lebensgefährliches Ausmaß erreichte. Jetzt habe ich nur noch Gräber in Rußland, mit den Jahren sind alle meine damaligen Freunde gestorben.
WALENSKI: Der andere, der fremde Blick Ihrer Erzählerinnen auf die Gesellschaft eröffnet diesen einen Freiheitsraum, einen Hort an Widerständigkeit in ihrem Anderssein. Die Figur Nastja in »Nastjas Tränen« (2021) verweigert während ihres langen Aufenthalts in Deutschland den Spracherwerb und die Integration. Sie lebt in ihrem habituellen Schutzraum als Homo Sovieticus weiter und läßt das Fremde fremd bleiben. Erwarten die westlichen Gesellschaften von Migranten eine Anpassung, die nicht zu leisten ist?
WODIN. Das frage ich mich oft. Ich denke, zu einer Annäherung kann es sowieso nur von zwei Seiten kommen. Aber wenn Migranten diese Annäherung nicht möchten, wie es zum Beispiel bei meinen Eltern, bei Nastja und vielen anderen der Fall war, warum sollte man sie dazu zwingen? Solange sie die Gesetze einhalten und die Regeln des friedlichen Zusammenlebens nicht brechen, gibt es in meinen Augen nichts dagegen einzuwenden, wenn sie lieber unter sich bleiben. Wir leben ja sowieso längst in einer multikulturellen Gesellschaft, und ich finde, das funktioniert ganz gut in Deutschland, von Ausnahmen abgesehen.
WALENSKI: Alle Ihre autofiktionalen Texte sind Erinnerungssubstrate, in denen sich eine Erzählerin, Ihr Alter ego, mit Lebens- und Liebesereignissen auseinandersetzt. Summiert man alle diese Texte, liest man den Entwurf Ihres zweiten Lebens. In »Erfindung einer Liebe« (1993) heißt es einmal: »Vielleicht bin ich die Schriftstellerin meiner eigenen Geschichte, meine eigene Projektion.« Welche Beziehung haben Ihr Ich und Ihr fiktionales Ich zueinander?

WODIN: Ich kenne den Unterschied nicht. Wir sind eine Legierung.

WALENSKI: In Ihren Texten finden sich immer wieder Reflexionen über das Schreibenmüssen, es ist von einem »Schreibzwang« die Rede und davon, daß »die Stoffe unerbittlich Schlange« stehen. War Schreiben eine Therapie für die Kindheitstraumata und die Angststörung? Was zieht Sie an Ihren Lebensplatz Schreibtisch?

WODIN: Das Schreiben ist die Suche nach einer Form für das Formlose, der Versuch, das Chaos zu bändigen. Ich bearbeite beim Schreiben keine psychischen Probleme, das passiert an anderer Stelle. Ich gerate bestenfalls in einen Zustand der Selbstvergessenheit, den Zustand von Kleists Tausendfüßler, der nichts davon weiß, wie er seine tausend Füße einen vor den andern setzt. Eine bessere Therapie gibt es nicht.

WALENSKI: Der Tausendfüßler läuft auch durch die Erstfassung Ihrer Erzählung »Das Singen der Fische« (2001).

WODIN: Der Tausendfüßler läuft irgendwie durch alles, was ich schreibe. Die Erzählung zu diesem Gleichnis ist Kleists »Marionettentheater«. Es geht um den Moment der Bewußtwerdung seiner selbst, die Vertreibung aus dem Paradies, in das es kein Zurück mehr gibt. Man kann nur noch die Reise um die Welt machen, um nachzusehen, ob das Paradies hinten wieder offen ist. Der Protagonist des »Marionettentheaters« schafft es nicht, sich auf diese Reise zu machen. Er bleibt für immer in seiner mißglückten Bewegung stecken, er überlebt den Verlust dessen nicht, was Kleist die natürliche Grazie nennt. Im Grunde macht dieser Text mein eigenes Schreiben überflüssig, Kleist hat schon alles gesagt, was ich sagen will: Mein Schreiben kreist immerzu um den unsagbaren Moment, in dem wir uns unserer selbst bewußt werden und unsere Unschuld verlieren.

WALENSKI: Der Kleistsche Protagonist weist auch auf »die Sache der Paradoxe« hin, wir kommen noch darauf zu sprechen. Nach »Nastjas Tränen« wollten Sie aufhören zu schreiben. Gibt es noch dieses Schreibverlangen, den Rausch im Schreiben?

WODIN: Ich habe schon nach dem Buch über meine Mutter gedacht, daß ich alles gesagt habe, daß es jetzt genug sei. Ich wollte mir einen dieser modernen Relaxsessel kaufen und für den Rest meines Lebens nur noch Musik hören. Dazu hatte ich erst einmal keine Zeit, weil ich ständig Interviews gab und auf Lesereisen war, aber als es etwas ruhiger wurde, fing ich natürlich doch wieder an zu schreiben. Inzwischen ist mir klar, daß es für mich keine Alternative gibt, obwohl das Schreiben eine sehr ungesunde Beschäftigung für meinen Körper ist. Man sitzt ständig. Aber ich habe mir statt des Relaxsessels einen höhenverstellbaren Schreibtisch gekauft, an dem ich abwechselnd sitzend und stehend arbeiten kann.

WALENSKI: Schreibwahn, Schreibwahnsinn, ist es eine verrückte Dimension in einem selbst?

WODIN: Die verrückte Dimension unseres Lebens ist für mich die Welt, in die wir hineingeboren werden. Gerade jetzt erleben wir ihren Wahnsinn wieder in hoher Potenz – in der ukrainischen Heimat meiner Mutter, in ihrer Geburtsstadt Mariupol, die zum dritten Mal in hundert Jahren zerstört wurde. Die Kriege hören nicht auf, Millionen Menschen auf der Welt hungern, ertrinken zu Tausenden in den Meeren, andere werden gejagt, gefoltert, die Natur wird immer weiter vernichtet, obwohl man weiß, daß es längst fünf vor zwölf ist. Der Mensch scheint ein determiniertes, grausames und unbelehrbares Wesen zu sein. Schreibend versucht dieses Wesen, die Welt, in der es lebt, und seine eigene Wahrheit zu ergründen, vor allem in den Schichten unter dem Sichtbaren, wo das Eigentliche erst beginnt. Schreiben ist der Versuch, das Rätsel zu lösen. Das allerdings ist zweifellos ein wahnhafter Versuch.

WALENSKI: Kann man im Schreiben auch Leben kompensieren?

WODIN: Kompensieren schon, aber es bleibt ein Ersatzleben. Zeitweise habe ich das Schreiben gehaßt, weil es der Ausdruck meiner Niederlage im Leben war.

WALENSKI: Paul Celan schrieb, daß der Dichter »zeltlos (…) und damit auf das unheimlichste im Freien (…) wirklichkeitswund und wirklichkeitssuchend mit seinem Dasein zur Sprache« gehe. Sie waren mit sechzehn ein Jahr lang obdachlos und beschrieben Ihr Ausgesetztsein in »Einmal lebt ich« (1989) und in »Irgendwo in diesem Dunkel« (2019). Es sind Nächte auf Friedhöfen und in Kohlekellern, mit einer selbst vorgenommenen Abtreibung nach einer Vergewaltigung. Aber auch die anderen Texte sind gekennzeichnet von Gewalt und seelischem Leiden, Dunkelheit und Ausweglosigkeit – der Leser bleibt mit wenig Hoffnung zurück.

WODIN: Die Tatsache, daß etwas beschrieben ist, bedeutet, daß es ausgelitten und so überlebt wurde. Nicht nur rein physisch, sondern auch seelisch, geistig, sonst hätte man nicht darüber schreiben können. Man kann den Abgrund nicht beschreiben, solange man sich darin befindet. Man muß ihn von oben, von außen betrachten können. Man entfernt sich von seinem Gegenstand, indem man ihn beschreibt, sagt Margaret Atwood. Das Schreiben über den Abgrund birgt immer auch eine Überlebensbotschaft. Das könnte eine Hoffnung für den Leser sein.

WALENSKI: Welche Rolle spielt der Leser für Sie? Ist er Bestandteil des Schreibprozesses?

WODIN: Wenn ich an den Leser denken würde, könnte ich nicht schreiben. Da würde mir ständig jemand über die Schulter schauen, der es besser weiß. Aber manchmal begleitet mich ein Schriftsteller oder eine Schriftstellerin durch Teile eines Textes. Er oder sie ist dann so etwas wie eine Wächterin für mich, eine Art Schutzheiliger. Peter Weiss, Fernando Pessoa, Agota Kristof, Alexander Blok,

Anna Achmatowa, Gottfried Benn – ich könnte noch sehr viele nennen, die beim Schreiben meine Wegbegleiter waren. Alles, was ich geschrieben habe, habe ich anderen zu verdanken, die vor mir geschrieben haben. Alles in meinem Leben Gelesene, das in meinen seelischen Stoffwechsel eingegangen ist, ist das Archiv, das Universum, aus dem ich schöpfe.

WALENSKI: In Ihrem Werk finden sich viele Spuren von Ingeborg Bachmann, nicht nur im Nachdenken über Grenzen und Sprache und in der Selbstreflexion als schreibendes Ich. Ihre Überzeugung, daß »die Wahrheit (...) dem Menschen zumutbar« sei, könnte als Credo über Ihren Texten stehen.

WODIN: Ingeborg Bachmann war eine Offenbarung für mich, sie hat mir die deutsche Poesie zurückgegeben, die man mir in der Schule genommen hatte. Ich habe sie erst spät entdeckt, in den siebziger Jahren. Der rumänische Philosoph Emil Cioran, der mir ebenfalls viel bedeutet, hat einmal gesagt, Lieben bedeute, mehr zu leiden als der oder die andere. Insofern fühlte ich mich von Ingeborg Bachmann geliebt, in ihrer Schmerzenstiefe fand ich Platz für meinen eigenen Schmerz, sie war ein Lebensraum für mich. Näher als »Malina«, das als ihr Hauptwerk gilt, sind mir ihre kurzen Prosatexte und vor allem die Gedichte. Wenn ich nicht einschlafen kann, suche ich nach Zeilen und Versen von ihr in meinem Kopf: »Das Spiel ist aus«, »Liebe: dunkler Erdteil«, »Lieder auf der Flucht«, »In andren Hüllen gingen wir vorzeiten«. Das sind meine Mantren, so etwas wie meine Gebetsmühlen, wenn ich nachts wach liege.

WALENSKI: Zu Ihren nachhaltigen Lektüreerfahrungen gehört Wolfgang Hilbig. Er hat Ihnen Mitte der achtziger Jahre mit seinem Gedichtband »abwesenheit« (1979) den Atem verschlagen.

WODIN: Ich erinnere mich genau, daß ich vor einem blühenden Kirschbaum saß, als ich zum ersten Mal einen Gedichtband von ihm aufschlug. Und ich weiß auch genau, auf welche Zeilen mein Blick fiel: »so seltsame sehnsucht nach einem klang / für diesen lang vorausgesagten abend / an dem die wörter wiederkommen ...« Das Gedicht hieß »sehnsucht nach einer orgel«. Ich las es und wußte, daß ich ihn gefunden hatte. Mein deutscher Bruder, derjenige, auf den ich immer gewartet hatte. Er war mir voraus in seiner Verlorenheit, er wußte darüber mehr als ich, und das Unfaßbarste war für mich, daß er nicht tot war wie Rilke oder Hölderlin, er war ein Zeitgenosse, nur wenig älter als ich. Er lebte in einem gottverlassenen Kaff in der DDR, aber ich habe ihn gesucht und gefunden. Wir waren dann etwa zwölf Jahre lang ein Paar. Aber es war eine Beziehung, die auf Literatur basierte, nur auf Literatur, und so etwas ist nicht lebbar.

WALENSKI: Sie haben dann selbst Gedichte geschrieben. Ihre zweite Publikation war 1987 der Gedichtband »Das Sprachverlies«. Warum schreiben Sie keine Gedichte mehr?

WODIN: Gedichte kann man nicht schreiben. Ich jedenfalls kann es nicht. Es war für mich eine Frage des Hörens. Ich hörte einzelne Wörter, einzelne Zeilen, die ich aufschrieb. Manchmal kam nur eine Zeile pro Woche, manchmal ein ganzes Gedicht an einem Tag. Aber dieses Hören gab es bei mir nur einmal zu einer bestimmten Zeit, als ich nach einem traumatischen Verlust aus Rußland nach Deutschland zurückgekommen bin. Da war ich irgendwie mit einer anderen Sphäre verbunden.
WALENSKI: Was möchten Sie Lesern mit Ihren Texten sagen? Kann Literatur etwas in der Gesellschaft bewirken?
WODIN: Ich möchte mich einfach nur bemerkbar machen. Man soll wissen, daß es mich gibt. Ich möchte meine tägliche Erschütterung über die Welt, über das Leben zum Ausdruck bringen. Ich sage eigentlich immerzu: Schaut, schaut doch ... ist das nicht unglaublich? Ich bin davon überzeugt, daß die Welt ohne Literatur, ohne Kunst verloren wäre. Literatur, Musik, Malerei bringen Schönheit hervor. Eine Schönheit, die keine so direkten Auswirkungen hat wie die Politik. Die Kunst wirkt leise, über Jahrzehnte, Jahrhunderte, sie wirkt direkt an der Weltseele und verändert die Menschheit langsam, unmerklich. Sie kann aber auch in einem einzigen Moment verwandeln, retten. Wie oft habe ich das erfahren in meinem Leben.
WALENSKI: Wenn Sie einen neuen Text beginnen, wissen Sie immer, wohin Ihr Schreiben führt?
WODIN: Im Prinzip schon, zumindest muß ich das Ende des Textes kennen. Unterwegs kommt viel Ungeplantes, Spontanes, Verwirrendes. Aber ich muß gegen das Ausufern ankämpfen, das Ziel im Auge behalten. Es liegen ja oft nur Millimeter zwischen dem Text, den man gerade schreibt, und einem anderen, den man auch schreiben könnte. Es ist eine Gratwanderung.
WALENSKI: Sie sind nicht nur die Königin der Dichotomien, sondern auch die des rhetorischen Paradoxons, einer Stilfigur, die Widersprüche und sich Ausschließendes in Gegen-Sätzen vereint. In Ihrem ersten Text von 1983 heißt es: »Ich dachte an dieses mein (...) Ich jenseits dieses Ichs, das sich am Steuer des Autos (...) krümmte, jenes andere Ich verhindernd, das doch nur die Umkehrung war, die andere Seite meines zweideutigen Ichs, sein fantastischer Gegenpol.« Nastjas Geschichte endet »spiegelverkehrt: Aus einer Ukrainerin ohne Bleiberecht in Deutschland war eine Deutsche ohne Bleiberecht in der Ukraine geworden.« Hat außer Ihrer Kindheit zwischen Ost und West auch die Achtundsechziger-Bewegung Ihr dialektisches Denken beeinflußt?
WODIN: Ich glaube, dieses Denken hat mich vor allem das Lesen gelehrt, die Literatur, die ja immer von Widersprüchen handelt, aus solchen erst entsteht. Der Widerspruch ist das, was ich ergründen möchte. Und was ich wohl auch

selbst bin. Ich habe immer zwischen allen Stühlen gesessen, auch in mir selbst. Wahrscheinlich wurzelt die Dichotomie auch in meiner Herkunft aus zwei verschiedenen Welten, zwei verschiedenen Sprachen.
Die Achtundsechziger haben ganz anderes bei mir bewirkt. Sie haben mich aufgeklärt, mich aus meinem Dornröschenschlaf erweckt. Ihre wichtigste Botschaft für mich war, daß die Deutschen mit dem Krieg angefangen haben und nicht die Russen, wie es mir meine deutsche Umwelt vermittelt hat. Die Achtundsechziger befreiten mich von meinem Schuldkomplex Deutschland gegenüber. Sie waren für mich die ersten Deutschen, für die Rußland, die Sowjetunion kein Feindesland war, im Gegenteil. Sie sagten mir, ich könne stolz darauf sein, eine Russin zu sein, die Sowjetunion sei die sozialste und gerechteste Gesellschaft der Welt, in der es keine Ausbeutung, keine Knechtschaft mehr gebe. Während mir die Russen vor kurzem noch als Wesen mit Hörnern und Schwänzen gezeigt wurden, erklärte man mir jetzt, sie seien die fortschrittlichste Nation der Welt. Ich wurde gemocht, akzeptiert, sogar bewundert. Mein ganzes Weltbild, mein ganzes Lebensgefühl waren völlig durcheinandergeraten.
WALENSKI: Eine weitere Erschütterung ist in den siebziger Jahren eine Reise nach Sri Lanka. Sie erzählen davon in »Das Singen der Fische«, bis heute ein Schlüsseltext für Sie.
WODIN: Dieser Text wird leider wohl immer aktuell bleiben. Seltsamerweise war ausgerechnet ich in meinen jungen Jahren davon überzeugt, die Welt sei so eingerichtet, daß einem nichts passieren kann. Als wir uns auf den Weg nach Sri Lanka machten, wußten wir nicht, daß dort gerade die Menschen an Hunger starben wie die Fliegen. Was ich auf den Straßen sah, versetzte mich in einen Schockzustand, von dem ich mich eigentlich nie ganz erholt habe. Was ich nicht fassen konnte, war, daß niemand diesen Menschen half. Sie lagen auf der Straße, sie starben, die ganze Welt wußte es, aber niemand tat etwas. Das hatte mich, ohne daß ich es damals wußte, in meine Kindheit zurückgeworfen. Uns, meinen Eltern, meiner Schwester und mir hatte im Nachkriegsdeutschland auch niemand geholfen, wir waren völlig allein. Sri Lanka war das Bild meines eigenen Verlassenheitsgefühls, das aus meinem Leben nie verschwunden ist. Oft denke ich, ich bin immer noch dort, in Sri Lanka.
WALENSKI: Kann man dem Leiden, dem Lebensschmerz im Schreiben einen Sinn abringen?
WODIN: Einen Sinn kann ich dem Leiden weder im Leben noch im Schreiben abringen. Ich verzweifle seit langem an der berühmten Theodizeefrage. Wenn Gott existiert, warum gibt es so viel Leid in der Welt, warum gibt es Krankheit und Tod? Warum ist das Leiden in der Welt? Ich habe darauf keine Antwort. Sind wir die Idee eines Schöpfers, der uns so gewollt hat, wie wir sind, oder ist alles

Zufall, Absurdität? Gibt es eine bewußte Kraft, einen Willen außerhalb von uns, dem wir unterworfen sind, oder ist da gar nichts, wird unser Leben von einem blinden, gleichgültigen Mechanismus bewegt? Und was ist der Sinn?

WALENSKI: Wie hat sich in Ihrer Selbsteinschätzung Ihr Schreiben von der »Gläsernen Stadt« (1984) bis zu »Nastjas Tränen« (2021) verändert?

WODIN: Ich glaube, daß mein Stil mit den Jahren schlanker, strenger und einfacher geworden ist. Die schäumenden Metaphern, die ich am Anfang verwendet habe, kämen mir heute nicht mehr in den Sinn. Es geht um Poesie, die ich aber nicht »machen« kann, sie muß zwischen den Zeilen entstehen, in dem, was nicht gesagt wird, da muß ein Fenster geöffnet werden in etwas, das weit über das Gesagte hinausgeht. Das ist die eigentliche Arbeit, das Unsagbare entstehen lassen.

WALENSKI: In »Nastjas Tränen« überläßt die Ich-Erzählerin ihrer ukrainischen Freundin, der Arbeitsmigrantin Nastja, den Raum, nimmt sich zurück, tritt in den Hintergrund. Dort erscheint sie in seelischem Gleichgewicht, geerdet, legt viel Humor an den Tag. In einem jüngeren Interview sagten Sie, Sie seien in Deutschland angekommen.

WODIN: Das stimmt. Ich habe erkannt, daß mein Ort in der Welt Deutschland ist, genauer, Berlin und immer mehr auch Mecklenburg. Ich glaube, ich assoziiere die Orte mit Osteuropa oder einer Synthese aus Osten und Westen. Ich würde diese Orte aber trotzdem nicht Heimat nennen. Heimat hat ja etwas mit Ursprung, mit einer Art Besitz zu tun, über den man selbstverständlich verfügt. Diese Selbstverständlichkeit fehlt mir. Ich bin immer Gast, mir gehört überall nur mein Schreibtisch.

WALENSKI: Als Kind haben Sie das ganze Ausmaß des Ungeliebtseins zu spüren bekommen. Zeit Ihres Schreibens suchen Sie Antworten auf die Frage nach der Liebe und setzen sich mit ihren verschiedenen Spielarten auseinander. Mit der Mutter-Kind-Liebe und mit Homosexualität, mit Inzest zwischen Geschwistern und platonischer Liebe, der klassischen Mann-Frau-Beziehung oder modernen Liebesformen im digitalen Raum.

WODIN: Ich glaube, der Motor meines Lebens und Schreibens war immer die Sehnsucht. Es gibt ja nie ein Ankommen in meinen Liebesgeschichten, die Liebe findet nie Erfüllung, sie scheitert letzten Endes an der unüberwindbaren Fremdheit. Insofern blieb mir immer die Sehnsucht, ob sie sich nun auf einen Mann richtete oder über ihn hinausging. »Schon den Versuch bedrohen fremde Zeichen«, sagt Ingeborg Bachmann, »und das Verlangen, tief uns anzusehen, durchtrennt ein Kreuz, uns einsam auszustreichen.« Ich wollte nichts unversucht lassen, um diese These zu widerlegen, ich habe nie aufgehört, es zu versuchen, und ich denke, das wird bis ans Ende meines Lebens auch so bleiben. In meinen

Augen besteht der Schrecken des Todes in der absoluten Einsamkeit, in der wir ihn erleiden. Die Todesangst ist die Angst vor diesem Moment äußerster Einsamkeit, aus der uns im Leben nur die Liebe retten kann. Auch das Schreiben ist ja ein Liebesakt, wenngleich ich es oft in meinem Leben gehaßt habe. Wörter sind immer höchstens die vorletzte Wahrheit. Trotzdem habe ich das Gefühl, der hauptsächliche Wert aller Erfahrungen, die ich in meinem Leben gemacht habe, bestand darin, sie zu beschreiben. Daß ich bestimmte Erfahrungen überhaupt nur gemacht habe, um sie zu beschreiben.

WALENSKI: Wie ist Ihr momentanes Lebensgefühl?

WODIN: Ich bin jetzt so etwas wie eine Berufsschriftstellerin geworden, ich komme gar nicht mehr zum Schreiben, muß immerzu mein Büro bedienen. Vor kurzem habe ich beschlossen, in Schreibklausur zu gehen. Es bleiben immer noch genug Mails, die ich beantworten muß, aber ich arbeite wieder an einem neuen Stoff. Nachts, wie immer, zumeist am Schaalsee, wo die Sonnenaufgänge vor dem Fenster jeden Morgen wieder ein magisches Schauspiel sind. Ich denke an die amerikanische Opernsängerin Jessye Norman, die gesagt hat: Ich leb' allein in meinem Himmel, meinem Leben, meinem Lied – obwohl ich seit ein paar Jahren nicht mehr allein lebe. Wenn ich am Nachmittag aufstehe, ist da jemand, der mich umarmt und mit dem ich das letzte Stück meines Weges gehen kann. Noch einmal die schwierige Liebe, in der man, wie alt auch immer, stets Anfänger und Anfängerin bleibt.

ABDELFATTAH KILITO

ARCHÄOLOGIE

Miniaturen

»STANDHAFT WIE EIN SÄULENHEILIGER«

Im 5. Jahrhundert erfand Simeon eine neue Form der Askese, einen eigenen Weg, sich von der Welt loszusagen. Anstatt sich in die Einsamkeit der Wüste zurückzuziehen, wie es die Eremiten seiner Zeit taten, erklomm er eine Säule und weigerte sich, wieder herabzusteigen. Siebenunddreißig Jahre lang blieb er dort oben, hielt durch trotz aller Unbilden von Sonne, Regen und Sturm, auch trotz der Irrungen der Seele und des Herzens.

Man kam herbei, selbst von weither, um ihn zu sehen, um etwas von ihm zu erfahren und sich von der Beständigkeit seines Entschlusses zu überzeugen. Man ließ sich zu Füßen der Säule nieder, wo Händler Lebensmittel und Kultobjekte ausbreiteten. Man bedauerte ihn, neckte ihn, warf ihm Feigen, Orangen und hartgekochte Eier zu. Jene, die sein Verhalten unvernünftig fanden, versuchten ihn zu entmutigen; in Wirklichkeit beneideten sie ihn und wünschten, er möge aufgeben und seine Wette verlieren. Andere, die scheinbar liebenswürdiger waren, rieten ihm zur Vorsicht, vor allem während des Schlafs, aber tief in ihrem Innern hätten sie nichts dagegen gehabt, einem spektakulären Sturz beizuwohnen.

Er wurde unter dem Namen Simeon der Stylit heiliggesprochen und fand vielfache Nachahmer, zuallererst seinen Sohn Simeon den Jüngeren. Und er hatte literarische Nachkommen: Kafkas Akrobaten, der sein Trapez nicht mehr verlassen will, Italo Calvinos Baron, der sein Leben in den Bäumen verbringt (seine Geliebten kommen zu ihm ins Laubwerk). In der Filmkunst könnte man »Amarcord« nennen oder »Alexander, der Lebenskünstler«.

Aber es gibt auch zahlreiche Schüler des Heiligen Simeon, die nie von ihm gehört haben, wie jene Figur (Nisaburi erwähnt sie in »Die weisen Narren«), die bis zu ihrem Tod, auf einem Bein stehend, auf dem Dach ihres Hauses lebte. Noch interessanter ist ein Grammatiker des 11. Jahrhunderts namens Abul-Hasan von Bassora: Nachdem er eines Tages beobachtet hatte, wie eine Katze einer blinden Artgenossin etwas zu essen brachte (mehr weiß man nicht über diese Geschichte), gab er die Grammatik auf und zog sich, weil er die Welt verachtete, in eine Zelle hoch oben in einer Moschee zurück. Er stürzte herab und starb mit zerschmetterten Knochen. Der weniger leichtsinnige Heilige Simeon hatte seine Säule mit einem Geländer versehen.

CHARISMA

Heiligenlegenden erzählen in allen Details die von den Heiligen vollbrachten Wunder. Aber ein vornehmes Genre zieht notwendigerweise Karikaturen nach sich (auf die griechischen Tragödien folgten ihre Parodien).

Auf seinem Totenbett sagt sich Don Quichotte von den Ritterromanen los und bedauert, keine Zeit mehr für die Lektüre anderer Bücher zu haben, die »die Seele erleuchten«. Es ist nicht ausgeschlossen, daß er dabei an Heiligenlegenden denkt. Wie hätte der Roman von Cervantes ausgesehen, wenn sein Held keine Ritter, sondern Heilige nachgeahmt hätte? Mit einer Geschichte wie der folgenden kann man eine Vorstellung davon bekommen:

Ein gewisser Abu Ali al-Sharmaqani aus dem 11. Jahrhundert, den die Chronisten vor dem Vergessen bewahrt haben, weil er ein so vorzüglicher Leser des Korans war, ernährte sich ausschließlich von Salatblättern, die am Ufer des Tigris wuchsen. Die Heiligen befolgen, wie man weiß, spezielle Diäten: Aus Askese, um den Körper zu demütigen und den Kontakt der Seele mit Gott über alles zu erheben, fasten sie lange Zeit oder beschränken sich auf wilde Kräuter. Abu Ali hatte indes keinen solchen Ehrgeiz; daß er Salat aß, lag nur am Mangel besserer Möglichkeiten, denn er war überaus arm. Nachdem er davon erfahren hatte, berichtete sein Meister es dem Wesir, der, von Mitgefühl erfaßt, einen seiner Diener anwies, den Koranleser ordentlich zu ernähren.

Da ein Almosen gottgefälliger ist, wenn es im verborgenen gegeben wird, beschaffte der Diener sich heimlich einen Zweitschlüssel für den Schrank, der für Abu Ali in der Moschee reserviert war, und legte dort jeden Tag ein Hühnchen, reichlich Weißbrot und Süßigkeiten hinein. Abu Ali glaubte, einer göttlichen Gnade teilhaftig geworden zu sein, und daß die Speisen, die er in seinem Schrank vorfand, schiere Wunder seien und aus dem Paradies kämen.

Er hatte zweifellos Heiligenlegenden gelesen, in denen Wunder schließlich ganz alltäglich sind, und glaubte den Stand der Heiligkeit erlangt zu haben. Darüber empfand er eine große Freude, die er jedoch zu verbergen versuchte: Er wußte nämlich, daß die Heiligen es vermieden, ihre charismatischen Eigenschaften kundzutun, um nicht der Versuchung anheimzufallen und das Versiegen der göttlichen Fürsorge zu riskieren. Aber wie das Stillschweigen bewahren, den Verlokkungen der Eitelkeit widerstehen? Zwischen zwei widersprüchlichen Regungen gefangen und hin- und hergerissen zwischen dem Gebot zu schweigen und dem Wunsch zu reden, entschied sich Abu Ali für einen Kompromiß: die Anspielung, die Andeutung. Er benahm sich eigentümlich und rezitierte jedem, der es hören wollte, mystisch angehauchte Verse, die insbesondere die Mäßigung und Zurückhaltung hervorhoben, die gegenüber Gott einzuhalten sei. Kurz, er legte es darauf an, daß jeder merkte, wie er eifersüchtig ein Geheimnis hütete. Das war nicht weiter schlimm, Geheimnisse gehören schließlich zum Inventar der mystischen Literatur. Aber was ihn unfehlbar verriet, war sein Körper, der dank der neuen Ernährung dicker und dicker wurde.

All das brachte seinen Meister zur Verzweiflung, der, obgleich er die Hintergründe der Geschichte kannte, nichts sagte, aus Rücksicht auf den Wesir und um sich nicht seiner eigenen Rolle bei der Verbesserung des Schicksals seines Schülers zu rühmen. Eines Tages, als er es nicht mehr aushielt, zeigte er sich erstaunt über dessen Korpulenz – was eine Möglichkeit war, ihn auf die Probe zu stellen. Darauf gab Abu Ali sein »Geheimnis« preis. Es bekam ihm schlecht: Der Meister, mit seiner Geduld am Ende, enthüllte ihm die Wahrheit. Was Abu Ali sehr bekümmerte.

Ein ähnliches Mißgeschick hätte auch Don Quichotte treffen können. Allerdings mit einem kleinen Unterschied: Er hätte seine Rolle als Heiliger von Anfang an mit Freuden angenommen und sich geweigert, ein Versteckspiel daraus zu machen. Die »Wahrheit« hätte keine Macht über ihn gehabt und ihn in keiner Weise erschüttert. Und seine Freunde, die längst entmutigt waren von so viel Sturheit gegenüber dem Augenscheinlichen, hätten zu ihrem Amüsement immer neue Täuschungsmanöver ersonnen, um seinen Illusionen zu schmeicheln und seinen Wahnsinn anzustacheln. Auf dem Totenbett hätte er den Heiligenlegenden abgeschworen und bedauert, sein Leben nicht den Ritterromanen gewidmet zu haben.

DIE ANDERE BÜHNE

Die Einwohner einer Stadt in Edom – ist es jene, die Mallarmé in einem Gedicht erwähnt hat: »So bring ich dir nun das Kind einer Nacht in Edom«? – hatten die Angewohnheit, jeden Abend alle Bettler, Vagabunden, Gaukler und Fremden vor die Stadtmauern zu treiben. Mit Sonnenaufgang waren sie dann wieder unter ihnen geduldet.

Heutige Kommentatoren verlieren sich in Vermutungen über diese seltsame Angewohnheit. Am meisten erstaunt sie das folgende Detail: In der Nacht versammelten sich die Einwohner von Edom, auch bekannt als »Die ungastliche Stadt« (im Widerspruch zur Grundidee von Mallarmés Poem mit dem treffenden Titel »Zueignung des Gedichts«), auf den Stadtmauern und wohnten den Mordszenen, den Vergewaltigungen und Schrecknissen bei, die sich zu ihren Füßen im Dunkeln abspielten.

Einige Chronisten erzählen gleichwohl eine andere Version: Die Einwohner der »Ungastlichen Stadt« hätten die Fremden hinausgeworfen, um sich ungestört ihren Ausschweifungen hingeben zu können. Diese wiederum konnten kaum ein Auge schließen, weil jede Nacht die ohrenbetäubenden Echos organisierter Orgien zu ihnen drangen, während sie zu Füßen der Stadtmauern lagerten. Das ist nicht wahr, antworten die Bürger der Stadt: Die Fremden spulen nur das wirre Chaos ihrer Träume ab.

DUNKEL

In »Tausendundeiner Nacht« kommt es nicht selten vor, daß man Bekanntschaften in fernen Ländern fragt, ob sie Menschen oder Dämonen sind. Sie antworten, daß sie Menschen sind, und versäumen nicht hinzuzufügen: Aber ihr, ihr seid zweifelsohne Dämonen ... So herrscht auf beiden Seiten der Verdacht, man könnte es mit Dämonen zu tun haben, was dank des weiteren Austauschs alsbald verworfen wird.

Um etwas anderes geht es in einer mysteriösen Passage der »Reisen« des Ibn Battuta, wo vom Land der Dunklen die Rede ist. Um dorthin zu gelangen, schreibt dieser bemerkenswerte Globetrotter des 14. Jahrhunderts, muß man, nachdem man in der Stadt Bolgar aufgebrochen ist, vierzig Tage lang auf Hundeschlitten mitten durch den Schnee fahren. Die Orientierung übernimmt der Haupthund, der die Meute führt und von überragender Bedeutung ist; wenn die Nahrung ausgegeben wird, müssen die Tiere unbedingt vor den Menschen essen und der Haupthund vor allen anderen, sonst wird er wütend, macht sich aus dem Staub und läßt die Gruppe orientierungslos zurück, die dann zum sicheren Tod verdammt sind.

Ibn Battuta hat sich nicht in diese obskure Gegend gewagt, zumal er glaubte, daraus keinen weiteren Nutzen ziehen zu können. Das Abenteuer interessierte ihn nur unter dem Gesichtspunkt von Handel, Investition und Gewinn ... Aber was hätte er selbst diesem Land zu bieten gehabt, was hätte er mit den Einwohnern tauschen können? Alles in allem, welchen Nutzen hat er überhaupt aus all seinen Reisen gezogen, abgesehen von einem spät diktierten Buch, von dem er nicht ahnen konnte, welchen immensen Reichtum es ihm einmal einbringen würde?

Er wußte also nur vom Hörensagen, was er von den Dunklen erzählte. Die Händler, sagt er, die ihr Ziel erreichen, deponieren, was sie mitgebracht haben, und ziehen sich anschließend zurück. Am nächsten Morgen kommen sie wieder und finden neben dem, was sie zurückgelassen haben, andere Waren, abgestellt von seltsamen Geschöpfen, die sich niemals zeigen. Sie können sich demnach entweder auf den Tausch einlassen oder ihre Güter wieder mitnehmen und sich davonmachen. Es fällt auf, daß zwischen beiden Parteien Vertrauen herrscht und jeder den Vertrag ehrlich erfüllt; alle kommen letztlich auf ihre Kosten und

weder Klage noch Streit werden laut. Die Besucher haben es mit sehr diskreten Partnern zu tun, die kein Geld und kein Gold besitzen und deren Wirtschaftsmodell auf Tauschhandel beruht. Sie taxieren den Wert der Waren, die man ihnen anbietet; alles geschieht im stillen, ohne Aufregung und Lärm; kein Wort wird gewechselt, kein Gesicht gezeigt.
Es ist nicht bekannt, wie diese stille Form des Austauschs entstanden ist. Die Händler fahren vierzig Tage – eine entscheidende Zahl –, bevor sie zum zugewiesenen Termin ankommen, umgekehrt ist nichts über die Reise der dunklen Partner bekannt. Leben sie direkt hinter der Grenze, wo sie ruhig ihren Geschäften nachgehen, oder kommen auch sie von weither, bevor sie – vorausgesetzt, das Wort ist hier angemessen – die Besucher treffen? Tatsächlich weiß man nichts Genaues über sie, außer daß sie sich von den Erträgen der Jagd ernähren und Tierfelle ihnen als Kleidung dienen. Sie haben sicherlich keine Ahnung von Landwirtschaft: Was sollte schon in ihren Eiswüsten blühen?
Wie wurde die Grenze eingeführt? Denn es gibt durchaus eine, natürlich keine offiziell festgelegte, aber eine aus einem stillschweigenden Pakt entstandene. Sie wird streng eingehalten und weder in die eine noch in die andere Richtung überschritten. Das niemals ausgesprochene Verbot ist um so fester in den Köpfen verankert. Es ist nirgendwo erwähnt, daß ein Händler, aus Neugier oder Habgier, sich bei den Dunklen eingeschlichen hätte; angenommen, es gelänge ihm, sie inmitten ihrer Finsternis ausfindig zu machen, so würden sie sich zurückziehen und ihn, weil sie die Gegend sehr gut kennen, auf komplizierte Umwege führen und mit Leichtigkeit abhängen. Allein im Dunkeln, ohne Zuflucht oder Rückzugsmöglichkeit, würde er sich im Kreise drehen, der Blindheit und dem Tod geweiht. Sie würden ihm keine Chance zur Umkehr bieten, aus Angst, er könnte ihre so eifersüchtig gehüteten Geheimnisse verraten. Im übrigen verfügen sie über ein wirkungsvolles Mittel, um sich gegen Eindringlinge zu behaupten: Wenn diese es wagen, mit Gewalt vorzudringen, töten sie deren Hunde und verdammen sie zu endlosem Herumirren.
Sie tolerieren keinerlei Verbindung zu Fremden, wollen ganz unter sich bleiben, sich nicht vermischen. Da niemand sie je gesehen oder gesprochen hat, bleibt ihre Identität unklar. Sind es Menschen oder Dämonen, fragt sich Ibn Battuta. Aber auch andere Fragen können einem in den Sinn kommen. Verbergen sie sich, weil ihre Häßlichkeit so abstoßend ist, oder im Gegenteil, weil sie so schön sind, daß sie fürchten müssen, ihren Glanz zu verlieren, sich zu beflecken, sich herabzusetzen, indem sie sich mit anderen verbinden? Sind sie halb Tier, halb Mensch, wie die Angehörigen der Völker Gog und Magog, die Alexander der Zweigehörnte dem Koran zufolge in ihre Berge verbannte, indem er einen unüberwindbaren Damm baute?

Sicher ist, daß sie weder gesehen noch gehört werden wollen. Sie verhalten sich still, lauschen aber. Und lauschen, weil sie sich still verhalten. Haben sie ein Schweigegelübde abgelegt? Oder können sie sich schlicht nicht äußern, nicht einmal – aber das ist unwahrscheinlich – einen Schrei ausstoßen? Vielleicht verzichten sie aufs Reden, um keinen Schwachpunkt zu offenbaren und damit den Händlern ausgeliefert zu sein, die sie umgehend ausbeuten und ihnen das Fell über die Ohren ziehen würden. Ihr Verhalten erinnert an das von Affen, die, einer alten Tradition zufolge, sich weigern zu sprechen, um nicht versklavt zu werden. Aber am wahrscheinlichsten ist, daß sie *nicht sprechen, um nicht gesehen zu werden!* Solange sie kein Wort sagen, sind sie den Blicken verborgen, sind geschützt. Tatsächlich sprechen sie und verlangen deshalb von den Besuchern – aber wie haben sie ihnen das mitgeteilt? –, sich zu entfernen, nachdem sie ihre Waren abgestellt haben. Man darf sie weder hören noch sehen, hat sie noch niemals erblickt, nicht einmal als flüchtige Schatten inmitten des Eises (die Fans von Tim und Struppi werden unfehlbar an den Yeti denken, den grauslichen Schneemenschen). Sie leben am Rande der Welt und die ewige Nacht schützt sie vor jedem fremden Übergriff. Ihr Territorium ist unzugänglich, aber man muß anerkennen, daß sie auch ihrerseits jeden Versuch unterlassen, auf die andere Seite vorzudringen.
Man sieht sie nicht, aber sie selbst sehen. Da sie gezwungenermaßen in der Dunkelheit leben, haben sie besondere visuelle Fähigkeiten entwickelt. Sie sehen und werden nicht gesehen – ein beneidenswerter Zustand. Indem sie nah und fern zugleich sind, können sie ihr Mysterium gänzlich bewahren. Sie halten die Fremden auf Distanz, weil ihr Instinkt sie warnt, daß Nähe und Verbundenheit Quellen von Mißverständnissen, Reibereien und Gewalt sind. Es scheint, als hätten sie Angst, nicht mehr sie selbst zu sein, ihre Identität zu verlieren, die vielleicht nichts anderes ist als das Mysterium, das sie umgibt.
Aber machen sie sich nicht etwas vor, wenn sie sich zu schützen glauben, indem sie den Austausch auf materielle Güter beschränken und sich weigern, Güter anderer Art anzunehmen? Für die Felle von Mardern und Zobeln, von Eichhörnchen und Hermelinen erhalten sie fremde Waren, die als solche nicht näher bezeichnet – Nahrungsmittel, Stoffe, Werkzeuge? –, mit Sicherheit aber dem Geist der Fremden entsprungen und von ihrem Hauch geprägt sind.
Dieses Zugeständnis hat für sie ganz zweifellos Konsequenzen. Es ist schwer vorstellbar, daß sie nicht neugierig sind und sich nicht für ihre Besucher interessieren. Vielleicht warten sie unablässig auf sie, lauern auf ihre Ankunft, vielleicht ist das sogar ihre Hauptbeschäftigung. Fürchten sie nicht, diese könnten nicht wiederkommen, und geraten sie, wenn diese sich verspäten, nicht in Versuchung, sich ihrerseits auf die Suche zu machen? Veranstalten sie kein Freudenfest, sobald ihnen endlich klar wird, daß sie zurückkehren?

Und sind sie überhaupt alle damit einverstanden, sich nicht zu zeigen? Das scheint zumindest der Fall zu sein, da keine Zuwiderhandlungen bekanntgeworden sind. Aber fragen die Jungen nicht, warum sie sich damit zufriedengeben sollen, die Händler zu erwarten, anstatt selbst einmal zu ihnen zu gehen? Was antworten die Älteren? Wie erklären sie ihnen die Entscheidung, im verborgenen zu leben, mit welcher Geschichte, mit welchem Gründungsmythos rechtfertigen sie ihr Verhalten?
In Wirklichkeit, murmeln die Ältesten der Dunklen, sind es die Fremden, die durch ihre Verweigerung jeden Kontakts und jeder Kommunikation dieses seltsame, verschwiegene System des Austauschs etabliert haben. Es ist nicht überliefert, daß diese je versucht hätten, sich den Dunklen zu nähern. Sie wollten sich selbst nicht zeigen und haben jede andere Verbindung als die des Handels verschmäht: Sie kommen heimlich, legen ihre Waren an der Grenze ab, machen sich eilig davon und kehren am nächsten Morgen wieder, um die kostbaren Tierfelle mitzunehmen. Es ist weder Respekt noch Zurückhaltung, daß sie die Grenze nicht überqueren, sondern Desinteresse. Diese Gleichgültigkeit verunsichert die Dunklen, die in ihrem ungeheuren Exil des Eises darauf warten, daß die von der anderen Seite, seien es Menschen oder Dämonen, den ersten Schritt machen und zu ihnen kommen.

OSIRIS

Der Wesir Al-Kunduri wurde von dem Seldschuken-Sultan Tughrul (dem Vorkämpfer der sunnitischen Orthodoxie im 11. Jahrhundert) beauftragt, in seinem Namen um die Hand einer Choresm-Prinzessin anzuhalten. Kunduri nutzte die Situation verräterisch aus und heiratete selbst die Prinzessin. Erinnern wir uns, daß Tristan sich gegenüber König Marke einer vergleichbaren Unredlichkeit schuldig machte. Al-Kunduri hatte natürlich nicht die Entschuldigung des Liebestranks, aber die außerordentliche Schönheit der Prinzessin war noch stärker als der Zauber. Man hatte ihm ihre Reize beschrieben, vielleicht hatte er sie auch flüchtig hinter einem Vorhang erspäht. In dem zur selben Zeit entstandenen »Halsband der Taube« notiert Ibn Hazm von Córdoba, daß man in Liebesdingen dem Boten nicht genug mißtrauen könne.
Der Sultan tötete Al-Kunduri nicht; in seiner Güte begnügte er sich damit, ihn zu kastrieren und als Wesir zu behalten.
Nach einer anderen Version hat Kunduri die Prinzessin keinesfalls geheiratet, aber nachdem er erfuhr, daß seine Feinde das Gerücht in Umlauf brachten, daß er sie begehrte, überkam ihn ein so großer Schrecken, daß er sich selbst kastrierte, um sein Leben zu retten. Um seine Unterwerfung noch deutlicher zu

machen und der Gnade des Sultans wieder teilhaftig zu werden, schnitt er sich außerdem den Bart ab, das andere Symbol der Männlichkeit (jene, über die man diese Strafe verhängte, verkrochen sich danach, bis das Haar wieder sproß).
Später ordnete der Sultan die Enthauptung des Wesirs an. Als der Henker zu ihm kam, verabschiedete sich Al-Kunduri von seiner Familie (die nur noch aus einer einzigen Tochter bestand). Anschließend händigte er dem Henker ein Leichentuch aus und gab ihm hundert Dinar, damit er ihn nach seinem Tod damit bedecke. Man sollte meinen, daß der Henker sich an den Vertrag hielt, schließlich gab es keinen wirklichen Grund, es nicht zu tun. Nur, welcher Teil des Kadavers sollte in das Leichentuch gewickelt werden? Denn Al-Kunduri wurde zerstückelt und an verschiedenen Orten begraben: Das Blut wurde in Marw al-Rawdh vergossen, der Körper in Kundur bestattet (wo der Wesir herstammte), der Kopf in Nischapur, die Genitalien in Kirman (nachdem sie, ein rätselhaftes Detail, mit Stroh ausgestopft worden waren).
Seit seinem Tod macht er ebenso nutzlose wie lächerliche Anstrengungen, die Ganzheit seines Körpers wiederzuerlangen, sich wieder mit sich selbst zu vereinigen.
Zwei Historiker, Ibn Challikan und Ibn Kathir, haben, mit Abweichungen, diese Geschichte berichtet. Der erstere sieht darin die Möglichkeit einer Meditation über die Angelegenheiten dieser Welt und den unsicheren Charakter der Macht. Der zweite richtet seine Überlegungen auf die Auferstehung, das Ende der Zeit, den zerstückelten Körper, und erklärt, daß »Gott die Körper aller Geschöpfe wieder vereinigen wird, unabhängig davon, wo und in welchem Zustand sie sich befinden«.
Und die Choresm-Prinzessin, was ist aus ihr geworden? Merkwürdigerweise hüllen die Chronisten sich über diesen Punkt in Schweigen. Ihr Schicksal interessierte sie offenbar nicht. Würde sie Al-Kunduris über die Welt verstreute Körperteile wieder zusammenfügen?

DIE BOTSCHAFT DER VERGEBUNG

Die Trompete des Jüngsten Gerichts beginnt zu erschallen. Die auferweckten Toten verlassen ihre Gräber. Da sie zum größten Teil nackt sind (selbst die Leichentücher der Jüngeren sind nur noch Fetzen), vermeiden sie es sich anzuschauen.
Während ihres langen Aufenthalts in den Tiefen der Erde haben sie ihr Gedächtnis verloren, aber sie wissen noch, daß sie der Gnade gemäß eines Registers teilhaftig werden, in dem ihre guten und bösen Taten verzeichnet sind (diese sind weitaus zahlreicher als jene). Ein Engel wird sie ihnen vorlegen und sie haben

die ganze Ewigkeit, um darüber zu meditieren, welchen Gebrauch sie von ihrem Leben hienieden gemacht haben.

Auf ihr Register werden sie eifersüchtig achtgeben. Der Grund dafür ist einfach: Es gibt dort oben nämlich keine Bibliothek, im übrigen auch keine Spiegel. Die eschatologischen Beschreibungen, selbst die detailliertesten, wahren gänzliches Stillschweigen über die Lektüre und, das versteht sich von selbst, über die Literatur. In diesem Punkt werden die Erretteten und die Verdammten völlig gleichbehandelt; weder die einen noch die anderen können etwas anderes lesen als ihr Register, ein Buch, das sie strenggenommen nicht selbst geschrieben haben.

Einige, sicherlich die meisten, regen sich darüber nicht weiter auf. Die anderen, die Fanatiker der Lektüre, die hier unten nur für das Lesen lebten, sind dagegen untröstlich. Sie sind es leid, ihr Register zu konsultieren, und sehnen sich, angewidert von sich selbst, unablässig danach, neue Sachen zu lesen. Die Kühnsten schlagen deshalb vor, die Register allen zur Verfügung zu stellen. Dieser Vorschlag erregt zunächst Aufmerksamkeit, gefällt nach reiflicher Überlegung aber nicht allen, letztlich gefällt er niemandem. Sieht man von ein paar Exhibitionisten ab, ist die Idee, gelesen zu werden, sich auszuliefern, tatsächlich unerträglich. Jeder hat das Gefühl, er wäre wie eine Beute der Gier der anderen ausgesetzt und um sein Geheimnis gebracht.

Inmitten der empörtesten und vehementesten Proteste schlagen die Weisesten folgende Lösung vor: Die Bücher werden anonym herumgereicht, jeder behält das Deckblatt mit seinem Namen. Nachdem dieser Vorschlag akzeptiert ist, entsteht eine riesige Bibliothek und alle können endlos in den Freuden der Lektüre versinken.

Aber eines Tages – vorausgesetzt, der Begriff des Tages hätte noch Gültigkeit – würde sich der Wunsch bemerkbar machen, wieder sein eigenes Buch zu lesen. Er würde sich zunächst nur weniger bemächtigen, nach und nach aber aller. Dabei wäre eine große Enttäuschung allerdings unvermeidlich: denn wie soll man in der riesigen Masse der anonymen Bücher sein eigenes wiederfinden? In fieberhafter Raserei wird jeder sich auf die Suche danach machen, wird versuchen, es in den Weiten der Bibliothek aufzustöbern. Eine unendliche Aufgabe: Sollte ihnen das Glück nicht in dem einen oder anderen Moment ihrer Suche hold sein, müßten sie alle Bücher lesen, und selbst wenn ihnen das gelänge, wäre das Ergebnis nicht sicher, denn in der Zwischenzeit hätte das Vergessen ihren Geist verwüstet und es käme unweigerlich der Tag, an dem sie unfähig wären, ihr eigenes Buch, sich selbst wiederzuerkennen.

Aus dem Französischen von Matthias Weichelt

CLAUDIA HAMM

PANDORAS BLACKBOX

Zur Ersetzbarkeit von Übersetzern

»Das Gegenteil von Mensch ist nicht das Tier oder das Ding, sondern sein Simulakrum: der Roboter.«
Emmanuel Carrère, Ich lebe und ihr seid tot

Als 2021 das Spoken-Words-Gedicht der jungen afroamerikanischen Autorin Amanda Gorman zur Amtseinführung des amerikanischen Präsidenten Joe Biden in verschiedene Sprachen übersetzt werden sollte, war die Aufregung groß, wer für diese Aufgabe die geeignete persönliche Erfahrung mitbringe. Zeugenschaft stand auf einmal gegen Empathie und Recherche, mangelnde gesellschaftliche Teilhabe und Fachkompetenz wurden zuweilen in eins gesetzt, dennoch war man sich im Grundsatz einig: Übersetzende sollten tief in die (Sprach-)Welt der Autorin eindringen.

Spätestens seit der Veröffentlichung von ChatGPT-4 scheinen solche Diskussionen hinfällig zu sein. Auch wenn das Maschinenübersetzungsprogramm DeepL schon seit Jahren behauptet, »der präziseste Übersetzer der Welt« zu sein und »in der Lage, selbst die feinsten sprachlichen Nuancen zu erkennen und in Sekundenschnelle korrekt zu übersetzen«, hat die Debatte über Textgeneratoren wie ChatGPT oder die zum Beispiel von Oracle, Alibaba, Google, Nvidia, Apple, Meta und Amazon erst in diesem Jahr wirklich Fahrt aufgenommen, gerade auch hinsichtlich des Übersetzens und Verfassens von Literatur. Da ich mit letzteren selbst mit großer Lust beschäftigt bin, überrascht mich die aktuelle kulturelle, gesellschaftliche und politische Debatte. Kann es sein, daß wir über Diskussionen rund um »Outputs« vergessen, warum Menschen sich überhaupt mit Kunst beschäftigen? Um die lauten Stimmen rund um textgenerierende Systeme wie GPT-4 einzuordnen, hier zunächst ein paar harte Fakten:

Was kommt rein?

Um ein Modell wie ChatGPT zu entwickeln, das schleifenartig eine Sprache simuliert, die Menschen unter Einsatz ihrer Erfahrungen, Emotionen, Denkleistungen, Beziehungen, Träume und Traumata geschaffen haben, wurde laut Wikipedia neben Gesprächen mit angeheuerten menschlichen KI-Trainern ein

»umfängliches Textkorpus aus Büchern, Briefen, Wikipedia-Einträgen oder auch literarischen Textsammlungen, darunter das gesamte Gutenberg-Projekt«, benutzt. Das bedeutet, Datensätze aus gemeinnützigen Open-source-Projekten wurden ohne Informations-, Lizensierungs- und Honorierungspflichten gespeichert und werden nun gewinnorientiert mißbraucht. Denn nur die Startphase der zunächst faszinierend anmutenden Plaudertasche ist gratis, sie dient dazu, Millionen von – jetzt für das Unternehmen kostenlosen – Nutzerinputs für das weitere Training zu generieren, wie die englischsprachige Webseite offensiv bekennt. »Wir möchten das Feedback unserer Nutzer sammeln, um die Weiterentwicklung dieses Systems zu befördern. Während der Testphase ist die Nutzung von ChatGPT kostenlos«, liest man dort. In dem so neutral klingenden Tech-Vokabular heißt ein solches Geschäftskonzept RLHF. *Reinforcement Learning with Human Feedback* ist *die* Säule, auf der die Weiterentwicklung von KI beruht: Ohne die unhonorierte Zuarbeit von Menschen und die lizenzfreie Nutzung menschenverfaßter Texte wäre die Entwicklung von Textgeneratoren völlig unrentabel.

In der Stellungnahme des Netzwerks Autorenrechte, von sechzehn Autoren- und Übersetzerverbänden aus Deutschland, Österreich und der Schweiz, liest man aber auch: »Die Datensätze für das Training von Übersetzungs- und Selbstschreibsoftware beruhen neben im Internet zugänglichen gemeinfreien Textwerken auf urheberrechtlich geschützten und digitalisierten Büchern der Jahre 2013–2021 und jünger. Die drei Korpora, die für das Learning der maschinellen Sprachprogramme genutzt wurden, Books1, Books2 sowie Books3, stammen zudem teilweise aus illegalen Quellen wie etwa BitTorrent-Seiten; der Hersteller des Programms ChatGPT weigert sich, transparente Auskünfte über den Datensatz zu erteilen.« »Wer bist du, Books2?«, fragt auch der Publizist Peter Schoppert, der den Mißbrauch urheberrechtlich geschützter Texte durch Large Language Models (LLM, Große Sprachmodelle) umfassend dokumentiert. Daß Books3 196640 urheberrechtlich geschützte Bücher enthält, ist inzwischen bekannt.

Wie kann es sein, daß sich geschädigte Autorinnen und »Content Creators« nicht massenhaft erheben und die Verantwortlichen lautstark zur Rechenschaft ziehen? Wie konnte ein solcher in jeder Hinsicht unfaßlicher Mißbrauch geistigen Eigentums durchgehen? Alles eine Frage der Organisation: Denn das, was jedem Einzelnutzer verboten wäre, ist gemeinnützigen Organisationen sowohl in den USA als auch in Europa erlaubt: Sie dürfen urheberrechtlich geschützte Texte sammeln und zu Forschungszwecken verwenden. Das hinter ChatGPT stehende, einst als Non-profit-Organisation gegründete, nun aber gewinnorientierte Unternehmen OpenAI bietet deshalb eine preisverdächtige Erklärung: »Wir wollen unsere Möglichkeiten erhöhen, Kapital anzuziehen, und dennoch unserer Mission verpflichtet bleiben, und mit keiner uns bekannten legalen Struktur läßt sich beides zufriedenstellend ausbalancieren. Unsere Lösung ist deshalb die Gründung von OpenAI LP als hybride Unternehmensform zwischen gewinnorientiert und gemeinnützig – wir nennen es ›Unternehmen mit Profitdeckelung‹.« Da die bestehenden legalen Geschäftsmodelle dem Unternehmenszweck leider nicht dienlich waren, schuf man sich also einfach sein eigenes – und damit einen Präzedenzfall für alle weiteren KI-Entwickler. Und weil gemeinnützige Organisationen und Forschung »zur Förderung der Menschheit« (wie OpenAI immer wieder beteuert) von einem besonderen Schutz profitieren, ist es so schwierig, sie zu belangen. Das deutsche Recht machte die Sache sogar noch einfacher: Mit der sogenannten DSM-Richtlinie wurde, um die wirtschaftliche Entwicklung zu befördern, 2021 das »Text-and-Data-Mining« explizit auch für die kommerzielle Nutzung erlaubt.

Was kommt raus?

Wie ist nun der »Output« solcher Großen Sprachmodelle hinsichtlich literarischer Texte zu bewerten? Verdient die nach Wahrscheinlichkeiten operierende Kombination von Textbestandteilen in einem nicht-intentionalen *Best-* oder *Worst-of* von Zitattrümmern überhaupt den Namen Literatur? Um es gleich vorwegzunehmen: Da mich vor allem die unethische Umgebung der Großen Sprachmodelle interessiert, möchte ich mich nicht allzu lang mit der Qualität von Robotersprache aufhalten, die inzwischen vielerorts kommentiert wird. Sie ist oft leblos, unmotiviert, verzerrt oder irreführend, in anderen Fällen aber auch von Menschen benutzter Sprache so faszinierend ähnlich, daß man glauben könnte, man habe es mit einem realen Kommunikationspartner oder gar einer kreativen Akteurin zu tun.

KI ist eine Reproduktionssoftware, die menschliche Sprache *simuliert*; eine Mustererkennung, die weder Erfahrung noch ästhetisches Empfinden verarbeitet, keine Gründe kennt und auch keinen Wahrheitsanspruch besitzt. Als Technik, die keine Entscheidungen treffen und keine Verantwortung tragen kann, schafft sie ein Als-ob – und so werde ich ihren Auswurf fortab auch nennen. Zur Vermarktung eines solchen Systems ist ein solcher Befund natürlich hinderlich, wer will schon ein Fake, eine Imitation, einen Abklatsch? Aus diesem Grund wird KI schon lange mit einem humanisierenden Vokabular ummantelt, das den Eindruck verstärkt, einen »echten« Gesprächspartner mit »Nervenzellen« (»neuronalem Netzwerk«) vor sich zu haben, und das, obwohl der Kognitions- und Computerwissenschaftler John McCarthy offen zugibt, die Bezeichnung Künstliche

Intelligenz in den fünfziger Jahren in Konkurrenz zum Begriff »Kybernetik« erfunden zu haben, um »Geld für einen Sommer-Workshop zu bekommen«. Nimmt man dieses Etikett dennoch ernst und führt ein »intelligentes« Gespräch mit ChatGPT, kommt etwa Folgendes heraus:

– *Warum wird ein humanisierendes Vokabular wie »Intelligenz«, »lernen« oder »Fähigkeit« benutzt, um* KI *zu bezeichnen?*
– Das liegt daran, daß die Künstliche Intelligenz (KI) menschliche kognitive Fähigkeiten imitiert, indem sie Informationen aus Eingabedaten erkennt und sortiert. Die Intelligenz kann auf programmierten Abläufen basieren oder durch maschinelles Lernen erzeugt werden. Das menschliche Vokabular wird verwendet, um die Fähigkeiten der KI zu beschreiben und zu erklären.
– *Ist denn eine Imitation von Intelligenz überhaupt Intelligenz?*
– Das ist eine interessante Frage. Es gibt verschiedene Definitionen von Intelligenz, aber im allgemeinen wird Intelligenz als die Fähigkeit definiert, Aufgaben durch Denken [sic!] zu lösen. Künstliche Intelligenz imitiert menschliche kognitive Fähigkeiten, indem sie Informationen aus Eingabedaten erkennt und sortiert. Die Intelligenz kann auf programmierten Abläufen basieren oder durch maschinelles Lernen erzeugt werden. Ob eine Imitation von Intelligenz als Intelligenz bezeichnet werden kann, ist eine philosophische Frage und hängt von der Definition von Intelligenz ab.

Wie bitte? Ich frage, warum ein humanisierendes Vokabular benutzt wird, um KI zu bezeichnen, und erhalte die Als-ob-Antwort, es werde benutzt, um die Fähigkeiten von KI zu erklären? Ich frage nach einer Definition von imitierter Intelligenz und erhalte die Als-ob-Antwort, das hänge von der Definition von Intelligenz ab? Und zwei Sätze werden auf unterschiedliche Fragen fast wortgleich wiederholt? Im Germanistikstudium hätte das Tautologie geheißen, im Philosophieseminar *petitio principii* oder *begging the question*. Molière hätte seinen Spaß daran: Auch in seinem »Arzt wider Willen« ist die junge Frau Lucinde stumm geworden, weil sie, so der »Arzt«, die Sprache verloren habe.
Dennoch bedarf es besonderer Aufmerksamkeit, Zeit und Lesekompetenz, um solche Als-ob-Antworten zu enttarnen. Der ELIZA-Effekt mag seine Wirkung entfalten: die Bereitschaft von Menschen, aufgrund ihrer Bedürfnisse nach Interaktion, Resonanz und Akzeptanz Computern menschenähnliches Verstehen zuzuschreiben. Ein solcher Effekt konnte bereits 1966 bei dem von Joseph Weizenbaum entwickelten Programm dieses Namens beobachtet werden, das einen Psychotherapeuten simulierte und dem weit weniger Sprachdaten zur Verfügung standen. Um so erstaunlicher ist es, daß sich etwa die Kulturwissenschaftlerin Mercedes Bunz freut, wir könnten jetzt »Bedeutung errechnen«. Denn was

bedeutet das? Wie meint sie das? Typische Fragen, die sich Übersetzende stellen. Schließlich friert Literatur Bedeutung nicht ein, sondern diese ergibt sich aus dem Akt des Lesens, individuell und immer wieder neu. Sie kalkulieren zu können würden sich vielleicht manche Verlage wünschen, die sich Verkaufsprognosen für ihre »Titel« zunehmend durch KI errechnen lassen und »datengetriebene Prozeßverbesserung« erhoffen. Doch selbst Autoren würden wohl kaum darauf verzichten wollen, daß jeder Leser etwas anderes in ihren Texten zu lesen vermag und Bedeutung gerade eben nicht berechenbar ist – und zwar weder in dem, was Wörter und Sätze »meinen«, noch in ihrer Bedeutsamkeit für denjenigen, der sie hört oder liest. »Wörter ändern ihre Bedeutung, je nachdem, wer spricht. Dagegen gibt es kein Heilmittel«, schreibt Maggie Nelson in »Die Argonauten«, genauso ändern sie ihre Bedeutung, je nachdem, wer liest, mag man ergänzen.

Willentliche Aussetzung von Zweifeln

Was bedeutet es also, Sprachsamples von einer Maschine »remixen« und Als-ob-Texte errechnen zu lassen? Was heißt es, wenn es niemanden mehr gibt, der diese Texte verantwortet und sich in ihnen mitteilt? Könnten die Menschen hinter den Texten wirklich irgendwann unwichtig werden? Für Autoren sieht es im Moment nicht danach aus, der ganze Literaturbetrieb baut auf ihnen und ihrer »Aura« auf, manchmal mehr als auf den Werken selbst: Junge Autorinnen, die sich mit einem Manuskript bewerben, werden – ähnlich wie Schauspieler – in vielen Verlagen inzwischen danach beurteilt, wie viele Follower sie in den sozialen Medien haben. Schreiben sie unter Pseudonym, gelten sie als schwer »vermarktbar« und sind deshalb uninteressanter. Offenbar begehren Menschen wie Verlage die Präsenz der Kunstschaffenden – als Personen mit Lebensentwürfen und Erfahrungen. Dagegen ist es mit jener Form literarischen Schreibens, durch die »Originale« und »Weltliteratur« erst entstehen, nämlich dem Literaturübersetzen, eine vertracktere Sache. (Ein Werk, das nicht übersetzt wurde, würde man nicht »Original« nennen, und auch von »Weltliteratur« spricht man erst, wenn Übersetzungen entstanden und die Werke »gereist« sind.) Denn gemeinhin sind die Akteure hinter dieser komplexen literarischen Praxis unsichtbar. Noch immer sind Namen von Übersetzern auf Buchdeckeln nur in Ausnahmefällen zu finden, und auch in der Öffentlichkeit, etwa bei Lesungen oder in literarischen Trios und Quartetten, sind sie kaum anzutreffen. Für viele Literaturbegeisterte scheint Übersetzen eine eher mechanische Dienstleistung zu sein, und selbst für die, die dessen Faszinosum und Kunst erkennen oder sogar kennen, ist der Prozeß oft ein Rätsel.
Der »übersetzerische Pakt«, wie man den Lektürevertrag nennen könnte, den Übersetzerinnen mit ihrem Publikum eingehen, setzt auf die »willing suspension

of disbelief«, wie Coleridge die willentliche Aussetzung von Zweifeln beim Lesen von fiktionaler Literatur genannt hat, und behauptet etwa, Figuren, die in Phnom Penh, Palermo oder Port-au-Prince ihr Wesen treiben, sprächen deutsch, und hinter den Redewendungen, Zitaten, Liedern, Metaphern oder einer bestimmten Sprachmusik stehe der Autor des Originals. Lesende von Übersetzungen imaginieren so nicht den Übersetzer hinter dem Text, sondern den Autor – insofern scheint es auch weniger problematisch, Übersetzerinnen durch Maschinen zu ersetzen, die lebendige Autorin gibt es ja weiter.

Doch literarische Übersetzungen formulieren eine Erfahrung: nämlich die, die ein bestimmter menschlicher Übersetzer mit einem Text gemacht hat – der wiederum eine ganz eigene Widerständigkeit besitzt. Literatur zu übersetzen bedarf des offenen Zuhörens und dann der Intention, Intuition und Gestaltung durch unzählige Einzelentscheidungen. Als dialogische Form des Schreibens geht es durch Mark und Bein. Hinter jedem Buchstaben auf dem Papier steht ein fühlender, hörender, sprachsensibler Körper, der genau diese Computertaste gedrückt hat. Der geheimnisvolle Vorgang, wie sich ein gelesener Ausgangstext dem Übersetzenden als inneres Bild oder Stimme, die (ihm) etwas zu sagen hat, einprägt und durch den Filter von Erfahrung, Erinnerung, Wissen, Recherche, Empfindung läuft, durch sprachliche Versuche und Verwerfungen geht, bis er in einer anderen Sprache mit ihren eigenen Klängen und Assoziationen zu einer neuen Stimme kommt, die zugleich größtmögliche Abstimmung mit dem originalen »Ton« sucht, ist *in seinem Gestus* von Maschinen nicht imitier- und ersetzbar. Übersetzen ist eine Zuwendung, ein Hinüberbeugen zu einem anderen, eine zutiefst menschliche, menschenmögliche Geste.

Wird es also zukünftig von besonderem Wert sein, wenn ein Text durch den Filter eines Menschen geflossen ist? Wird man simulierte Kompetenz überhaupt noch von echter unterscheiden können? (Diese Frage beschäftigte im März 2023 auch den Deutschen Ethikrat, KI-Entwicklern dagegen gilt die Verneinung dieser Frage als Ziel.) Oder greift die willentliche Aussetzung von Zweifeln auch hier und wird es Lesern schlicht egal werden, von wem eine Übersetzung, von wem ein Text stammt?

Literatur als ästhetische Praxis

In praktisch allen Kunstsparten gibt es ein Kriterium, das als Ziel künstlerischen Schaffens immer wieder genannt wird: Lebendigkeit. Wann ist ein Werk lebendig? Reicht es, daß etwas empfunden, erlebt, erlitten wurde, damit auch die Kunst lebendig genannt werden kann? Entsteht Lebendigkeit im Urteil, das heißt in der Praxis des Betrachters, oder gibt es Kriterien, die dem Werk innewohnen?

Hat Lebendigkeit vielleicht eine Innen- und eine Außenseite, eine, die zur Produktion und eine, die zur Rezeption von Kunst gehört? Lebendig in Erinnerung ist mir dazu ein Gespräch mit einem Komponisten, der seine Stücke, wie heute die meisten seiner Kollegen, mithilfe einer Software notiert. Spiele er die Komposition auf seinem Rechner ab, sagt er, höre sich das Stück tot an, stumpf. Erst wenn es von Musikern aufgeführt werde, könne er es wirklich hören. Es brauche die Interpretation und den Atem der Musiker. Ich würde anschließen: Kunst braucht Freiheit. Der Atem ist eine Manifestation dieser Freiheit. Die Autonomie bestimmter KI-Systeme im Sinn ihrer Blackbox-Effekte, die selbst von KI-Entwicklern nicht durchschaut werden, sollte damit nicht verwechselt werden.

Im Bereich der literarischen Übersetzung scheint die Zunft nun zwischen existentieller Sorge und ungläubigem Staunen hin und her zu schwanken. Und einige machen sich an die Analyse: Der französische Literaturübersetzerverband ATLAS sowie das CREAMT Project und das Team »Kollektive Intelligenz« haben in Studien ausgewertet, was KI-Systeme beim Übersetzen von Literatur leisten. Ihr Ergebnis: Aufgrund der Bauweise von KI weisen Roboterübersetzungen bestimmte Arten von Fehlern auf, die erfahrenen menschlichen Übersetzern nicht unterlaufen würden und kreative Prozesse erschweren. Denn bei der Arbeit mit einer KI-Vorlage sehen sich Übersetzende einem Priming- oder Vorprägungseffekt ausgesetzt, das heißt der (unbewußt bleibenden) Beeinflussung durch eine Vorformulierung, außerdem einem Fatigue- oder Ermüdungseffekt durch den Umgang mit praktisch zwei Vorlagen und dem Obstacle- oder Hinderniseffekt, weil KI-typische Fehler (»Halluzinationen« genannt) durch die menschenähnliche Sprache der KI erst einmal aufgespürt werden müssen, was den Zeitaufwand sogar vergrößern statt verringern kann. Sabine Müller wiederum, eine Übersetzerin aus dem Indonesischen, fragte ChatGPT für die Sendung »Gutenbergs Welt« im WDR, ob die KI wohl demnächst menschliche Übersetzer ersetzen werde. Die Als-ob-Antwort: Als Sprachmodell sei »er« ein nützliches »Werkzeug für die maschinelle Übersetzung« [sic!]. Hier und da fehlten »ihm« allerdings noch Genauigkeit und Kontextsensibilität, dafür entschuldige »er« sich (das Modell »spricht« in Ich-Perspektive und wird von der Nutzerin mit männlichem Artikel bezeichnet). Die Kriterien wirken überzeugend – entsprechen sie doch der landläufigen Meinung, was eine literarische Übersetzung leisten soll. Doch ist das alles?

Was ist mit Rhythmik, Wortmusik und Klang? Oder Grammatik, dem Satzbau, der den Fokus auf dieses oder aber jenes richtet? »Alles, was ich über Grammatik weiß, ist, welch unendliche Macht sie hat«, schreibt die Autorin Joan Didion. Was ist mit dem, was die Dichte eines Textes ausmacht? Was mit Zitaten, die erkannt werden wollen, mit Anspielungen, die einen Wortlaut oft nur antippen und eine Entsprechung in einem neuen kulturellen Kontext brauchen? Was ist

mit Realia und kulturellen Spezifika, die Übersetzende auf Rechercheireise schikken und Lesende Unbekanntes entdecken lassen? Was ist mit den Tempora, die nicht (nur) die Zeitebene markieren, sondern über die Bedeutung von Sätzen in einem erzählerischen Gesamtsystem entscheiden? Was mit der historischen Zeitebene, die über die Wortwahl genauso entscheidet wie die Sprechsituation, Alter, Geschlecht, Herkunft, Geisteszustand desjenigen, der spricht? Was ist mit dem Subtext? Und was mit dem, das sich dem Verstehen und Bedeuten entzieht und entziehen will – und für das es eigener, in jeder Sprache anderer Mittel bedarf? Und – ein andersgelagerter Aspekt – was ist mit der eigenen Erfahrung? Nicht nur der, die man in das Ergebnis, die Übersetzung, einspeist, sondern auch der, die beim Tun selbst Lebenssinn verschafft, die einen Flow erzeugen kann, einen Einklang, der motiviert und anregt, sich auch über den nächsten Text zu beugen, ihn einem Verlag vorzuschlagen, neue Verbindungen zu stiften? Oder sich gemeinschaftlich vor Texten zu versammeln, Poetiken zu diskutieren, einen »Dreh« zu finden, Erkenntnisse weiterzugeben, sich über Resonanz zu freuen? Der Schwierigkeit nachzugehen, wie man sich grundsätzlich Fremdem nähern kann? Was ist mit den beglückenden Momenten morgens im Bett, in denen einem plötzlich genau die Formulierung einfällt, die man längst auf der Zunge hatte, aber die nicht herauswollte und für die man aufspringt, sie schleunigst notiert und sich diebisch freut?
George Orwell hat in seinem Essay »Warum ich schreibe« vier Gründe genannt, warum Menschen auf die Idee kommen, Literatur zu verfassen, sie lauten, grob gefaßt: erstens Egoismus, das heißt, der Drang, intelligent zu wirken, respektiert und bewundert zu werden oder sich an jemandem zu rächen; zweitens das ästhetische Vergnügen, die Begeisterung für die Form, für die Sprache, für Worte in einer bestimmten Reihenfolge, für den Ton, den Klang; drittens ein historischer Impuls, der Wunsch, manche Dinge zurückzuverfolgen und sie der Nachwelt aus eigener Sicht zu erzählen, und viertens das politische Interesse, die Welt in eine bestimmte Richtung zu lenken und etwas über menschliches Zusammenleben zu formulieren. »Warum ich übersetze« könnte, darauf aufbauend, für mich so lauten: aus reiner Neugier. Aus Fernweh. Aus Lust, andere Stimmen zu hören und zu gestalten als die eigene. Aus Faszination für den Raum zwischen den Sprachen. Aus Leidenschaft für Klang, Rhythmus und Form, für das, was Sprache subkutan mit uns macht und unser Verstehen und Empfinden stärker lenkt, als wir glauben. Aus einem Bedürfnis nach Selbstmitteilung im Dialog. Aus der Überzeugung, die Erweiterung um andere Perspektiven könne die eigene Welt kompletter und komplexer machen. Allesamt Gründe, die im sozialen Miteinander wurzeln. Doch werden Übersetzer, Autorinnen und Künstlerinnen in der Regel nicht bezahlt, um sinnstiftende Erfahrungen zu machen. Honoriert wird allenfalls das Ergebnis ihres Tuns – und auch im Zusammenhang mit KI wird vorrangig über das Ergebnis

gesprochen. Und doch steht mit der KI die künstlerische Praxis selbst zur Diskussion. Zwar strömen Menschen in Lesungen und Veranstaltungen, um etwas von den geheimnisvollen Prozessen kreativen Schaffens zu erfahren, zwar entstehen Biographien und Archive rund um die Kulturtechniken des Schreibens und Übersetzens, zwar lesen Menschen Selbstzeugnisse von Autorinnen und Übersetzern und es gibt vielfältige Formen des Austauschs rund um die Produktion von Literatur, doch in der output-orientierten KI-Welt und ökonomiegetriebenen Fixierung auf das Ergebnis spielen diese Aspekte keine Rolle.

Literatur als soziale Praxis

Eine Übersetzung, an der ich vor zwei Jahren arbeiten durfte, »Kanaky« von Joseph Andras, hat meine Vorstellung von Sprache tief verändert. Das Buch spielt in Neukaledonien, einem französischen »Überseeterritorium« im Pazifik, und erzählt von den Kanak, dessen indigener Bevölkerung. Den Kanak, lernte ich während der ausgedehnten Recherchen, ist Sprache in dem Sinne heilig, daß sie von »Ahnengeist« durchdrungen ist. Damit ist gemeint: Wir »haben« Sprache nicht, sondern sie wird uns vererbt und wir geben sie weiter. Sprache gilt als göttlich, weil sie durch Zeiten und Körper hindurchfließt und Menschen zu verbinden vermag. Ein Konzept wie das des einsam vor sich hin erfindenden Literaturgenies ist den Kanak zutiefst fremd. Ebenso fremd wäre ihnen aber auch die Vorstellung, man habe mit Schrift lediglich Zeichen vor sich. So wie in Ägypten die Wände von Grabkammern mit Hieroglyphen bedeckt sind, weil man diese als Stimmen verstand, die dem Verstorbenen in seiner neuen Welt Gesellschaft leisten sollten, ist auch für die achtundzwanzig verbliebenen Kulturen Neukaledoniens Sprache und Schrift nicht körper- und sprecherlos zu denken. Vielmehr wird Sprache in Ritualen gefeiert und als verbindendes Medium verehrt. »Faire la coutume« heißt dieses Verehren, und es hat mich Monate und viele Versuche gekostet, um eine Übersetzung dafür zu finden, die auch hierzulande verständlich ist und einen Bogen vom Pazifik in den deutschsprachigen Raum spannt. Denn so erlebe ich das Übersetzen von Literatur, aber auch das, was um das Verfassen und Lesen von Literatur herum geschieht: Es nährt das Mit-, Zu- und Füreinander. Das Hören und Gehörtwerden. Auch Sprachkunst ist eine soziale Praxis, nicht nur ein »Produkt«.

Kein Werkzeug, sondern Ersatz

Nun argumentieren Befürworter (und die KI selbst), KI-Technologie sei doch bloß ein Werkzeug, ein »tool«. Und werde nie an die Stelle originärer Künstler treten. In der Tat, natürlich existieren Werkzeuge zum Schreiben und Übersetzen: Online-Wörterbücher gehören dazu oder Sammlungen von Redewendungen, Synonym- und Reimlexika, Glossare, Textkorpora, Rechtschreibprogramme. Doch KI-Systeme wie DeepL weisen einen zentralen Unterschied auf: Sie machen menschliche Übersetzer zu nachträglichen Bearbeitern. Und zwingen ihnen damit eine völlig andere Schreibpraxis auf. Denn Texte lediglich zu bearbeiten, und das unter den Bedingungen von Priming-, Fatigue- und Obstacleeffekten, kann genau das verhindern, was Übersetzen eigentlich leisten soll: die Neuerschaffung von Stimmen in einer tief empfundenen und verantworteten Verbindung aller sprachlichen Elemente und in Abstimmung mit dem Original. Bearbeiten heißt, dem vorhandenen Text grundsätzlich mit Skepsis zu begegnen und ihn auf Fehler zu prüfen. Die Art und Weise, wie die Software von der Buchbranche für Fach- und Genreliteratur zum Teil genutzt wird, zeigt, wie bereitwillig die Maschine dennoch bereits als originäre Übersetzerin und nicht als Werkzeug eingesetzt wird. Und ChatGPT gibt mit seiner dialogischen Architektur sogar vor, ein selbständiger Auftragsempfänger zu sein, der sich auf spezifische Stilmerkmale einstellen kann. Weder DeepL noch ChatGPT wurden je als Werkzeuge konzipiert, sie werden auch nicht als solche vermarktet, vielmehr werden sie selbst von ihren Erfindern als Ersatz gepriesen: als automatisierte, superschnelle, superbillige oder ganz und gar kostenfreie Arbeitskraft, die das Erfahrungswissen, die Zeit und die lebenslange Arbeit von Tausenden von menschlichen Übersetzern und Autoren sampelt und ihre »Inputs« zur Entwicklung potenterer Systeme instrumentalisiert. Als Simulation des menschlichen Gehirns. Als Roboterarm in der Produktionsstraße literarischen Schreibens, wo bereits existierende, von ganz konkreten Menschen ersonnene Sprache »verbaut« wird – denn etwa so wird das Verfassen und Übersetzen von Text konzipiert, auch wenn Entwickler behaupten, man würde nur ungeformte »Muster« nutzen. Allerdings als Roboterarm mit besonderen Privilegien: Denn die Datenmenge, auf die KI zugreifen kann und ihre mit jeder Interaktion zunehmende Möglichkeit, menschliche Vorlieben und Werturteile »kennenzulernen«, werden in absehbarer Zukunft in reale Konkurrenz zu menschlichen Schöpfern treten können: und zwar nicht unbedingt um die Ergebnisse, sondern vor allem um Aufmerksamkeit, Geld und öffentlichen Raum. Geht man davon aus, daß auch die Erwartungen bei den Nutzern von KI sinken werden, weil es schlicht zu attraktiv ist, für wenig oder gar kein Geld ein Ergebnis zu erhalten, das akzeptabel genug ist und billig nachbearbeitet werden kann, stehen nicht nur der Arbeitsmarkt, die Erfahrungswelt von Übersetzenden und der Anspruch an literarische Texte auf dem Spiel, sondern auch alles, was das soziale Gefüge um die Texte herum bildet. Ich weiß, ich begebe mich hier auf das dünne Eis der Prophetie, doch man

analysiere nur die Entwicklung der letzten Jahre, man lausche nur der Sprache der Tech-Unternehmer und betrachte die bereits reale Verwendung von Übersetzungs-KI (bisher ohne Kennzeichnungspflicht) in Presseorganen, Fachbuch- und Wissenschaftsverlagen, zunehmend aber auch im Bereich der Unterhaltungsliteratur, und die Prognose erweist sich vielleicht schon jetzt als Diagnose. ChatGPT, schwärmt der Firmenchef von OpenAI Sam Altman, sei das sich am schnellsten entwickelnde Produkt der Technikgeschichte.
DeepL und ChatGPT mögen derzeit also für manche anregend sein, doch jeder, der sie im Glauben, ein Hilfsmittel zu verwenden, nutzt, sollte wissen, daß er damit die teils illegale Verwurstung geistigen Eigentums anderer unterstützt. Und daß mit jeder Auswahl von Vorlieben oder Alternativen das nächste, potentere System trainiert wird, welches (in einem problematischen Einfrieren von Sprache und Urteilen) nur ein Ziel verfolgt: die Ununterscheidbarkeit von Maschinen- und Menschenerfindung. Und längerfristig: die Entwicklung der Wurst zu einem »Denksystem« oder, wie OpenAI-Chef Altman es auch nennt, zu einer »Superintelligenz« alias »starken KI« oder »AGI«(Künstliche allgemeine Intelligenz), die künftig jede intellektuelle Aufgabe wie ein Mensch oder besser verstehen und ausführen können und perspektivisch über Emotionen und Einsichtsfähigkeit verfügen soll.

Vision oder Wahn

Zutiefst befremdlich, aber aufschlußreich ist in diesem Licht ein zweieinhalbstündiges, auf YouTube nachhörbares Gespräch, das Sam Altman und der Informatikphilosoph Lex Fridman geführt haben. »Ich will ganz klar sein: Diese Systeme werden viele Jobs abschaffen«, erklärt Altman seine Vision, »aber sie werden auch viele aufwerten und besser machen. Die Jobs werden viel mehr Spaß machen und auch viel besser bezahlt werden.« In Zukunft würden wir nicht mehr arbeiten, um Brötchen zu verdienen, erklärt er weiter, sondern weil Arbeit ein kreativer Ausdruck werde und man Erfüllung und Glück darin finde – wobei er voraussetzt, daß dies bislang nicht der Fall war. Als Einkommensbasis soll dabei ein Grundeinkommen dienen, das von dem von ihm mitgegründeten Projekt WorldCoin ausgegeben wird, einer »technischen Lösung für das Problem der Armut in der Welt«, wie Altman schwärmt. Konkret ist WorldCoin ein Projekt, das Kryptowährung an Menschen verschenkt, die bereit sind, sich durch das Scannen ihrer Iris als natürliche Person zu identifizieren, das heißt biometrische Daten preiszugeben. Doch nicht ohne Grund stehen diese zumindest in Deutschland unter besonderem Schutz, da, laut Datenschutz-Grundverordnung, »im Zusammenhang mit ihrer Verarbeitung erhebliche Risiken für die Grundrechte und Grundfreiheiten auftreten können«. Etwa zwei Millionen meist außerhalb der USA lebende und meist einkommensschwache Menschen haben sich bereits bei WorldCoin registriert. Daß andere die Entscheidung, wie sie leben, ihre Talente ausleben und womit sie ihr Geld verdienen wollen, möglicherweise selbst und schon gar nicht in Anpassung an eine bestimmte Technik treffen möchten, kommt Altman offenbar nicht in den Sinn – so wie auch Großunternehmern mit Charity-Kampagnen der Gedenke fremd zu sein scheint, daß viele eventuell nicht erst ausgebeutet werden wollen, bevor sie von Unternehmers Gnaden und nur im Glücksfall wieder beschenkt werden. Doch Altman ist ein nachdenklicher junger Mann und fähig zu Selbstkritik. Er sei »ziemlich abgeschnitten von der Lebenswirklichkeit der meisten Leute«, gesteht er Lex Fridman, und könne deshalb die Auswirkungen, die KI auf deren Leben haben wird, nicht wirklich absehen. Der Höhepunkt des Gesprächs ist folgerichtig ein kruder Cocktail aus all diesen Zutaten: Als Podcast-Gastgeber Fridman, der in der Sowjetunion geboren wurde und in den neunziger Jahren mit seinen Eltern in die USA zog, nach der Entwicklung von Politik, Wirtschaft und Gesellschaftssystem in den nächsten zehn bis zwanzig Jahren fragt, erhält er zur Antwort: Die durch KI gesteuerte ökonomische Transformation werde die politische stark beeinflussen. Und als Fridman die Richtung einer solch umfassenden Transformation auszuloten versucht und weiter fragt, worin er, Altman, die Gründe für den einstigen Zusammenbruch der Sowjetunion sehe, antwortet dieser, ohne den Braten zu riechen: Nun, Individualismus, freier Wille und Selbstbestimmung seien wichtige Werte und könnten nirgends so gut ausgelebt werden wie in den USA. Ebenso werde die Möglichkeit, neue Dinge auszuprobieren, ohne zuerst um Erlaubnis fragen zu müssen, immer über eine zentralisierte Planwirtschaft erhaben sein. Was aber, fragt Fridman folgerichtig, wenn generative KI gerade eine solche Art von Planwirtschaft anbahne? Und damit genauso scheitere? »Das können wir nicht wissen«, ist Altmans Antwort, aber er gehe davon aus, daß die KI besser sei als die sowjetische Planwirtschaft. Es könne aber auch sein, daß eine Superintelligenz die beste Lösung für dieses Systemproblem in sich selbst finde oder Hunderte von Superintelligenzen sie untereinander aushandelten. Sicher sei, daß dieses Werkzeug auch Schäden verursachen werde. Doch wolle man versuchen, das Schlechte zu minimieren und das Gute zu maximieren.

Daß Altman einer der wenigen Chefs eines der wenigen Unternehmen ist, in deren Händen ein solcher »Versuch« liegt, beschäftigt den 200fachen Millionär allerdings so sehr, daß er sich kürzlich auf Reisen begeben, verschiedenen Nutzern »ein Glas ausgegeben« und mit ihnen darüber gesprochen hat, was für KI-Funktionen sie sich wünschten. Ich bin mir relativ sicher, daß Autorinnen und Literaturübersetzer nicht zu den Besuchten gezählt haben. Klar ist jedoch:

Was auch immer bei diesen Gläschen genannt wurde, man wird ein vermarktbares technisches Produkt dafür entwickeln. Denn in der Ära des »Technomessianismus« (Rainer Marten) fungiert die Technik als Retter und Heilsgarant für sämtliche selbstgeschaffenen Probleme. Und weil sie bezahlt werden muß und damit die Wirtschaft ankurbelt, wird sie politisch gefördert: »Wenn wir es nicht machen, machen es die Chinesen.« Was also haben Sam Altman und andere KI-Entwickler anderes zu geben als allein das technisch Mögliche? Welches Menschenbild, welche praktische Vernunft steht hinter einer solchen »Intelligenz«? Offenbar eher die Faszination für das Machbare und der Wahn, die Welt nach dem eigenen Bild durchzugestalten, als die Förderung freien, menschlichen Miteinanders. Zwar ist auch für Altman der Mensch besser zu schöpferischem Tun geeignet als die Maschine und wird deshalb als »Input-Geber« auch weiterhin gebraucht werden, aber er ist zu langsam, sein Wissen zu lückenhaft und seine Arbeit in allem zu aufwendig, nicht zuletzt in punkto Zeit. Mit Zeitersparnis kann die Technik punkten. Alles andere, was zum Durchdenken und Einordnen nötig ist und zum »Aufwand« gezählt werden, aber auch Zuwendung heißen kann, alles, was menschlicher Interaktion und Gemeinschaft bedarf, wird auf perfide und für das Unternehmen kostenlose Weise entwendet.

In völliger Verkennung ökonomischer Realitäten sagt Altman als Ziel von Entwicklungen wie ChatGPT kreativeres Tun und mehr Reichtum voraus. Die Realität von Literaturübersetzerinnen ist das beste Beispiel dafür, wie sehr er sich irrt oder gezielt lügt. Der kreative Aspekt der Arbeit nimmt ab, als sogenannte Posteditoren werden Übersetzende zu jenen Fließbandarbeitern, die sie nie waren, und das zu einem Bruchteil des Honorars. Und mit der Botschaft: Wenn du durch KI ersetzt werden kannst, dann warst du eben kein kreativer Autor oder Übersetzer. Wenn deine Arbeit simuliert werden kann, dann hast du eben bislang einen »Bullshitjob« (David Graeber) gemacht.

Sind KI-Systeme für manche im Moment noch interessante Spielzeuge, so haben sie für andere längst die Arbeit übernommen oder werden sie zukünftig übernehmen. Und im selben Zug Beziehungen gefährden, die diese Arbeit sonst gestiftet hat. Niemand kann sich eine Welt wünschen, die mit maschinenproduzierten Texten überschwemmt wird, deren schiere Quantität den Raum und die Aufmerksamkeit für menschengemachte Texte und die Sensibilität für ihre Qualität mindert. Wenn Nutzer beginnen, das zu lieben, was sie ersetzt, ist es höchste Zeit, über Folgen nachzudenken, die fernab von »Outputs« liegen: über die Basis gesellschaftlichen und individuellen Lebens. Über eine ungeheure Macht- und Geldkonzentration. Und über Institutionen und politische Systeme, die diese Macht kontrollieren sollten.

Kosten: ökologisch, ökonomisch, psychologisch, politisch, gesellschaftlich, juristisch

Eine einzige Google-Suche kostet so viel Energie wie eine Energiesparlampe, die eine Stunde lang brennt. Pro Person beläuft sich der Energieverbrauch durch Aktivitäten im Internet auf Emissionen von etwa einer Tonne CO_2 jährlich, Tendenz rasant steigend. Dabei verbrauchen nicht nur die Computer jedes Einzelnutzers, sondern auch Server Unmengen von Energie; im Raum Frankfurt, wo der Internetknotenbetreiber DE-CIX seine Rechenzentren unterhält, sind das 20 % des Gesamtverbrauchs der Stadt. Allein das Training der »kleinen« Version GPT-3 soll rund 1,287 Gigawattstunden verbraucht haben, das entspricht rund 502 Tonnen an Kohlenstoffemissionen – doch die neuen Generationen dieser KI verarbeiten wesentlich mehr Daten, und mit der Nutzung der Produkte steigt der Verbrauch exponentiell. Ich bin nicht imstande, das in Windräder zu übersetzen, aber ist Energiehunger vielleicht die Unwucht dieser Technologie, über die man nur sehr ungern spricht – so wie radioaktiver Müll die von Atomenergie? Wäre nicht auch dieser Aspekt in die Frage einzubeziehen, ob und wozu wir solche Systeme nutzen wollen?

Und was werden sie an anderer Stelle kosten? Zum Beispiel dort, wo weitere Verarmung entsteht? Derzeit beträgt das durchschnittliche Jahreseinkommen von Literaturübersetzern 18 000 Euro. Für das skizzierte Postediting werden derzeit, selbst wenn dafür zuweilen mehr Zeit und Kompetenz aufgebracht werden müssen als für eine Übersetzung ohne KI, oft nur circa 30 % des Honorars angeboten. Wohlgemerkt: Es handelt sich um das Jahreseinkommen, und zwar für Selbständige, die sich selbst versichern, Rücklagen für Krankheit und Alter bilden, eventuell von ihnen Abhängige finanzieren müssen und deren Honorarverlust durch Inflation von niemandem aufgefangen wird.

Bilanzen, die sich in Geldwert ausdrücken, scheinen angesichts dessen, womit wir es hier zu tun haben, allerdings fast sekundär. Mit der Weiterentwicklung von generativen KI-Systemen stehen wir an der Schwelle zu einer Transformation ganz anderen Ausmaßes. Nach Wunsch von Sam Altman & Co. wird generative KI zukünftig ein durch individuelle Eingaben trainierter, persönlicher Assistent, mit dem man sämtliche Themen »besprechen« kann, von Kommunikationsproblemen über Werturteile, Einkaufslisten, Wahlentscheidungen bis hin zu Bettgeflüster – die Speicherung sensibler Daten natürlich vorausgesetzt. Bereits jetzt häufen sich Berichte von Nutzern, die stundenlang an Apps wie »Replika« hängen und sich in ihre künstlichen »*soul mates*« beziehungsweise Spiegelbilder verlieben. Von Interessens- und Lobbypolitik gefördert und befeuert, sind all diese künstlichen »Partner« in der Lage, nicht nur den Arbeitsmarkt umzukrempeln, sondern auch das, was wir bislang als menschliche Gemeinschaft gefeiert haben.

Und nun?

Was tut sich also an der Stelle, wo Regulierung stattfinden muß? Während etwa der KI-Forscher Stephen Thaler in verschiedenen Ländern klagte, um für die Erfindungen seiner KI Urheberrechts- bzw. Patentstatus zu erwirken – und in Australien und Südafrika zumindest für die Patentierung recht bekam –, schlagen andere Alarm, und zwar ausgerechnet diejenigen, die die Geister einst riefen. Die Initiative CAIDP etwa, die unter anderem von OpenAI-Mitfinanzierer Elon Musk und Apple-Mitgründer Steve Wozniak ins Leben gerufen wurde, drängte im März 2023 darauf, daß die Entwicklung noch leistungsfähigerer KI-Systeme für sechs Monate ausgesetzt werden solle. Zur Begründung hieß es: »Wir haben festgestellt, daß das Modell das Potential hat, bestimmte Vorurteile und Weltanschauungen zu verstärken und zu reproduzieren, einschließlich schädlicher stereotyper und erniedrigender Assoziationen für bestimmte Randgruppen. KI-Systeme haben ein noch größeres Potential, ganze Ideologien, Weltanschauungen, Wahrheiten und Unwahrheiten zu verstärken, sie zu zementieren oder zu verfestigen und so künftige Anfechtungen, Überlegungen und Verbesserungen auszuschließen.« Am 30. März reichte CAIDP Klage gegen OpenAI ein, weil ChatGPT »voreingenommen, trügerisch und ein Risiko für die Privatsphäre und die öffentliche Sicherheit« sei.
Für solche öffentlichkeitswirksamen, apokalyptischen Rufe lassen sich allerdings vor allem unternehmerische und politische Gründe vermuten: OpenAI wurde einst von Altman, Musk, Peter Thiel und LinkedIn-Erfinder Reid Hoffmann gemeinsam gegründet. Da Musk und Thiel jedoch seit Jahren Donald Trump unterstützen und andere Visionen für die zukünftige Weltherrschaft haben als Altman, der an eine Art demokratischen Sozialismus glaubt, trennten sich ihre Wege und jeder warnt nun vor den KI-Produkten des anderen. Groteskerweise ist es gerade Musk, der einen Chatbot entwickelt, dessen Output nicht auf diskriminierende oder falsche Inhalte hin gefiltert werden soll. Zudem dient die Warnung vor den eigenen oder den Produkten anderer natürlich dazu, auf die in Abstimmung befindlichen Regulierungsmechanismen Einfluß zu nehmen und zu suggerieren, nur wer den Teufel kenne, könne ihn auch an die Wand malen. Doch als Kenner warnte auch der 2018 verstorbene Astrophysiker Stephen Hawking am Ende seines Lebens immer wieder, unkontrollierte KI könne »das schlimmste Ereignis in der Geschichte unserer Zivilisation werden«. Und KI-Theoretiker Eliezer Yudkowski ist sich sicher, daß die Zeit, die man für die

Regulierung, vollständige Erforschung und Kontrolle von KI-Systemen braucht – er sieht die nächste Generation von ChatGPT bereits als möglichen Kandidaten für eine Superintelligenz –, mindestens dreißig Jahre beträgt. Wenn man sich diese nicht nehme, könnten KI-gesteuerte Massenvernichtungswaffen irgendwann die gesamte Menschheit töten – ein Szenario, das auch Sam Altman nicht ausschließt, der sich in seinem Haus in San Francisco bereits mit Schußwaffen, Gold (nicht Kryptowährung), Kaliumiodid und Gasmasken aus israelischen Militärbeständen munitioniert, ein entlegenes Stück Land gekauft und den US-Senat in einer Anhörung am 17. Mai 2023 um Regulierung gebeten hat, da die Sache »völlig schiefgehen könne«. Gleichzeitig betont er, diese technische Revolution sei nicht mehr aufzuhalten.

In mehreren Ländern wurde ChatGPT dennoch vorerst ein Verbot erteilt. So hatte Italien OpenAI im Frühjahr zunächst eine »sofortige vorübergehende Einschränkung« der Verarbeitung von Daten italienischer Nutzer angeordnet. Als das Unternehmen jedoch auf einige Transparenz- und Informationspflichten einging und Nutzern eine Opt-out-Möglichkeit für das Training mit Eingabedaten einräumte, wurde das Verbot wieder aufgehoben. In China ist das Programm bislang grundsätzlich nicht zugänglich, hier soll eine ChatGPT-ähnliche Software selbst entwickelt und zukünftig erst den Behörden vorgelegt werden, um zu prüfen, ob erzeugte Inhalte »die Grundwerte des Sozialismus spiegeln«. Verboten werden unter anderem »Subversion der Staatsmacht, Sturz des sozialistischen Systems, Aufstachelung zur Spaltung des Landes, Untergrabung der nationalen Einheit«. Wie auch immer man zu diesen Regulierungen stehen mag, Tatsache ist: ChatBots enthalten nirgendwo auf der Welt das Gesamtwissen der Menschheit, wie Entwickler und Befürworter gern behaupten. ChatBots enthalten genau die Art von Wissen, Sprache und Perspektive, von Ansichten, Rhetorik und Propaganda, die ihnen eingepflegt wurden. Menschen, die bislang keine Stimme in den Mainstreamdiskursen hatten, werden sie auch nicht durch selbstreproduzierende Systeme bekommen. Unter anderem dafür treten Autorinnen und Literaturübersetzer aber an.

Daß in der EU bereits 2018 Regulierungspläne für KI-Systeme ausgearbeitet wurden, könnte in diesem Szenario als Erfolg gewertet werden. Inzwischen ist die europäische KI-Verordnung (AI Act) auf dem Weg zur Ratifizierung. Sie unterteilt KI-Anwendungen in Risikoklassen und sieht für Technologien mit einem nicht akzeptablen Risiko Verbote vor. Lobbygruppen aus Technik und Industrie haben jedoch bereits wesentliche Aufweichungen erwirkt, die Großen Sprachmodelle sind, entgegen so mancher Expertenmeinung, nicht als Hochrisikotechnologie eingestuft worden, und der militärische Einsatz von KI wurde von der Regulierung grundsätzlich ausgenommen. In diesem Rahmen haben die Forderungen von Urheberverbänden, aber auch Amnesty International und fünfundsiebzig weiteren internationalen Organisationen einen schweren Stand. Eingefordert werden von dieser Seite unter anderem: der Nachweis einer Rechtsgrundlage für die Erhebung und Nutzung des Trainingsmaterials bzw. nachträgliche Lizensierung, finanzielle Beteiligung der Urheber an Erlösen aus LLM, Belastbarkeit in punkto Richtigkeit, Genauigkeit, Objektivität und Vielfalt, Haftung des KI-Anbieters für alle durch die KI generierten und verbreiteten Inhalte, keine algorithmische oder sonstige Bevorzugung KI-generierter Inhalte und ein Mindestmaß an Datenverarbeitungsinfrastruktur in Europa und damit nach EU-Recht. Zudem werden Opt-In-Optionen eingefordert, das heißt die explizite Einholung einer Einwilligung für die Verwendung eigener Daten zu Trainings- und Speicherzwecken. Inzwischen mehren sich allerdings auch Initiativen unter Schriftstellerinnen, Übersetzern und manchen Verlagen, die in ihren Verträgen den Einsatz von KI grundsätzlich als unethisch und unprofessionell verbieten wollen. Die Drehbuchautoren in Hollywood haben in dieser Hinsicht durch einen Streik wesentliche Zugeständnisse erzwingen können. Mit Spannung wird erwartet, wie US-amerikanische Gerichte über die Sammelklagen von Autorinnen entscheiden werden, die wegen der Vervielfältigung urheberrechtlich geschützter Daten gegen OpenAI geklagt haben. Zahlreiche weitere Klagen sind anhängig, weil die KI völlig frei erfundene Informationen und Diffamierungen ausgegeben hat. Die New York Times erwägt nach kontroversen Lizenzierungsverhandlungen mit OpenAI, gerichtlich gegen das Unternehmen vorzugehen, und bringt die Zerstörung des derzeit genutzten Datensatzes und Entschädigungssummen ins Spiel, die die Firma zum Aufgeben zwingen würden, was europäische Staatschefs wie Macron und Scholz allerdings nicht davon abgehalten hat, Sam Altman den roten Teppich auszurollen, um die geplante europäische Niederlassung der Firma in ihr Land zu locken.

Was die urheberrechtlich geschützten Daten betrifft, die bereits verwendet wurden, sieht es zudem düster aus: Die Modelle, die bereits veröffentlicht sind, können nicht verändert werden. Ein Inkrafttreten der EU-KI-Verordnung ist ohnehin erst für 2026 zu erwarten – und die Entwicklung der Systeme geht weiter.

Training, Freigabe, Vermarktung und Verwendung von textgenerierender KI wie ChatGPT-4 haben Probleme geschaffen, auf die niemand vorbereitet war. Zahlreiche neue KI-Unternehmen werden in allernächster Zukunft entstehen und finden politische Unterstützung. Ihre Werbelügen erreichen viele, die sich nicht bewußtmachen, daß es nur unsere individuelle Verschiedenheit ist, die für »Neuheit« sorgt. Es ist Zeit, daß sich nicht nur Künstler und Künstlerinnen gegen etwas stark machen, was wohl die meisten bislang für grotesk hielten: die aggressive Vermarktung der Idee, man könne sie durch eine Maschine ersetzen.

KORNELIA KOEPSELL

DIE REFORM DER POESIE

Gedichte

UNORDNUNG

Bringe alles durcheinander, sage ich mir.
Ich muß lernen,
die Zeitung aus den Nachrichten zu lesen,

und nicht nervös zu werden,
wenn es nicht genug regnet.
Ein Kreuzzug fiel ja bereits ins Tyrrhenische Meer.

Einmal saß ich vor roten Karos und blickte auf.
Und dann sind da noch die zwanzig Vögel
auf einem Hut von Apollinaire.

DER GEIST DER SCHÖNHEIT UND INTELLIGENZ

Ich traf ihn vor der Anzeigetafel im Bahnhof,
prunkvoll gekleidet,
den Geist der Schönheit und Intelligenz.

Ich sagte: Edles Kleid, eines Ästheten würdig.
Sein Haar hing, einer Plastikplane ähnlich, auf den Rücken.
Meine Schulter, sprach er, ist eingedellt.

Ich sagte: Deine Stimme bringt mich zum Leuchten.
Er aber sprach: Erkennst du mich denn nicht?
Da senkte ich den Kopf und weinte.

DIE REFORM DER POESIE

Gut, daß es jemanden
gibt wie Apollinaire

Hätte ich eine Begabung zur Inspiration,
ich würde die Poesie reformieren.
Zur Mittagszeit würde ich Madame Buba aufsuchen.

Sie würde sagen: Das erste Gesetz lautet:
Nicht so laut schlürfen.
Wenn die Jahre deine Schönheit besiegen, sei nicht traurig.

Zweitens: Denke an die Liebe.
Beachte die Schatten auf samtweichen Balkonen.
Beachte den Gestank der Fischhändlerin um acht Uhr.

ES MUSS NICHT STIMMEN

Es muß nicht stimmen, daß die festliche Fülle verging,
es muß nicht stimmen, daß niemand
die Wolkenschrift liest.

Es muß nicht stimmen, daß der Vogel die Flügel nicht hob.
Es muß nicht stimmen, daß die Tiefe
des Himmels alles verschlingt.

Es muß nicht stimmen, daß nichts mehr stimmt.
Daß die Unwirtlichkeit nie wieder
eine Wunderquelle hervorbringt.

SIE WISSEN NICHTS VON MIR

Sie wissen nichts von mir, die mächtigen Ruinen
Bellottos, die Twilight Zone von
Rod Serling, Unterwasserleitungen, der Erdschatten

des Ibis, des Vogels vom Ufer des Nil.
Sie wissen nichts von mir, Blind Lemon Jefferson,
George Grosz und die Farbe Rot.

Der Mund Gottes weiß nichts von mir, Monica Vitti
und der Ozeanwall, Piranesis
Schweigen beim Gang durch die Via Appia.

BEIM WIEDERLESEN EINES JUGENDGEDICHTES

Als ich, noch unsicherer als heute, versuchte,
eine Sprache zu finden,
schrieb ich die Worte:

Fünf rote Rosen ziehen den Wagen des Bacchus.
Was mich damals getrieben hat, weiß ich nicht mehr,
aber ich habe so getan,

als hätte ich das Mysterium der Rose verstanden und
wie man den Mittag heiligt aus Verzweiflung.
Von Bacchus zu schreiben, ist ja nur ein Trick.

UNTERM NACHTSCHWARZEN HIMMEL

Nach welcher Melodie spiele ich?
Nach welcher Unklarheit sage ich: gleichwohl?
O du, unter den Staubkörnern der Jahrhunderte.

Die geheimnisvolle Freude unserer Litanei.
Die Freundlichkeit der Wörter, die es gelernt haben,
zu balancieren.

Und auch die entzückende Ausdrücklichkeit
in Mentons engen Gassen, wo wir uns liebten.
Und wir schlummerten unterm nachtschwarzen Himmel.

JULIAN BARNES

KANN EIN KANINCHEN MIT EINER KATZE REDEN?

Der Photograph und Filmer Jacques Lartigue

Als der italienische Filmtheoretiker Ricciotto Canudo 1911 das Kino zur »siebten Kunst« erklärte, durfte die Photographie zu Recht beleidigt sein: Was war diese parvenühafte Kunstform schließlich anderes als eine in Bewegung gesetzte Folge photographischer Bilder? Die Photographie hatte in den sechzig Jahren ihrer Existenz kein solches Prädikat erhalten. Doch sie war eine Kunst, die – wie der Jazz – anscheinend voll ausgereift in Erscheinung trat, und vielleicht hätte jede förmliche Weihe der Photographie des 20. Jahrhunderts einen ebenso schlechten Dienst erwiesen wie dem Jazz. Es war eine demokratische und ortsbewegliche Kunstform – vor allem, als die Belichtungszeiten kürzer wurden –, die oft den Spaßvogel in den Beteiligten zum Vorschein brachte. Ich besitze eine lustige Postkarte mit einem Bild von Puccini, auf dem er und ein Freund die Köpfe unter den Walzen einer Wäschemangel hervorstrecken und einer tut so, als würde er an der Kurbel drehen. Für einen Porträtmaler hätten sie so nicht posiert.

Jacques Lartigue war schon Ende achtzig, als er 1983 in einem BBC-Film hervorhob, wie sehr seine Karriere vom Zufall bestimmt war. »Ich hatte eine gute Fee, die über meiner Wiege wachte«, sagte er. Er behauptete, er sei nie einem Bild nachgerannt; das Bild sei immer zu ihm gekommen. Er habe selten mehr als drei- oder viermal auf den Auslöser gedrückt und fast immer mit natürlichem Licht gearbeitet. Andere hätten vielleicht ein paar Prinzipien oder Theorien über diese Kunst aufgestellt, doch dazu fühlte er sich nicht verpflichtet. Auf die Frage, wie er den »entscheidenden Moment« finde, ein Begriff, der immer mit Henri Cartier-Bresson in Verbindung gebracht wird (dabei geht er auf den Kardinal de Retz zurück, der ihn im 17. Jahrhundert zuerst gebrauchte), antwortete er: »Den findet man, bevor man darüber nachdenken kann.« Ein technisches Geheimnis gebe es da nicht. »Ich habe früher Tennis gespielt, darum habe ich ein sehr schnelles Auge.« Als man ihm zur Komposition einer bestimmten Modeaufnahme gratulierte – ein Model geht in Versailles auf einem schwarzweißen Marmorboden auf ihn zu, während eine Kolonnade perspektivisch zurückweicht –, wischte er das Kompliment beiseite: »Nein, das war einfach da.« »Das« war das Bild, das ihm netterweise entgegenkam. Er sei, behauptete er, ein »unverbesserlicher kleiner Junge« geblieben. Er habe eine heitere und positive Lebenseinstellung. »Für mich ist alles, was passiert, richtig so … Jede Zeit kann eine glückliche Zeit sein, jeder Ort ein schöner Ort.« Ein entwaffnendes Beispiel für lebensfrohe, sehr französische Küchenphilosophie.

Man könnte ihn aber auch einfach beim Wort nehmen. Mag sein, daß die Fee an der Wiege ihm das schnelle Auge schenkte, aber seine Familie gab ihm die Mittel, dieses Auge zu nutzen. Sein Vater Henri besaß das achtgrößte Vermögen in Frankreich und die Familie führte ein Leben in großem und mobilem Stil: Sommer in Deauville und in den Seebädern an der Kanalküste, Winter an der Côte d'Azur; Herbst in einem Château auf dem Land, erst in der Normandie, später in Rouzat in der Auvergne. Henri war ein untypischer Bourgeois. »Ich habe Geld genug«, sagte er. »Meine Kinder sollen das Geldausgeben lernen, nicht das Geldverdienen.« Er lehnte es ab, Jacques und seinen Bruder Maurice, besser bekannt unter dem Namen Zissou, in eine Schule zu schicken. Statt dessen bekamen sie nachsichtige Hauslehrer. Der berühmte erste Satz aus Jacques' Tagebuch lautet: »Für mich ist die Welt eine riesige Parklandschaft.«

Der Erfindergeist lag in der Familie: Henris Vater hatte eine Einschienenbahn für den Transport von Espartogras durch die algerische Wüste erfunden, sein Onkel eine »automatische Zugpfeife« für die Eisenbahn. Henri selbst war ein geübter Amateurphotograph; er gab sein gesammeltes Wissen an Jacques weiter und wandte sich dann den bewegten Bildern zu. Seine Leidenschaft galt neuen Erfindungen – Heißluftballons, Rollern und Elektroautos (ein solches erwarb er 1902) –, aber auch dem richtig schnellen und lauten Gerät: Rennwagen und Flugzeugen. Dieses Lartigue-Gen hatte vor allem Maurice geerbt, der mit Hilfe des Hauspersonals Segelflugzeuge und Aeroplane baute und dann selbst flog. Er konstruierte auch eine Loopingmaschine mit einer hölzernen Bahn vom zweiten Stock des Châteaus in der Auvergne bis zu ebener Erde, wo das Transportgut durch die erreichte Geschwindigkeit in einer drei Meter hohen Schleife nach oben katapultiert wurde. Die in einer Holzkiste auf Rädern steckenden »Fahrgäste« waren Kaninchen und Hühner, und das Ganze diente der Demonstration der Zentripetalkraft; vor und nach jeder Runde wurden die Augen der Tiere untersucht, um zu prüfen, ob sich ihre Pupillen dabei erweitert hatten. Zissou war der Ingenieur und Ideengeber, Jacques der Beobachter und Protokollant. Der ältere Bruder entwickelte sich rasch zu einem jungen Dandy. Eins der witzigsten Bilder, die Lartigue je gemacht hat, zeigt Zissou 1911 im Teich von Rouzat. Zissou sitzt in einem »Gummibecken«, vor kurzem (nicht von ihm) erfunden für Männer auf Entenjagd. Es besteht aus einem dicken Reifenschlauch, der mit zwei Gummibeinen versehen wurde, die noch undeutlich unter der Wasserfläche zu erkennen sind. Und darüber die sichtbare und gestochen scharfe obere Hälfte Zissous: dreiteiliger Anzug, Krawatte mit Krawattennadel, Siegelring an der herabhängenden Hand, ausdrucksloses Jünglingsgesicht, akkurater Schnurrbart, dunkle Brille und eine Art rustikaler Tropenhelm. Er schaut in die Kamera, als sollten wir es nur wagen, etwas anderes in ihm zu sehen als den Inbegriff der Coolness.

Jacques bekam seinen ersten Photoapparat – eine schwere, hölzerne Plattenkamera – mit acht Jahren. Er lernte schnell und seine Leidenschaft fand bei den Eltern Anerkennung: 1904 bekam er eine Gaumont Block-Notes mit einer Verschlußzeit von einer hundertstel Sekunde, 1910 eine Klapp-Takyr mit einer Verschlußzeit von einer tausendstel Sekunde. Seine Mutter erlaubte ihm, die Kamera sonntags zur Messe mitzunehmen, damit er danach gleich wieder seinem Hobby nachgehen konnte. Er photographierte das, was er am besten kannte, die »riesige Parklandschaft« um ihn herum, die für ihn das normale Leben darstellte: die Familie und ihre Dienerschaft sowie die mondänen Müßiggänger bei ihren Vergnügungen am Strand, auf der Rennbahn und auf improvisierten Flugplätzen, auf Skiern, Schlittschuhen und Rodelschlitten. Er ging dicht heran, wenn Rennautos vorbeidonnerten, und lernte, einen schnellen Schwenk zu machen, um den Eindruck der Geschwindigkeit zu verstärken. Er ging auch so dicht wie möglich an die glamourösen, prachtvoll gekleideten – mal mehr, mal weniger ehrbaren – Frauen heran, die ihm in gemächlicherem Tempo im Bois de Boulogne entgegenkamen. In dem Park gab es drei große Wege: einen für Wagen, einen für Reiter und einen schmalen Fußweg zwischen den Bäumen, der den sinnigen Namen Sentier de la Vertu (»Pfad der Tugend«) trug.

»Hier liege ich auf der Lauer. Ich sitze auf einem eisernen Stuhl, die Kamera schon vorab eingestellt. Entfernung: vier bis fünf Meter; Belichtung: Schlitzverschluß 4 mm; Blende: je nachdem, aus welcher Richtung *sie* kommt. Ich kann sehr gut Entfernungen schätzen. Schon schwieriger, wenn *sie* in dem Moment, wenn die Schärfe stimmt, nur einen Fuß nach vorn ausgestreckt hat (das ist die vergnüglichste Berechnung) … *Sie* ist die Dame in großer Aufmachung, ausgesprochen elegant, ausgesprochen lächerlich … oder ausgesprochen schön, wer weiß? Schon von weitem, inmitten der Spaziergänger, sticht sie hervor wie ein Goldfasan im Hühnerhaus. Sie kommt näher … Ich bin zaghaft, ein wenig zittrig. Zwanzig Meter … zehn Meter … acht … sechs, und klick! Das Verschlußgeräusch meiner großen Kamera ist so laut, daß die Dame fast so sehr zusammenzuckt wie ich. Das macht überhaupt nichts; nur macht es dem Mann mit der lauten Stimme etwas, der sie begleitet und der mich mit wütendem Blick zu packen versucht. Nach außen hin lächle ich, aber im Innern zittere ich an manchen Tagen wie Espenlaub. Aber was macht das schon; es zählt einzig und allein die Freude, ein neues Photo zu haben.«

Und so entstanden einige der elegantesten und eindrücklichsten Bilder der Belle Époque: die kolossale Anna la Pradvina, die von zwei Jack Russells vorwärtsgezogen wird; Frauen mit turmhohen Rokokohüten und komplizierten Schleiern; ein Damentrio (zwei der Damen in schwarzweiß gestreiften Kleidern), an einer Rennbahn auf Stühlen stehend – ein Bild, das ein halbes Jahrhundert später Cecil Beaton zu seinen Kostümentwürfen für »My Fair Lady« inspirierte. Zwielichtige Frauen, einladende Frauen, aberwitzige Frauen, schöne Frauen. Und vielleicht wären sie vom Auftauchen einer Kamera gar nicht so überrascht gewesen, wie Lartigue meint: Hinter diesen Bäumen lauerten auch zahlreiche Prä-Paparazzi und schossen Photos für »La Mode pratique« und »Femina«. Die hätten natürlich etwas anders ausgesehen als der fünfzehnjährige Jacques.

Er bewegte sich mit Leichtigkeit in einer Welt, in der Stil und Kultur weitgehend deckungsgleich waren: Das erste Landhaus, in der Normandie, hatte die Familie dem Komponisten Massenet abgekauft; ein anderer Komponist, Jacques Ibert, war sein Cousin. Und wer sitzt da 1907 ganz ungezwungen am Strand bei Étretat? Debussy und seine Geliebte. Einer von Jacques' Hauslehrern war der Dramatiker Jean Giraudoux. Für ihn war das normal, auch wenn er nie ein Intellektueller oder auch nur ein großer Leser war. Manch einer erkannte in seinen Photographien aus dem Bois de Boulogne eine Nähe zu Proust, und er stimmte dem Vergleich freudig zu; dabei lernte er »Auf der Suche nach der verlorenen Zeit« erst in späten Jahren kennen, als seine dritte Frau ihm aus »Eine Liebe Swanns« vorlas. Der Zeitung »Le Monde« sagte er 1985: »Natürlich hätte ich Proust nur allzu gern kennengelernt, aber ich weiß nicht recht, ob ein Kaninchen mit einer Katze reden kann.« Im Juni 1913 nahm seine Mutter ihn zu einer Aufführung von Strawinskys »Sacre du printemps« mit. Es war bezeichnend, wie sie jeweils auf das Stück reagierten. »Was für eine Kakophonie!« beklagte sich Madame Lartigue, während Jacques begeistert war von den Tänzern, die »herumsprangen wie die Tiere«, und bedauerte, daß er Nijinsky nicht photographieren konnte. Aber er fügte auch die noch aufschlußreichere Bemerkung an: »Das Orchester macht einen ohrenbetäubenden Lärm, der mich ganz erfüllt, wie alle großen Geräusche, die ich so liebe: Flugzeugmotoren in Issy-les-Moulineaux, Rennwagen …« Was das »Herumspringen wie die Tiere« angeht: Lange bevor Philippe Halsman es zu seinem Markenzeichen machte, Berühmtheiten im Sprung oder in der Luft schwebend abzulichten (von Marilyn Monroe bis zum Herzog von Windsor, von Nixon bis – vielleicht überraschenderweise – François Mauriac), hatte Lartigue sich dieses Motiv schon zu eigen gemacht. 1905 photographierte er Maurice beim Sprung von einer Mauer mit einem aufgespannten Regenschirm als Fallschirmersatz; im selben Jahr entstand das bekanntere Bild seiner Cousine Bichonnade im Sprung über eine Steintreppe. Jahrzehnte später kam Lartigue darauf zurück und überredete Richard Avedon, sich mit der Kamera in der Hand emporzuschwingen, wobei sich das Blitzkabel wie eine Peitschenschnur durch die Luft schlängelt.

Er war Teil und Porträtist einer Welt, in der sich Zola und Colette begegnen, Nana mit Gigi zusammentrifft. Und zum Klangraum dieser Welt gehören die Namen, oder vielmehr die Spitznamen. Sie sind überall um ihn herum: sein Bruder Zissou, seine Katze Zizi, seine Gouvernante Dudu, seine Tante Yéyé, seine Freunde Dédé, Oléo, Rico, Biclo und Toto. Der Privatsekretär seines Vaters, der schon, jedem Namensdeterminismus zum Trotz, den köstlichen Nachnamen Folletête trug, wurde in Plitt umgetauft; er besaß einen Jack Russell, der Tupy genannt wurde. Dann waren da seine ersten zwei Ehefrauen Bibi und Coco, nicht zu verwechseln mit Coco und Chichi, den beiden Jack Russells, die Anna la Pradvina im Bois de Boulogne ausführte. Ganz zu schweigen von Bibis Freundinnen Lolo, Loulou und Doudou. Jacques selbst hatte viele Spitznamen, einer davon war Pic.

Dann kam der Krieg. Doch für Jacques und Zissou eher nicht, beide wurden als zu schwach für den Dienst an der Front erachtet; dafür stellte Jacques sich und seinen Wagen, einen Pic-Pic 16 HP, Militärärzten an den Pariser Krankenhäusern zur Verfügung. Und wie er in einem seiner mehrbändigen Phototagebücher festhielt: »1915 Année de Guerre: Peu de Photos« – »Kriegsjahr 1915: Wenig Photos«. Danach ging für ihn die Belle Époque weiter, nur mit kürzeren Haaren, kürzeren Röcken, mehr Nacktheit an den Stränden und gewissen Freiheiten für die Frauen: Er machte eine Photoserie mit dem Titel »Frauen mit Zigaretten«. Einige seiner Frauenbilder – vor allem von seiner dritten Frau Florette – nehmen etwas von den Modeaufnahmen seiner späteren Jahre vorweg: zartes Fleisch, in das sich blutrote lange Fingerkrallen drücken, glitzernder Schmuck, seidenglattes Haar. Es fällt auf, daß auf Lartigues Bildern nie etwas Schlimmes passiert. Ein selbstgebauter Go-Kart geht zu Bruch, ein Reifen ist völlig verbogen, aber alle Knochen sind heil geblieben; 1913 stürzt seine Cousine Simone Roussel in einer Abwärtskurve aus einem zweirädrigen Bob, schwarze Strümpfe und weiße Unterröcke wirbeln herum – und sie lacht noch im Fallen. Alle sind fröhlich und guter Dinge: Hier sieht man Suzanne Lenglen 1915 beim Training auf einem Tennisplatz in Nizza in einem höchst eleganten Matrosenkleid; in vollem Schwung beugt und streckt sie sich nach einem tiefen Vorhandvolley und findet doch Zeit für ein Lächeln.

Die Jahre zwischen den Kriegen waren für Lartigue eine »Zeit der Geschichtsverweigerung«, wie der Kurator Quentin Bajac es nannte. Aber was hätte man anderes erwartet? Wie Lartigue 1938 schrieb: »Ist man glücklich, wenn man den Kopf in den Sand steckt wie ein Vogel Strauß? Ja! Dann stecken wir also den Kopf in den Sand.« Das Glück muß andauern. Lartigue heiratete dreimal, zuletzt Florette 1930. Louise Baring faßt seine emotionale Grundhaltung in ihrer hervorragenden Schilderung seiner frühen Lebensjahre so zusammen: »Auch wenn Lartigue sich oft genug verliebte, hatte er für Gefühle eigentlich nicht viel übrig. Wie immer verschanzte er sich lieber gegen allzuviel Gefühl.« Er entwikkelte sich zum Salonlöwen, zum Maler, Innenarchitekten und Designer. Mitte der zwanziger Jahre erlebte er eine kurze Karriere als professioneller Photograph, aber bald blieben die Aufträge aus. Als Maler stellte er in den *Salons* aus und erwarb sich auch einen gewissen Ruf; er versuchte sich – nicht sonderlich überzeugend – in verschiedenen Stilen: Quasi-Van-Dongen mit leichtem Hang zu Bernard Buffet, später dann Abstraktionismus. In den 1950er Jahren zog er mit Picasso und Cocteau herum (welcher Photograph tat das nicht?) und machte neben ein paar Schnappschüssen von Picasso in seiner Lieblingspose als Draufgänger mit nacktem Oberkörper auch eine wunderbare Aufnahme von der Rückseite seiner linken Wade mit glitzernd hervorstechenden Akupunkturnadeln. Er machte weiter Photos von sonnenbeschienenen Stränden und Schwimmbecken, Tennisplätzen und Tanzcafés, und sie blieben weiter privat. Von einigen Bildern aus der Kinderzeit wurden bisweilen neue Abzüge angefertigt, aber im großen und ganzen gerieten sie in Vergessenheit.

Und dann kam eine höchst erstaunliche und komplizierte Wende. 1962 fuhr Lartigue nach Amerika und zeigte Charles Rado, dem Gründer der Agentur Rapho, zwei seiner frühen Alben. Der gab sie an John Szarkowski weiter, der gerade zum Kurator für Photographie am MoMA bestellt worden war und 1963 seine erst dritte Ausstellung organisierte, in der er 46 Belle-Époque-Photos von Lartigue präsentierte. Als die Ausstellung eröffnet wurde, war Lartigue 69 Jahre alt. »*Le tout New York* spricht über … meine kleinen Photos« – allerdings waren manche Bilder jetzt erheblich vergrößert worden und wurden als »glanzvolles modernistisches Œuvre« in weißen Rahmen vor weißen Wänden neu in Szene gesetzt. Eine Photoausstellung in einem großen Museum brauchte eine Hintergrundgeschichte, wenn nicht gar eine Theorie. Das MoMA verkündete, ein derart »radikales« Werk habe »nur ein wahrhaft naiver Künstler erschaffen können«. Lartigue war ein »Vorläufer« von Cartier-Bresson, ein Missing Link in der Geschichte der Photographie, aber er war auch ein nützlicher Beweis gegen die damals herrschenden ästhetischen Theorien, wie den Greenbergschen Formalismus. In den Worten von Kevin Moore: »Szarkowski wollte zeigen, daß ausdrucksstarke Bilder aus dem vorbehaltlosen Eintauchen in das wahre Leben entstehen und nicht einer Kunstausbildung oder den Herausgebern von Kunstzeitschriften zu verdanken sind. Für Szarkowski besaß die Photographie in den Händen von Amateuren das größte Potential, um die dem Medium innewohnenden ästhetischen Werte herauszuarbeiten.« Der »entscheidende Moment« in Lartigues

Karriere war endlich, wenn auch recht spät, gekommen. Er war ein internationaler Star, von Modeblättern umworben und mit Aufträgen überschüttet, dazu ausersehen, das offizielle Photo von Präsident Giscard d'Estaing aufzunehmen. Er hatte sogar seine erste größere Ausstellung in Frankreich, wenn auch erst 1975, schändliche zwölf Jahre nach dem MoMA. Sein Ruf war gefestigt.

Allerdings zu einem ungewöhnlichen Preis. Sein Ich aus Kindheits- und Jugendtagen war wieder aufgetaucht und hatte alles ausgelöscht, was seine erwachsenen Ichs glaubten erreicht zu haben. Wie sollte das kein Trauma auslösen? Doch Lartigue wollte sich nur zu einem »heiteren« Verdruß darüber bekennen, daß seine Malerei nicht so viel Gefallen fand wie seine Photographien. Auf Kunst-Websites werden die Photos – selbst Abzüge aus viel späteren Zeiten – heutzutage für bis zu 16 000 Euro gehandelt, während Originalgemälde für ein paar hundert zu haben sind.

Die nach seiner Wiederentdeckung entstandenen Werke sind immer gut gemacht, wenn auch irgendwie nichtssagend. Von seinem späten Ruhm und seiner künstlerischen Langlebigkeit euphorisierte Zeitschriften brachten ihn dazu, zu seinen altbewährten Motiven zurückzukehren. Er geht wieder in den Bois de Boulogne und photographiert ein hübsches Model, das anscheinend etwas von Courrèges trägt und einen Pudel hinter sich herzieht. Es ist eine blutleere Imitation. Eine andere Idee: Wo findet man derzeit die neueste Mode? In »Swinging London«, natürlich. Also macht Lartigue sich auf und lichtet Mädchen in Hot pants neben Männern mit Melone ab; doch keine dieser Aufnahmen besitzt auch nur ein Zehntel der Aussagekraft der Bilder, die er 1926 von seiner Frau Bibi machte, die allein auf dem offenen Oberdeck eines Londoner Busses sitzt.

In der langen Spanne zwischen kindlicher Bravour und MoMA-Apotheose hat Lartigue einige brillante Bilder hervorgebracht, etwa die Aufnahme von 1951, auf der Soldatenstiefel und -gamaschen unter einem Pissoir hervorlugen. 1957 fuhr er nach Lourdes und brachte ein Farbphoto von einer Prozession hoffnungsvoller Pilger zurück; sie sitzen in kleinen Rollstühlen mit Verdeck, die von streng blickenden Krankenschwestern mühsam vorangezogen werden. Lartigue hatte sich dicht an ihren Weg gestellt, wie früher, als er Rennwagen und elegante Frauen photographierte. Dieses Echo lenkt aber nicht von dem Bild ab, das eine eindringliche Darstellung von Leben, Tod und spiritueller Hoffnung ist. Die Pilgerin an der Spitze umklammert die Handtasche auf ihren Knien und schenkt dem aufdringlichen Photographen ebensowenig Beachtung wie die Krankenschwester. Das Bild ist weder belanglos noch satirisch. Lartigue war sein Leben lang Katholik: Als Kind hatte er vor dem Kruzifix an seiner Wand gekniet und zu Gott gebetet, er möge ihm helfen, bessere Photos zu machen. Seine Erstkommunion feierte er 1907 in Paris. »Er hat oft von der Zeremonie gesprochen«, erinnerte sich Florette. »Sie hat ihn tief beeindruckt … In seinem Glauben ist er sein Leben lang nicht wankend geworden.«

Vielleicht hat Gott ihm dabei geholfen, während seiner ausgesprochen langen Karriere in seiner eigenen Blase zu leben. Der Beginn dieser Karriere fiel mit der von Atget zusammen, der verfallene Gebäude auf leeren Straßen photographierte, während der junge Lartigue auf dem Sentier de la Vertu auf seine »Goldfasane« lauerte. (Seltsamerweise hatte Atget 1899 eine Gruppe von Kindern aufgenommen, die sich im Jardin du Luxembourg ein Puppenspiel ansehen – und da, in der dritten Reihe, steht staunend der kleine Jacques.) Am anderen Ende seiner Karriere war Lartigue mit Avedon bekannt, mit Hiro, Ansel Adams, Helmut Newton und Willy Ronis. Und doch – wieder diese Blase – hat er sich anscheinend nie über die Arbeiten anderer Photographen geäußert.

Viele Jahrzehnte zuvor hatte ihn die Aussicht erschreckt, daß seine idyllische Kindheit ein Ende haben würde: »Manchmal bin ich tief betrübt, weil ich erwachsen werde. Ich würde gern so bleiben können, wie ich bin … Ich habe oft geweint, weil ich erwachsen wurde … dieses Glück wird nicht in alle Ewigkeit andauern.« Und doch behauptete er beharrlich, dieses Glück habe angedauert und dauere durch alle Wechselfälle seines Lebens weiter an; dabei blieb er bis ins hohe Alter und vor den Kameras der BBC. Wenn ein Künstler, zumal ein alter, solchen Frohsinn verbreitet, sollte man skeptisch sein. Wie unaufrichtig war er? Und wie lange war er das? Sein Sohn Dani sagte 2003 in einem Interview: »Für meinen Vater war Glück ein ständiger Kampf. Um seine chronische Angst zu überwinden, mußte er sich mit seinen unauslöschlichen Bildern selbst beweisen, daß dieses tief in ihm verborgene Glück sein Lebenszweck war.« Das klingt überzeugend: Chronische Angst ist bei jedem Künstler der gewöhnlichere Zustand und ein verläßlicherer Anstoß zu Originalität. Der von seinem Sohn beschriebene Zustand scheint in dem BBC-Film kurz auf, wenn Lartigue erklärt, daß »Photographie ein eher leichtes Spiel ist, Malerei ein tiefgründiges«. Das Paradox oder die Wahrheit dieser Erklärung liegt darin, daß er ein sehr leichter Maler war, aber ein tiefgründiger Photograph. Und am Ende – als es schon ziemlich egal war – wurde die Photographie doch noch zur achten oder auch neunten Kunst erhoben, je nachdem, welchen Wikipedia-Eintrag man aufruft. In manchen Listen muß die Photographie hinter den Comic zurücktreten.

Aus dem Englischen von Gertraude Krueger

ARIEL ROSÉ

POSTSKRIPTUM

Gedichte

GELEGENHEIT

Bring es hinter dich in der nächsten Stadt des nächsten
Landes, dessen Sprache du nur so halb beherrschst, das heißt,
bis Seite 88 der Biographie von Gottfried
Benn, der sah, wie das hungrige Kriegstier in die
Straßen Berlins eindrang, auf denen Käthe Kollwitz
von zu Hause zum Atelier ging, vom Atelier nach Hause, und dabei
so lange einen Stein streichelte, bis der sich in einen Körper verwandelte,
den ihres toten Sohnes.

Die Kandelaber der Kastanien verlöschen langsam, der Wind
frischt auf und im Garten duftet der Gemeine Schneeball, sie bestatten
Unbekannte in einem Grab groß wie ein See,
auf dem Grund aneinandergeschmiegt, wir bedecken sie
mit der warmen Decke der Erinnerung, wir wollen sie jetzt nicht
wecken, wir werden von ihnen träumen, uns
in ihre Betten legen, ihre Namen tragen, mit der Nostalgie
flirten, aber *toutes proportions gardées,*
die Nächte sind doch so warm und der italienische Kellner
nennt dich *Cara*.

Bring es also hinter dich, geh ins Museum und sieh dir
Bäume an, die Zweigsymphonie, die Blätterarie,
dein Leben in vier Bildern, den Sieg
des Grases, alles vergeht rhythmisch, wie eine
Herzklappe, die Sauerstoff freisetzt, lade dann
jemanden zu dir ein, Rhabarber ist
sauer, lade die Toten und die Lebenden und dann redet,
ihr habt nur die eine Gelegenheit und viele schon verpaßt.

HOTEL DIEU

in der kurzen Zeit, in der die Bäume blühten,
kehrten meine Gedanken zum vertäfelten Saal zurück
im Hintergrund hing ein kleines Bild
eine Motte in einem Dickicht aus rostfarbenen Rosenblättern
Alles war grün   tiefgrün
wie das erste Bad im Meer nach einem langen
Winter   ihre ausgebreiteten Flügel öffneten die Augen
wie ein aufgeschlagenes Buch in der Bibliothek
auf der Seite ein Satz über einen Traum, aus dem
man besser nicht erwacht
mit Fenstern auf den Patio des einstigen Krankenhauses
wo Vincent die Verklärung suchte
als wäre sie eine direkte Straße zum Meer
wo das Verlangen zu Pappelflaum
wird   dunkle Kriegsvögel jagen
meine Gedanken   weiße Reiher umarmen die Luft
in ihrer Ekstase   Vincent hatte rote Haare und liebte
besonders Farben, die man auf Schwarzweißfotografien
nicht sehen kann
vielleicht kommt die Verklärung wie ein starker Wind
der überwunden werden muß   oder Wasser, das manchmal
Spuren hinterläßt wie ein zärtlicher Blick   das Meerwasser
verwandelt sich in Salz

AUF ZOOM – WIE IJA KIWA EIN GEDICHT ÜBER DEN KRIEG LIEST

Gestern haben wir auf Zoom zugehört, wie Ija Kiwa
ein Gedicht vorliest, in Kiew, wo die goldenen
Mützen der Kirche sich nicht im Schutzkeller verstecken,
wir hörten zu, jeder in seiner
Wohnung, fast jeder, wir hörten zu
und waren nur Augen, als hätten wir nichts
anderes, nur Augen, als würden wir sie
mit unseren Augen beschützen, mit denen wir
jedes Wort aufnahmen, während Babi Jar im Hintergrund brannte,
doch die Erinnerung brennt nicht, ganz sicher, die Erinnerung rostet
    nicht,

wie ein Maulwurf wartet sie ab, überwintert,
wir wollten alle, tausend Menschen auf Zoom
mit zweitausend Augen, einen Schirm aus Luft
über Ija halten,
einen Schutzschild aus Blicken,
als sie fertiggelesen hatte, hob ich den Kopf
auf dem Tisch lag ein Buch aus der Bibliothek
La tentation d'exister von Cioran
die Hügel hielten die Stadt Bergen auf dem Schoß,
die ersten Krokusse blühten, alle
freuten sich auf den Frühling.

POSTSKRIPTUM

Zur Erinnerung an Adam Zagajewski

Manchmal, Adam, will uns die Welt verspotten
mit ihren Rehaugen, Einwegspiegeln und schwarzem Wasser.
Unzählige Lichter von der anderen Seite blinken
eine Botschaft: «Du bist nicht einsam« oder »Nimm dich nicht
zu wichtig!« Die Welt hat viele Augenblicke von Schönheit,
die du für uns vom Meeresboden heraufgeholt hast
wie ein Perlenfischer. Aber das ist noch nicht alles,

hast du uns zugerufen, es gibt auch Schlick und Algen,
Dunkel und Angst. Ich erinnere mich, wie du einmal nicht
nach Chicago wolltest für dein Herbstsemester,
weil es da keine Geschichte gab, keine bröckelnden Fassaden
von Kirchen, nur einen Traum von Europa gab es,
eingetrocknet wie Rosinen. Lemberg war
nur noch ein Punkt unter dem Mikroskop, aber es pulsierte
wie ein Mauszeiger auf dem Bildschirm. Lemberg
war deine Armbanduhr,
die rückwärts lief.

Wir trafen uns im Kaffeehaus, das heißt, wir saßen uns
eine Stunde stumm gegenüber,
und danach luden wir dich ein zu uns, und du fragtest:
»Trotz allem?«

Viele gemeinsame Stunden voller Leidenschaft
will ich in meinem Gedächtnis aufbewahren,
wie Tee auf den Regalen im Studio
in der Pawlikowski-Straße. Die grünen Flügel
wartender Gedanken öffneten sich langsam
im heißen Wasser. Wir lasen ein Gedicht

von Gottfried Benn, einem Arzt
für Hautkrankheiten und Liebe und ihre Nebenwirkungen.
Wir waren umgeben von Karyatiden von Büchern,
die nichts als Luft abstützten, eine Katze lief zwischen
ihnen herum, ein kleiner Spion, der sich auskannte
mit den Flugbahnen der Spatzen im Garten. Graues Licht,
wie auf den Gesichtern von El Greco,
fiel durchs Fenster. Es war Benns letztes Gedicht,
er schrieb es kurz vor seinem Tod 1956.
Du hast zuerst das Original vorgelesen,
dann ich die Übersetzung. Wir konnten nicht verstehen,

aber wir wollten es verstehen:
Schlafe ein! Schlafe ein, heißt es am Schluß.

Aus dem Polnischen von Michael Krüger
(»Postskriptum«) und Marlena Breuer

BERNHARD MALKMUS

VOM AUSROTTEN ERZÄHLEN

Eine Flasche Sternburg-Pils muß ihn durch den ganzen Tag bringen. Der ungarische Barmann der Berliner Eckkneipe »Sparschwein« hört ihm wieder nur mit halbem Ohr zu und blickt geistesabwesend durch ihn hindurch auf sein eigenes Heimweh. Dabei hat der Erzähler von László Krasznahorkais Geschichte »El último lobo« ihm diesmal etwas Spannendes zu berichten. Er, der sprichwörtliche Stubenhocker und lebensuntüchtige Philosoph, der sich mit seinen unlesbaren Büchern um die Aussicht auf eine akademische Laufbahn gebracht hat, ist nämlich soeben von der Wolfspirsch zurück.

Mitten im tristen Berliner Februargrau war ihm der Brief einer Stiftung in Madrid auf den Schreibtisch geschneit – eine mit Lobeshymnen auf sein Schaffen gespickte Einladung, die westspanische Provinz Extremadura zu besuchen und seine Eindrücke zu Papier zu bringen. Offensichtlich hielten sie ihn dort noch für die kulturphilosophische Koryphäe, die er schon lange nicht mehr war. Aber seine Finanzen sind so klamm, daß er das großzügige Angebot nicht ausschlagen kann. Seine Gastgeber lassen ihm freie Hand, wie er über seine Reise schreiben möchte. Er solle, schieben sie aber noch ein wenig geheimniskrämerisch nach, bei »der großen Sache helfen, die das neue Extremadura« sei.

Seine zerstreute und etwas wahllose Suche nach Literatur über diesen Landstrich fördert einen wissenschaftlichen Aufsatz über die Ausrottung der angeblich letzten Wölfe Spaniens zutage, der ihm ungewöhnlich poetisch und persönlich erscheint. Als er das Thema bei seinen Gastgebern beiläufig erwähnt, überstürzen diese sich in Hilfsbereitschaft und organisieren hastig Begegnungen mit Wildhütern und Landbesitzern, wodurch sich das Augenmerk der gesamten Exkursion auf die ausgerotteten Wölfe verlagert. Die Reise – oder genauer: die Geschichte, die der Philosoph dem Barmann darüber erzählt – nimmt ihren unheimlichen Lauf. Sie wird zu einer Parabel über die »Verachtung« des Lebens, mit der wir Menschen uns gegen die »Vergeblichkeit« des Lebens stemmen. Aufmerksamkeit bringt der Barmann im »Sparschwein« auch an diesem Tag nur selten auf; nur wenn ein Wolf in Erscheinung tritt, spitzt er die Ohren. Mit dem ihm eigenen Gleichmut läßt er sich auf diese Ausrottungsgeschichte ein, bis er kurz vor ihrem Höhepunkt einnickt.

Ob sich der ungarische Schriftsteller László Krasznahorkai unter der Maske seines Landsmanns hinterm Tresen versteckt oder als unsichtbarer Dritter mitgehört hat, die Geschichte vom letzten Wolf hat er jedenfalls aufgezeichnet und in dem phantastischen Text »El último lobo« zu einem einzigen Satz verdichtet. Dieses Satzgefüge, aus der personalen Erzählperspektive des Berliner Philosophen gesponnen, erstreckt sich über dreißig Seiten. Es entfaltet einen hypnotischen Sog, der aber nicht nur durch die sprachliche Virtuosität und den raffiniert komponierten Spannungsbogen entsteht, sondern auch durch die thematische Zuspitzung der Geschichte. Unter Krasznahorkais Feder wird sie zur Allegorie für die Aufkündigung von Gottes Bund mit Noah, der die gemeinsame Lebenswelt von Mensch und Tier unter das Zeichen des Regenbogens stellte. Die fortschreitende Ausrottung ganzer Arten und die zahllosen lokalen *extinction events* – all das, was wir in unserer Alltagssprache verharmlosend »Artensterben« nennen – kommen längst einem gewaltsamen Auftrennen des Lebensgewebes gleich. Tagtäglich werden ökologische Tatsachen geschaffen, deren Folgen unumkehrbar sind. Bestimmten Akteuren die Verantwortung dafür zuzuschreiben, ist oft schwierig oder unmöglich. Als Verlegenheitslösungen werden »Systemzwänge« in Feld geführt: »die Globalisierung«, »der neoliberale Kapitalismus«, »der westliche Lebensstil«. Alles Dinge, an denen keiner mitzumachen meint, weil alle dabei mitmachen. Die neue Disziplin der »Zuschreibungswissenschaft« (*attribution science*), die sich chemischer, geophysikalischer und juristischer Methoden bedient, versucht seit einigen Jahren, diese Zusammenhänge systematischer zu erforschen. Ziel ist es, ökonomisches Verhalten, das die Lebensmöglichkeiten zukünftiger Generationen beeinträchtigt oder zerstört, justitiabel zu machen. Der Stand der Forschung ist in Friederike Ottos populärwissenschaftlichem Werk »Wütendes Wetter – Auf der Suche nach den Schuldigen für Hitzewellen, Hochwasser und Stürme« (Berlin 2019) übersichtlich zusammengefaßt.

Das Ende von »El último lobo« bleibt im dunkeln. Wir als Lesende erfahren nichts Belastbares darüber, wie der letzte Wolf in der Extremadura zu Tode gekommen ist. Daß die letzte Wolfsfähe, so deutet es der Erzähler in seiner Schilderung der Begegnung mit einem Wolfszeugen an, nicht einem Jäger zum Opfer gefallen sein soll, sondern samt ihrer »Leibesfrucht« von einem Unbekannten überfahren wurde, verlagert die Schuldfrage von personaler Verantwortung hin zu systemischen Zusammenhängen – der Verkehr, die Infrastruktur, der Fortschritt. Dieser ambivalente Schluß wirft weitere Fragen auf: Hat die einladende Stiftung diese Version durch manipulierte Gesprächspartner und Gewährsleute für den Besucher aus Deutschland nur inszeniert, um bestimmte Interessensgruppen wie Großgrundbesitzer oder Jagdpächter zu decken? Oder hat der Gast den Vorfall nur erfunden, um bei seinem einzigen Zuhörer nicht ohne geschürzten Knoten und Schluß dazustehen? Wie auch immer man das Ende liest, es schildert jedenfalls eine Situation, welche die Beteiligten – den Berliner Philosophen und seine spanischen Gastgeber – ethisch sichtlich überfordert. Sie flüchten sich alle in sentimentales Pathos. Die sonst so beflissene Dolmetscherin, die dem Philosophen an die Seite gestellt wurde, wirft sogar theatralisch die Flinte ins Korn und hört an diesem Punkt auf zu übersetzen. Mit Sprache ist einem solchen Ereignis nicht mehr beizukommen. Folgerichtig hat der Stammgast im »Sparschwein« seinen Reisebericht für die Stiftung noch nicht zu Papier gebracht – und wird dies vermutlich auch nie tun.

Vielmehr wird er den »letzten Wolf« immer wieder erzählerisch einkreisen – und somit auch die Frage, die schon Sigmund Freud umgetrieben hat. In den spekulativen Gedanken zum Todestrieb, veröffentlicht kurz nach dem Ersten Weltkrieg in »Jenseits des Lustprinzips«, fragte er sich: warum der Mensch vor dem Leben so viel Angst habe und sich vom Leblosen so angezogen fühle?

Beginnt man, den historischen Hintergrund von »El último lobo« auszuleuchten, kommen einem die Wölfe rasch verdächtig vor: In der Extremadura gibt es sie schon lange nicht mehr, in anderen Regionen der Iberischen Halbinsel dagegen schon, etwa in den nordspanischen Provinzen und in Teilen Andalusiens. Auch regen sich beim Lesen Zweifel an der mehrfach wiederholten Behauptung, Wölfe seien häufig überfahren worden, denn solche Fälle sind verhältnismäßig selten. Eine echte Gefahr wurde der Straßenverkehr aber während der Entstehungszeit des Textes in den Nullerjahren für einen anderen, kleineren Beutegreifer: den »lince ibérico«, den Iberischen Luchs, auch Pardelluchs genannt, der auf der Iberischen Halbinsel endemisch vorkommt. Um die Jahrtausendwende starb der Luchs in der Extremadura aus – nach Jahrzehnten des kontinuierlichen Rückgangs. Aufgrund von Landschaftsfragmentierung, Bejagung und einer Myxomatose-Epidemie, die seine Hauptnahrung Kaninchen dahingerafft hatte, überlebte der Pardelluchs in freier Wildbahn nur in zwei isolierten andalusischen Populationen von insgesamt weniger als hundert Tieren (Stand 2002). *Lynx pardinus* ist damit die gefährdetste Säugetierart Europas und – nach dem Amurtiger – die seltenste Katzenart der Welt. Auch wenn die Gesamtpopulation durch gezielte Schutz- und Wiederansiedlungsmaßnahmen seitdem auf über tausend Tiere (2022) gestiegen ist und in Südportugal und der Extremadura neuerdings wieder kleine Populationen Fuß gefaßt haben, bleibt diese Art vom Aussterben bedroht. Der Pardelluchs gehört zwar wegen seiner bezaubernden Gesichtszeichnung zu den schönsten Wildtieren Europas, doch läßt sich mit einer Katzenart, die kaum mehr als halb so groß ist wie der Eurasische Luchs, in einer Berliner Kneipe wohl nicht so viel Aufmerksamkeit erheischen wie mit dem Wolf. Meister Isegrim, was im Mittelhochdeutschen so viel wie Knurreisen bedeutet, ist und bleibt in den Tiefen des kulturellen Gedächtnisses schlechthin der Antagonist menschlicher Zivilisation. (László Krasznahorkai spielt die paranoiden

Strukturen des menschlichen Verhältnisses zum Wolf in seinem jüngsten Roman »Herscht 07769« durch.)

Wenn wir über Ausrottung schreiben, sind die meisten von uns in der Situation des verbildeten Philosophen aus »El último lobo«: Wir haben nur Halbwissen über ökologische Zusammenhänge und vertrauen zu sehr auf Kopfwissen, um das »Artensterben« vor unseren Haustüren überhaupt zu bemerken – oder gar als Anlaß dafür zu nehmen, über uns selbst nachzudenken. Müssen wir doch darüber sprechen, reißen wir oft einzelne charismatische Arten, seien es nun Tiger oder Seepferdchen, aus ihren ökologischen Zusammenhängen. Wir verwechseln die biologischen Arten, die immer Teil von über evolutionäre Zeiträume gewachsenen Lebensgemeinschaften sind, mit menschlichen Projektionen auf isolierte Spezies. Wir reden vom Wolf, weil er unser kulturelles Gedächtnis bevölkert, und überschreiben damit oft die Spuren von Arten, die an den Rändern unseres kulturell definierten Wahrnehmungshorizonts ihr Wesen treiben. Wir bedienen uns des einen Tieres (hier des Wolfs) als Spiegelbild für unsere Ängste oder Sehnsüchte und übersehen, daß uns das andere (der Luchs) vom Rande aus dabei beobachtet.

Die Ersetzung des Pardelluchses durch den Wolf in »El último lobo« mag in erster Linie dem Wunsch des Erzählers geschuldet sein, den dramatischen Pulsschlag seiner Geschichte durch die Figur eines Widersachers zu erhöhen. Sie ist aber auch charakteristisch für eine Weltwahrnehmung, die von den Scheuklappen der instrumentellen Vernunft begrenzt wird. Wir haben die Fähigkeit, Spuren von Lebendigkeit in unserer nicht-menschlichen Mitwelt zu erkennen, durch eine kulturfixierte Nabelschau ersetzt: Natur ist für uns oft nur das, was sich Kultur sowieso bereits narrativ, ikonographisch oder ökonomisch einverleibt hat, nicht das Unerwartete, Verborgene, Wilde. Deswegen betrachten wir Natur fast nur noch als eine Menagerie charismatischer Arten oder als vermeintlich unerschöpfliche Ressource zur Schaffung einer »zweiten Natur«, wie es Theodor W. Adorno nannte. Das eigentliche Lebensgewebe hingegen mit seinen feingesponnenen Wechselbeziehungen, das die Entstehung menschlichen Lebens überhaupt erst ermöglicht hat, wird nicht mehr als Teil unseres eigenen Menschseins gesehen.

Der Mensch, so die Einsicht schon bei Schopenhauer und Kierkegaard, versucht seine Angst vor dem Tod dadurch zu bewältigen, daß er das Leben um sich herum totstellt, damit es ihn nicht an die Sterblichkeit allen Lebens erinnern kann. Die große geistige Leistung von Schriftstellern wie Goethe, Rilke und Handke, von Schriftstellerinnen wie Nan Shepherd, Rachel Carson und Annie Dillard liegt darin, daß sie an einer Sprache gearbeitet haben, die uns immer wieder an ein Bewußtsein unserer Gleichursprünglichkeit mit der anders-als-menschlichen

Welt zurückbindet. Sie alle sind Rufer in der Wüste geblieben. Es wird nicht mehr lange dauern, dann gleicht unsere ausgeräumte Kulturlandschaft einem Mausoleum für all die Rotbauchunken, Zauneidechsen, Kiebitze und Feldhasen, vor denen wir uns in unsere unterkühlten PKWs und überheizten Schlafsilos geflüchtet haben. Wir betrachten alle Wildtiere so, als ob sie in Zoos lebten: als isolierte Lebewesen, losgelöst von ihrer gemeinsamen Entstehungsgeschichte mit anderen Arten und ihren ökologischen Existenzbedingungen. Wir nehmen unsere Lebenswelten kaum mehr als Teil größerer ökologischer Zusammenhänge wahr – trotz der Bewußtseinsveränderung aufgrund der menschengemachten Klimakatastrophe, euphemistisch als Klimawandel bezeichnet. Was uns angesichts dieses blinden Flecks zum Erzählen zwingt, ist die »Unruhe«, von der Krasznahorkais Erzähler spricht – eine Unruhe, die »in ihm offensichtlich stärker war als die Leere, aus der sein Wesen bestand«. Von nun an muß er seine Ausrottungsgeschichte aus der Extremadura obsessiv »Tag für Tag« neu schreiben und wieder überschreiben – als sei er auf einen verborgenen Wahrheitskern gestoßen, von dem er angezogen wird, den er aber gleichzeitig durch das Erzählen auf Distanz halten muß. Hierin gleicht er dem alten Seemann aus Samuel Coleridges »The Ryme of the Ancient Mariner«.

Heute über Kultur zu schreiben heißt, über Ausrottung zu schreiben. Denn das Nachdenken über Kultur kann nicht mehr nur eine Auseinandersetzung mit verschiedenen Techniken sein, mit denen Menschen sich in der Welt beheimaten und Sinn schaffen. Es wird in Zukunft immer häufiger eine Reflexion darüber sein, wie wir überhaupt noch kulturelle Wesen bleiben können, wenn wir uns vollständig in einer menschengemachten Welt eingerichtet und unsere Verbindung mit der ersten Natur restlos ausgeblendet haben: Wenn wir jeden schöpferischen Stoffwechsel mit unseren natürlichen Lebensgrundlagen durch kulturelle Binnenreferenzen ersetzt haben; wenn es keine Räume der Unverfügbarkeit mehr gibt, wenn die verbauten Landschaften, die wir bewohnen, nur noch uns selbst spiegeln – Ausdruck unserer ins Endlose wuchernden Wünsche.

Als kulturelle Wesen sind wir auf einen natürlichen Resonanzboden angewiesen: auf die Fähigkeit, *Leib zu sein* und nicht nur einen *Körper zu haben;* auf die Kunst, Leben wachsen lassen zu können und nicht nur zu verwalten; auf die Demut, uns nicht nur durch unsere prometheischen Leistungen als Menschen zu empfinden, sondern auch und vor allem durch unsere Zugehörigkeit zum über Jahrmillionen entstandenen Gewebe des Lebens. Kulturell verantwortlich, also »enkeltauglich« zu handeln wird in Zukunft heißen: Natur *sein* zu können und nicht nur Natur *haben* zu wollen. Wenn wir sie nur lassen, können uns die zurückgekehrten Luchse in unserer Kulturlandschaft bei dieser Zukunftsaufgabe Hilfestellung leisten. (Wölfe als Rudeltiere, die sich im Gegensatz zum Luchs an den Menschen anpassen und ihr angestammtes Verhalten so ändern, daß es dem Menschen tatsächlich gefährlich werden kann, stellen dichtbesiedelte Länder in Mittel- und Westeuropa vor viel größere Herausforderungen.)

Krasznahorkais Erzählung »Animalinside« (2010) über die abgründige Dialektik von Domestikation und Gewalt, die auf deutsch im Herbst 2023 erscheint, geht dieser Frage mit der ihm eigenen spielerischen Unerbittlichkeit nach: »Du bist mein Herrchen, ich bin in dir, gerade in dir, wie du hier stehst, die Hände auf dem Rücken verschränkt, dich aufmerksam vorbeugst und schaust, aber was bildest du dir ein, wo du bist, im Zoo?« Sie endet in einer endzeitlichen Entropie, in der »nicht einmal der Kern sich noch in der Materie (spaltet), weil es keine Kraft mehr gibt, die irgend etwas antriebe«. Daß der Mensch trotz der Wissensrevolutionen in der Ökologie und den Erdsystemwissenschaften nicht in der Lage scheint, die »Naturwüchsigkeit« in sich – so bezeichnet Adorno Prinzipien des ständigen Wettkampfs, die er in der Evolutionsgeschichte walten sieht – in Sozialformen der Gerechtigkeit zu übersetzen, ist die eigentliche Tragik unserer Zeit. Sehenden Auges haben wir bereits die eigenen Lebensgrundlagen zerstört – und sehen es immer noch nicht: »wir haben alles ausgelöscht, wir haben alles vernichtet, nur die nackte Erde, die ist übrig, nicht eine Blume, nicht ein Grashalm sind geblieben, keine Wiese, kein Feld und kein Wald, kein Ozean und kein Meer«, heißt es in»Animalinside«. Das ist natürlich ein Tonfall, der im zeitgenössischen Deutschland nicht verfängt. Pflichtbewußt hat man sich jeder Haltung entledigt, die in den Verdacht der Bedenkenträgerei geraten könnte. Raubbau first, Bedenken second. *German Angst* war gestern.

Noch nie waren die Wälder hierzulande in einem so schlechten Zustand wie derzeit. Seit Jahren dokumentiert dies jeder Waldschadensbericht aufs neue, Medien und Öffentlichkeit reagieren aber nur noch mit Achselzucken. Von »Waldsterben« will heute schon gar niemand mehr sprechen, das wäre ja retro-hysterisch. Wenn in absehbarer Zukunft Mitteleuropa akutes Waldbrandgebiet wird, woran es keine wissenschaftlich begründbaren Zweifel gibt, werden die Luchse zu den ersten Opfern gehören. Mit ihnen wird dann auch das Versprechen in Flammen aufgehen, das an ihre Wiederauswilderung hierzulande seit den achtziger Jahren geknüpft war: daß ein Zusammenleben zwischen menschlichem und anders-als-menschlichem Leben in einem hochindustrialisierten Land möglich, daß die Auftrennung des Lebensgewebes noch nicht beschlossene Sache sei.

KRYSTYNA DĄBROWSKA

SCHMETTERLINGE

Gedichte

FREUNDE HABEN MIR aus Mexiko
eine Maske mit Schmetterlingsmuster gebracht.
An den mit orangerotem Faden bestickten Flügeln
erkannte ich, daß es Monarchfalter sind.
Monarchen, die Jahr für Jahr Ende des Sommers
von den Großen Seen nach Süden aufbrechen
und nach Gefühl, nach einem geheimen Kompaß,
Tausende Kilometer in die mexikanischen Wälder fliegen.
So wie sich manche von uns nach Gefühl auf eine
verrückte Wanderung machen, körperlich oder im Geist,
wenn auch nicht unbedingt von den Großen Seen,
sondern eher von einer trüben Pfütze aus.
Und nicht unbedingt wissend wohin, sondern nur begreifend,
daß es immer kälter wird; man muß den Winter überlisten.

»VIELLEICHT IST ES Zufall, daß die wandernden Schmetterlinge
genau zum Tag der Toten in Mexiko eintreffen«,
sagt Will Smith in einem Video über die Monarchen, »aber
das geht schon so lange, daß es ein Teil der Kultur geworden ist.«

Ich habe sie letztes Jahr gesehen, sie flogen zu den Ofrendas:
den Altären für die Toten, die voller Früchte, Getränke
und Maisfladen sind, und voller Cempasúchil-Blüten,
orangerot wie ihre Flügel.

Sie tranken Nektar aus den zu Kränzen geflochtenen Blüten,
flammenden Bändern um die Gesichter
der Mädchen und Frauen mit ihrem Leichen-Make-up
(ein wenig Leiche, ein wenig Katze). Sie flatterten

im Wirbel der Straßentänze, zwischen als Frauen verkleideten Männern
und umgekehrt, zwischen als Erwachsene verkleideten Kindern
und umgekehrt, zwischen als Tote verkleideten Lebenden
im wilden, karnevalesken Umgekehrt, Umgekehrt.

IN DIESEM JAHR hat der Tag der Toten gestutzte Flügel.
Paraden, Feste, Straßentheater, Tanz – verboten.

Doch die Monarchen, die aztekischen Sonnentänzer, kommen.

Die Friedhöfe sind geschlossen; Familien
wachen nicht an ihren frischen Gräbern
und keine Musiker sind engagiert,
um auf der Marimba zu spielen.

Nur die Schmetterlinge kommen leise geflogen.

Die Angehörigen der Pandemie-Opfer
können online Pan-Gebete
für jeden und niemanden hören.

Doch die Schmetterlinge kommen wie jeden Herbst.

ICH KÖNNTE IN diesem Jahr nicht in einen privaten Hof gehen,
geleitet von einem Pfad aus Cempasúchil-Blüten,
und die in Sesseln ausgestreckten zwei Puppen sehen,
Abbilder der verstorbenen Verwandten:
bekleidet mit Jogginganzügen, die sie früher trugen,
anstelle der Gesichter – Porträtfotos;
vor ihnen ein Tisch, Vorspeisen, eine Batterie von Flaschen.
Und ich würde beim Abschied
von den Trauernden am Nebentisch
keine Tüte mit Orangen, Zuckerrohr und Äpfeln bekommen.

DAS DORF HUAQUECHULA erreichten wir am Abend.
In den dunklen Gassen leuchteten allein
die offenen Türen der Häuser mit den Ofrendas.
Jeder konnte eintreten, sich umsehen, Geschichten über die Leute
hören, die er, der Nasenlose, im letzten Jahr fortgerissen hat.
Wie die Bäckerin, angeblich die beste weit und breit.
Für sie gab es als Opfer neben Brötchen, Keksen und Brezeln,
im weißen Zuckerguß, in Form von Schädeln,
die Miniatur eines Backsteinofens
mit einer Schaufel zum Wenden der Laibe.

Andere Bäckerinnen bewirteten die Gäste
mit heißer Schokolade und dem süßen Brot der Toten,
gebacken nach dem Rezept der Verstorbenen.

DIE STUBE KAHL.
Eine dreistöckige Ofrenda
sprengte sie, wie eine hohe Torte
oder ein Eisberg.
Die Stockwerke:
irdisches Leben,
Zwischenzone,
Himmel.
Jedes davon versunken
in barocken Wölkchen,
in glänzender weißer Drapierung.
In Putten und Spitzen.
Mitten in der Ofrenda ein Spiegel
schräggestellt, darin das Bild eines jungen Mannes
auf einem ansonsten unsichtbaren Foto,
das verdeckt war von der höchsten
Ebene des Altars.
Die Mutter des Mannes aus dem Spiegel
saß daneben und weinte.
Zugleich lud sie mit einem Lächeln
die Passanten ein.
Bei ihr ein Angehöriger,
er wandte sich an uns,
erzählte von dem Sohn.
Noch ein Spiegel –
aus Worten.
Und die Spiegel der Tränen.

IN DIESEM JAHR verfaulen
in den Treibhäusern
die Cempasúchil-Blumen.
Immer mehr Tote, und man kann ihnen nicht
wie gewohnt den langen Weg vom Jenseits

zu ihren Angehörigen mit einem Pfad
aus den orangeroten Blüten weisen.

Mit einem Blütenpfad und mit dem Lärm der Stimmen,
die unter den Gesichtsmasken verstummen.

Doch man kann Blumen auf die Masken sticken,
dem Nasenlosen zum Trotz – bunte Schädel
und Schmetterlinge, die wissen, wie sie hinfinden.

ANNA WOHNT am Michigansee
und züchtet Monarchen.
Die Migrantin züchtet migrierende Falter:
In ihrem Garten sammeln sie Kraft für die Reise.
Doch zuerst: Raupen, die die Blätter der Seidenpflanze fressen,
dann hängen unter der Decke des Musselinkäfigs
die Kapseln der Puppen,
schließlich treten die Schmetterlinge hervor,
zerknittert wie zusammengelegte Fallschirme,
und pumpen mit den Rumpfmuskeln die Flügel auf.

In diesem Sommer hat Anna
einem der Monarchen einen Vorderflügel
transplantiert: Er hatte nur einen Fetzen
und konnte damit nicht abheben.
Sie fand einen Spender,
den toten Falter einer anderen Gattung,
und zu den drei sonnigen Monarchflügeln
klebte sie einen vierten, schwarzen, spitzeren.
Sie war sehr nervös, wie ihr Patient.
Er zitterte während des Eingriffs, erstarrte dann
und rührte sich eine Stunde lang nicht.
Als sie schon dachte, es sei für immer,
kletterte er auf ihre Hand, zögerte, drehte um;
er probierte es noch einmal und noch einmal,
und plötzlich flog er davon
mit seinem neuen Nachtflügel.

(Oktober – November 2020)

Aus dem Polnischen von Renate Schmidgall

THEODOR W. ADORNO, ELIAS CANETTI

»ICH KANN AUCH DEN KLEINSTEN WEG NICHT ANDERS ALS ALLEIN GEHEN«

Briefwechsel

Ein Vulkan an Ressentiment.
Vorbemerkung zum Verhältnis von Theodor W. Adorno und Elias Canetti

Hilde Spiel hat in den Erinnerungen »Welche Welt ist meine Welt?« (1990) von einem Mittagessen in ihrem Garten erzählt: Unter einem Kastanienbaum bewirtete sie Theodor W. Adorno, Elias Canetti sowie Ernst und Lou Fischer, und in der Nacht spaltete ein Blitz den Baum – am nächsten Tag habe sie mit ihrem Mann gewitzelt, die geballte Eitelkeit der beiden Geisteshelden habe wohl noch in der Luft gelegen und die himmlische Entladung auf sich gezogen. Daß zwischen Canetti und Adorno jenseits ihrer gewaltigen Eitelkeiten einiges an Spannungen in der Luft lag, ist dem erhaltenen Briefwechsel nur indirekt zu entnehmen; man verkehrt formvollendet, ja überhöflich miteinander, versichert sich der gegenseitigen Hochschätzung, läßt den direkten Austausch aber auf sich beruhen, nachdem das mehrtägige Kennenlernen brieflich hinreichend nachbesprochen ist.

Das Ereignis, das die Korrespondenz begründet, ist Adornos Einladung, Canetti möge an der Frankfurter Universität über einen frei gewählten Komplex aus seinem philosophisch-anthropologischen Lebenswerk »Masse und Macht« (1960) sprechen, an dem er etwa ein Vierteljahrhundert im Exil gearbeitet hatte. Als er »Das Chaos der Größe« vorschlägt, wünscht Adorno sich angesichts des universitären Publikums einen Titel, der etwas mehr »down to earth« ist, und so wird »Macht und Überleben« daraus.

Canetti reist am 17. Februar 1962 an, er liest und diskutiert im Vorlesungssaal zwei Tage später vor Adorno, seinen akademischen Schülern und studentischem Publikum, wiederum zwei Tage später führen die beiden das bekannte und mehrfach abgedruckte Rundfunkgespräch über »Masse und Macht« – am 21. Februar 1962, aus der Korrespondenz ist das genaue Datum zu entnehmen (bisher wurde es meist falsch auf März 1962 datiert). Abgesehen von den beiden Terminen gibt es wenige Treffen: Gretel und Theodor W. Adorno laden Canetti zum Abendessen ein, Adorno empfiehlt seinem Gast die eigenen Schriften und schickt ihn in Frankfurter Antiquariate. Es geht vor allem um die »Dialektik der Aufklärung« (1947), zu diesem Zeitpunkt nicht im Handel, und die Frage nach möglicherweise parallelen Gedankengängen. Canetti bedankt sich im März 1962 artig bei Frau Gretel und bei Adorno, sie wechseln noch zwei geradezu freundschaftlich klingende Briefe, in denen es vor allem um die kulturkritischen »Prismen« (1955) und ihre Aufnahme in Großbritannien geht, damit bricht die Korrespondenz ab.

Sie steht in einem größeren Zusammenhang, der sich von der Canetti-Seite her umfassend darstellen läßt, auf Adornos Seite bestätigen sich die raren Erwähnungen Canettis im veröffentlichten Werk auch in seiner Korrespondenz. Er hat sich nie so recht auf den anderen eingelassen; das berühmte Radiogespräch der beiden ist auch schon als Beleg für Adornos Autismus gesehen worden, er kreist in seiner eigenen Begriffswelt, obwohl seine Rolle die des Interviewers hätte sein sollen. Dabei war sein Einstieg in Canettis Werk ein sehr persönlicher: Seine Frau Gretel Karplus war eine entfernte Cousine der österreichischen Malerin Marie-Louise von Motesiczky (1906–1996), einer Schülerin Max Beckmanns; die schmale (unveröffentlichte) Korrespondenz zwischen Adorno und Motesiczky (»Piz«) zeigt, wie engagiert sie versucht hat, ihn mit Canetti zusammenzubringen. Adorno war wohl auch nicht ganz unempfindlich gegenüber diesen Versuchen; eine der wenigen Nennungen Canettis scheint ihr zuliebe erfolgt zu sein – in dem Programmheftbeitrag »Bilderwelt des Freischütz« (1961) verweist er auf den Wald, der in »Masse und Macht« als das »Massensymbol der Deutschen« benannt wird.

Motesiczky war jahrzehntelang Freundin, Geliebte und Mäzenin von Elias Canetti, wie er aus Wien nach London geflohen. Die Korrespondenz der beiden ist 2011 unter dem Titel »Liebhaber ohne Adresse« erschienen, herausgegeben von Ines Schlenker und Kristian Wachinger. Hier ist nachzulesen, daß Motesiczky 1961 mit den Adornos einen Sommerurlaub in Sils Maria verbracht hat, und sie hat auch vorher schon für Canettis Werk geworben. Sie schreibt ihm, Adorno stehe »gemischt« zu »Masse und Macht« und wolle seine Vorbehalte nur mit Canetti selbst diskutieren, tatsächlich hat Adorno ihr von einer Verwandtschaft zu Teilen der »Dialektik der Aufklärung« geschrieben, von »frappierenden Übereinstimmungen« gar. Ihr Eindruck ist, es handle sich dabei nicht um eigentliche Einwände, sondern um Prioritätsfragen. Er solle doch bitte Adorno keine Absage schreiben, solange sie mit ihm und seiner Frau in Sils sei (16. August 1961). Canetti hat da schon zugesagt, nach Frankfurt zu kommen, wenn auch ein Semester später als ursprünglich gewünscht, und er antwortet seiner Geliebten etwas stachelig, sie schaffe einen »Vulkan an Ressentiment« in ihm – falls Adorno in Einzelheiten auf anderen Wegen zu ähnlichen Ergebnissen gekommen sei, bestätige das doch nur seine Ergebnisse und auch seine Selbständigkeit, schließlich kenne er Adornos soziologische Schriften nicht und sei überhaupt der Soziologie ausgewichen (18. August 1961).

Canetti fliegt also bereits mit gemischten Gefühlen nach Frankfurt; in seinem Nachlaß gibt es in einer Adorno-Aufzeichnung die Bemerkung, er sei seit Jahren keinem geistigen Menschen begegnet, mit dem er wirklich habe sprechen können, er bewunderte einzelne Formulierungen in den »Prismen«, sah die umfassende Bildung Adornos und die Leichtigkeit, mit der er sich in Systemen bewegte – all dies trotz des eingepflanzten Ressentiments. Aber seine Einschätzung muß schnell gekippt sein, gleich während des Frankfurter Aufenthalts; er war mit den Veranstaltungen nicht einverstanden, ärgerte sich über Fragen des akademischen Publikums, das er gut abgerichtet fand. Adornos Gesprächsführung im Funk schien ihm perfid, weil sein Gesprächspartner wieder mit der »Dialektik der Aufklärung« ankam, von der er wußte, daß Canetti sie nicht kannte, wohl auch nicht kennen konnte – vor 1969 gab es nur die Exil-Ausgabe im Amsterdamer Querido Verlag (1947), in einer niedrigen Auflage. Obendrein spricht Adorno vom »Skandalon« der »Subjektivität des Ansatzes« von »Masse und Macht« – ein Buch, das sich mit seinem anthropologischen Zugriff in der Tat trotz des wissenschaftlichen Gebirges, auf dem es steht, durch einen antiwissenschaftlichen Gestus, ein Denken in Bildern und seinen Essayismus auszeichnet. Mindestens der letztere dürfte aber Adorno nicht fremd gewesen sein.

Es ist also schon nachvollziehbar, daß Canettis Einschätzung seines Gegenübers rasch ins Negative kippt. In einer Aufzeichnung, die auf 1962 datiert ist und die Canetti nach Adornos Tod in »Die Provinz des Menschen« (1973) veröffentlicht hat, heißt es:
»Er spielt auf zu vielen Instrumenten zugleich. Aber Denken ist *nicht* Komponieren. Im Denken wird etwas rücksichtslos auf die Spitze getrieben. Der Prozeß der Erkenntnis besteht vorerst darin, daß alles über Bord geworfen wird, um rascher und leichter an das eine geahnte Ziel zu gelangen. A. kann nichts über Bord werfen. Er schleppt sich immer ganz mit. Er gelangt nirgends hin. Alles, was er weiß, ist ihm immer gegenwärtig. Er pocht an alle Türen und tritt nirgends ein. Da er gepocht hat, glaubt er, er ist dort gewesen.«
Nun war das Rundfunkgespräch für die Rezeption von »Masse und Macht« durchaus von einiger Bedeutung; im Jahr der deutschen Erstausgabe war zu Canettis tiefer Enttäuschung sein erklärtes Hauptwerk versunken, fast ohne öffentliches Echo. Sein Buch kam über den Umweg des Erfolgs der englischen Übersetzung zu seiner großen Wirkung im deutschen Sprachraum, und ein weiterer Treppenstein dorthin war das Adorno-Gespräch – die erste deutsche Verlegerin, Hilde Claassen, hat das offensichtlich erkannt. Und es gab eine weitere Einmischung Adornos, die für Canetti wichtig war: Sein Stück »Hochzeit« (1932) erlebte am 3. November 1965 in Braunschweig seine Uraufführung, die einen Skandal zur Folge hatte. Autor und Theater wurden wegen Erregung geschlechtlichen Ärgernisses, vulgo Obszönität, denunziert, die Staatsanwaltschaft ermittelte und stellte noch im Dezember 1965 das Verfahren ein, es wurde keine Anklage erhoben. Das Theater hatte eine Reihe von Prominenten um Stellungnahmen gebeten, die auch in großer Zahl kamen, darunter von Fritz Bauer und Hermann Kesten, Erwin Piscator, Hilde Spiel, Peter Weiss, die grundsätzlichste Einlassung kam von Theodor W. Adorno. Er wies sich als genauer Kenner des Werkes von Canetti aus, »und zwar des sehr bedeutenden wissenschaftlichen (›Masse und Macht‹) ebenso wie des dichterischen (das Hauptwerk ist ›Die Blendung‹)«. Die Vorwürfe des anonymen Denunzianten – seiner Argumentation nach ein autoritärer Charakter – seien lächerlich, das Stück verdiene als Verbindung zwischen Expressionismus und absurdem Theater größtes Interesse und sei in seiner moralischen Absicht ganz unzweideutig: »Wer an diesem Stück Ärgernis genommen hat, der muß schon gekommen sein, um Ärgernis zu nehmen.«
Adorno hatte schnell reagiert, er mußte sich für seine Stellungnahme offenbar nichts neu anlesen, weil er große Teile von Canettis bislang erschienenem Werk kannte – mindestens so gut, daß es für eine solche Stellungnahme ausreichte. Daß er im letzten hier abgedruckten Brief zur Anrede »Lieber Herr Canetti« übergeht und sich wünscht, daß »der Kontakt zwischen uns nicht abreißen soll«, war also vermutlich doch ganz ernst gemeint, entsprechende Äußerungen gibt es auch in Adornos Briefen an Marie-Louise von Motesiczky (wo er von unvergeßlichen Tagen schreibt und der Hoffnung, ihn bald wiederzusehen). Canetti erwidert diese Anrede nicht, und auch die Stellungnahme zu »Hochzeit«, so wichtig sie für ihn in der Situation selbst gewesen war, änderte seine kritische Haltung nicht; er blieb auf Distanz. Durch die Verbindung über Motesiczky haben sich die beiden noch ein paarmal gesehen, etwa 1965 in Paris (vor der Uraufführung); in seinen Aufzeichnungen mokiert Canetti sich über die Weltfremdheit des Philosophen, der hinter jeder Frau, mit der er gern spreche, eine literarische Figur sehe: »Es ist klar, daß er von keinem wirklichen Menschen eine Ahnung hat«, seine einzige

Leidenschaft sei sein Ehrgeiz. »Ein Denker, der von nichts Konkretem ausgehen kann, ist für mich keiner, und ein einziges Fragment von einem griechischen Philosophen, von dem sonst nichts besteht, *ein einziger Satz* ist mir mehr als die ganzen Werke des lebenden Adorno.«

Im Zuge der Recherchen für sein Kafka-Buch »Der andere Prozeß« (1968) las Canetti Adornos »Aufzeichnungen zu Kafka« (1953), ebenfalls 1955 in die »Prismen« aufgenommen. Diesen Text ertrug Canetti offenbar nicht mehr; die meisten seiner Sottisen sind in dem Band »Prozesse. Über Franz Kafka« (2019, herausgegeben von Susanne Lüdemann und Kristian Wachinger) veröffentlicht worden. Adorno habe »Kafka auf sein schmuckes Rad geflochten«, es »ist, als hätte ein Tintenfisch nach Kafka gegriffen«; er habe »sprachliche und gedankliche Elemente von Kraus, Kierkegaard, Freud, Marx, Proust und Gott weiß was noch« hineingebracht, der »abscheulichste Eklektizismus, ein geistiger Snobismus«, und er schwört sich: »nie wieder Adorno!« Daß ihm die »Aufzeichnungen über Kafka« im Weg gewesen sein könnten, weil es tatsächlich Berührungen mit eigenen Gedankengängen gibt, zeigt sich indirekt in einem Gespräch, das Heinz-Klaus Metzger 1967 mit Canetti geführt hat.

Dabei wird es bleiben; Canetti beobachtet Adornos Leben aus der Ferne, es finden sich noch einige einfallsreiche Schimpftiraden in seinen Aufzeichnungen 1969, danach werden sie seltener und knapper, kaum mehr als kurze Bemerkungen. Daß sich Adornos Studenten im Zuge der Achtundsechziger-Revolte gegen ihn aufgelehnt haben, verzeichnet Canetti mit leiser Genugtuung, nicht einmal Adornos Tod wenige Monate später ruft eine Revision der harten Urteile hervor, wenn sie auch lakonischer werden. Die wenigen vom Autor selbst veröffentlichten sind anonymisiert (»A.«), wie er ihn auch zu Lebzeiten nie offen kritisiert hat. Canettis Tiraden sind mitunter treffsicher, strikt subjektiv und polemisch, und sie bewegen sich auf einer schmalen Basis: Er hat Adorno ein paarmal erlebt, hat wenige Jahre äußerst freundlich mit ihm korrespondiert, wie hier nachzulesen ist, und er hat ihn – (fast) nicht gelesen. Auch aus dem Nachlaß wird nicht klar, ob er mehr kannte als die »Prismen«, nicht einmal die »Dialektik der Aufklärung« erscheint als gelesenes Buch in den Nachlaß-Notizen, der »Jargon der Eigentlichkeit« (1964) bloß als Schlagwort, ganz zu schweigen von den Komponisten-Monographien oder Hauptwerken wie der »Negativen Dialektik« (1966) oder der postum erschienenen »Ästhetischen Theorie« (1970). Ob es nun Parallelen zwischen der sich selbst erhaltenden Vernunft, die Adorno in seinem Gespräch mit Canetti für die »Dialektik der Aufklärung« reklamiert, und der Figur des Überlebenden (»Masse und Macht«) gibt, ist ein großes Thema, über welches das Lesepublikum selbst entscheiden möge – dazu braucht es mehr als ein paar Seiten.

Sven Hanuschek

Der Direktor 10. Mai 1961

Dr. E. Canetti
8 Thurlow Road
London, N.W. 3
England

Sehr geehrter Herr Dr. Canetti,
heute möchte ich Sie, zugleich auch im Namen meines Freundes Horkheimer, einladen, bei uns im Institut für Sozialforschung einen Vortrag zu halten.
Die Wahl des Themas würde ich gern Ihnen überlassen; am günstigsten wäre wohl etwas aus dem Umkreis Ihres Buches. Als Termin wäre ein Montag zwischen dem 19. Juni und 19. Juli am besten. Die Vorträge finden abends statt, öffentlich, mit anschließender Diskussion. Das Honorar beträgt 200.– DM; außerdem trägt das Institut die Reisekosten und Aufenthaltsspesen.
Ich würde es sehr begrüßen, wenn es Ihnen möglich wäre, den Vortrag noch in diesem Semester zu halten, das bis Ende Juli dauert, doch wären die letzten Julitage nicht vorzuschlagen, weil dann die Studenten bereits sich zu verlaufen beginnen. Sollte es Ihnen aber in diesem Semester – und bei einer relativ so spät an Sie ergehenden Einladung – nicht mehr möglich sein, so würde ich im nächsten Semester, das im November beginnt, auf Sie rechnen.
Hinzufügen möchte ich, daß ich sehr großen Wert darauf lege, daß Sie bei uns sprechen – und daß Sie kommen. Schon vor Jahren hatte Frau Claassen mich auf Ihr Buch aufmerksam gemacht und es mir geschickt, und seitdem hat dies Bedürfnis bei mir bestanden.
Dankbar wäre ich Ihnen, wenn Sie mir bald ein Wort zukommen ließen.
Mit den freundlichsten Grüßen
Ihr aufrichtig ergebener
Professor Dr. Th. W. Adorno

In Abschrift:
1) Herrn Stift.-Rat Rosenberg z. gflg. Kts.

8 Thurlow Road
London N.W. 3 22. Mai 1961

Sehr geehrter Herr Prof. Adorno,
Ich danke Ihnen sehr für Ihren Brief und Ihre Einladung. Ich würde es als eine Auszeichnung betrachten, in Ihrem Institut für Sozialforschung zu sprechen; und noch mehr würde es mich freuen, Sie bei dieser Gelegenheit kennen zu lernen.
Leider wird es aber in diesem Semester für mich nicht mehr möglich sein zu kommen. Ich habe eine Einladung nach Griechenland angenommen, wo man mich nun bestimmt erwartet. Bis zum Ende dieses Jahres – und vielleicht auch etwas länger – bin ich dann mit der Vorbereitung der englischen Ausgabe meines Buches beschäftigt. Im nächsten Frühjahr, im Februar, oder besser noch März, werde ich wohl aufatmen können. Aber ich weiss natürlich nicht, ob Ihnen diese Zeit für einen Vortrag gelegen ist.
Ich hoffe, Sie verübeln es mir nicht, wenn ich noch einen Punkt zur Sprache bringe. Ich habe eine schwer überwindliche Abneigung gegen eine öffentliche Diskussion. Es ist nicht gut, über Dinge zu sprechen, die noch im Flusse sind, und bei mir ist manches noch im Fluss. Ein Gespräch unter Wenigen ist eine Freude, man weiss, mit wem man spricht, und kann die Verantwortung für jedes Wort, das man sagt, gleich übernehmen und genau begrenzen. Unter Vielen, die einem noch dazu unbekannt sind, wird alles peinlich anonym, ungenau und unverantwortlich. Man weiss nicht, woher eine Frage kommt: an wen richtet sich die Antwort?
Sie werden dies Eingeständnis einer Unzulänglichkeit als naiv empfinden. Ich kann sie trotzdem nicht verschweigen. Vielleicht gibt es eine Möglichkeit, eine öffentliche Diskussion zu vermeiden?
Ich hoffe sehr, dass ich noch in dem Frühjahr Gelegenheit habe, Sie zu sehen und zu sprechen; vielleicht in London?
Mit den freundlichsten Grüßen
Ihr Elias Canetti

Der Direktor

31. Mai 1961

Dr. Elias Canetti
8 Thurlow Road
London, N.W. 3
England

Sehr geehrter Herr Dr. Canetti,
schönsten Dank für Ihren Brief, den ich nach unserer Rückkehr vom Bodensee hier vorfand.
Natürlich bin ich sehr traurig, daß Sie in diesem Semester nicht mehr zu uns kommen können, habe aber das vollste Verständnis. Ich würde Ihnen vorschlagen, den Vortrag auf das nächste Semester zu verschieben. Allerdings käme als Zeit nur der Februar in Betracht, und zwar *nicht zu spät;* im März sind schon Semesterferien und gegen Ende Februar pflegen die Studenten bereits sich zu verlaufen. Es wäre sehr freundlich von Ihnen, wenn Sie mir jetzt schon definitiven Bescheid geben wollten, weil wir unsere Vortragsveranstaltungen ja einigermaßen planen und die Termine aufeinander abstimmen müssen.
Bei öffentlichen Vorträgen hat es sich während der letzten zehn Jahre eingespielt, daß immer eine Diskussion stattfindet, und ich möchte auch diesmal nicht davon abgehen. Ich glaube, das läge auch in Ihrem Interesse und dem der Publizität Ihrer Arbeit. Sonst käme nur eine interne Besprechung im Institut mit dessen Mitarbeitern in Betracht; aber das wäre mir nach außen nicht repräsentativ genug. Ich glaube, daß Sie die Schwierigkeiten einer solchen Diskussion weit überschätzen. Die Fragen aus dem Zuhörerkreis sind derart, daß ihre Beantwortung, nach meiner immerhin recht großen Erfahrung, niemals zu irgendwelchen Problemen geführt hat, es sei denn zu denen, die in der Sache liegen. Also seien Sie bitte so freundlich, sich auch diesen Aspekt noch einmal zu überlegen.
En attendant mit den schönsten Grüßen
Ihr aufrichtig ergebener

1) Herrn Stift.-Rat Rosenberg z. gflg. Kts.

Der Direktor 12.9.61

Dr. Elias Canetti
8 Thurlow Road
London, N.W.3
England

Sehr geehrter Herr Dr. Canetti,
darf ich heute auf unsere Korrespondenz zurückkommen?
Ich wäre doch sehr froh, wenn wir jetzt schon, für das kommende Semester, definitiv einen Vortrag von Ihnen vereinbaren könnten; am besten in der Zeit zwischen dem 15. November und 15. Dezember, oder dann von 10. Januar zum 20. Februar, möglichst an einem Montagabend, der eingespielten Vortragszeit, zu der die Teilnehmer im Sinn eines conditioned reflex ins Institut kommen.
Zu klären wäre wohl noch die Frage der Diskussion. Da öffentliche Diskussionen traditionell zu den Vorträgen dazugehören, würden Sie mir einen Gefallen tun, wenn Sie sich bereit erklärten, jener Übung zu folgen. Ich bitte Sie, mir zu glauben, daß diese Diskussionen keine unbillige Anforderung bedeuten – wenn sie sich zu lange ausdehnen, oder wenn Noten Konzert reden, so haben Sie oder ich die Möglichkeit, es abzuschneiden – daß aber umgekehrt oft dabei wirklich etwas Fruchtbares herauskommt; nicht selten habe ich die Erfahrung gemacht, daß man, wenn man ein vorbereitetes Manuskript gelesen hat, gerade in der freien Diskussion erst richtig produktiv sich entfaltet. Vor allem aber: die Teilnehmer unserer Vorträge sind nun einmal daran gewöhnt, und ich habe eine gewisse Neigung, solche Traditionen zu respektieren.
Sollten Sie jedoch eine unüberwindliche Aversion gegen das öffentliche Diskutieren haben – und es fehlt mir weiß Gott nicht an Verständnis für solche Aversionen – so sollte auch das kein Hinderungsgrund sein. Vielleicht könnten wir dann der ganzen Veranstaltung den Charakter eines internen Besprechungsabends im Institut, nur in einem ganz kleinen Kreis unserer ständigen Mitarbeiter, und vielleicht von ein paar Kollegen von der Universität geben. Pragmatistisch wäre natürlich der große Rahmen günstiger.
Dankbar wäre ich für recht baldigen Bescheid.
Mit den freundlichsten Grüßen
Ihr wahrhaft ergebener

Herrn Stift.-Rat Rosenberg z. gflg. Kts.

Elias Canetti
8 Thurlow Road
London N.W.3 20. November 1961

Sehr geehrter Herr Prof. Adorno,
Ich muss Sie sehr um Entschuldigung bitten für mein langes Schweigen. Ich stelle mir vor, dass es in Ihren Augen längst zum Problem geworden ist. Wie kann ein Mensch sich so sinnlos benehmen? Ihre Nachricht tut mir aber wohl und gibt mir den Überschuss an Vertrauen, ohne das ich nun einmal nicht sein kann. Man wird Ihnen gesagt haben, dass ich ein »düsterer« Einzelgänger bin. Ich kann auch den kleinsten Weg nicht anders als allein gehen. Das hat seine Nachteile. Aber meine Haut ist nun schon zu sehr Rinde geworden, als dass ich noch aus ihr fahren könnte.
Wenn ich Sie sehe, werde ich meine Zögerung ernstlich erklären können. Doch lassen Sie mich Ihnen bitte jetzt schon sagen, dass diese Zögerung mich hauptsächlich dann überfällt, wenn ich mich auf eine wirklich bedeutende Begegnung freue.
Falls Sie nun nicht schon anders verfügt haben – was ich Ihnen nicht verdenken könnte –, möchte ich gern im Februar bei Ihnen sprechen. Ich sehe, dass der 12. und der 19. Februar beide auf einen Montag fallen. Der 19. wäre mir eine Spur lieber, doch es ginge auch am 12. Die Aversion gegen das öffentliche Diskutieren ist wirklich so gross, dass ich beschlossen habe, sie zu überwinden. Dürfte ich mir – wenn Sie einverstanden sind – das genauere Thema noch vorbehalten? Es würde entweder um etwas gehen, das im vorliegenden Band von »Masse und Macht« schon behandelt wurde, aber an Hand von anderem Material, oder um ein Thema aus dem zweiten Band, an dem ich noch immer arbeite. Das Erste wäre vielleicht richtiger, da anzunehmen ist, dass nur ein Bruchteil der Hörer das Buch gelesen haben werden.
Ich würde gern bei der Gelegenheit einige Tage in Frankfurt verbringen, um Sie und Ihre Frau endlich kennen zu lernen.
Seien Sie nun auf das Freundlichste gegrüsst von Ihrem
Elias Canetti

Der Direktor 23. November 1961

Dr. Elias Canetti
8 Thurlow Road
London, N.W. 3
England

Sehr geehrter Herr Dr. Canetti,
schönsten Dank für Ihren Brief. Ich hoffe, daß ich Ihnen nicht eigens sagen muß, daß ich für Widerstände und Schwierigkeiten wie die, welche Sie andeuten, alles Verständnis habe. Schließlich bilde ich mir ein, daß auch meiner Arbeit nicht gerade die Goetheschen Prädikate des Freundlichen, Geselligen und Angenehmen zukommen. Es wird also wirklich so etwas wie ein Einsiedlerkongreß werden.
Sehr froh bin ich über Ihre Zusage. Die beiden Termine sind frei, und wenn Ihnen der 19. lieber ist, so bin ich gern damit einverstanden. Ich möchte nur zu bedenken geben, daß dann das Semester ein wenig seinem Ende sich zuneigt, und das setzt, nach meiner Erfahrung, die Zahl der Teilnehmer zuweilen etwas herab. Im Interesse breiterer Wirkung – what ever that may be – wäre also der 12. etwas günstiger. Aber die Entscheidung möchte ich ganz Ihnen überlassen.
Ich teile Ihre Ansicht, daß es vielleicht angebrachter ist, wenn Ihr Vortrag thematisch auf Ihren ersten Band sich bezieht, sei es, daß Sie einen besonderen Komplex herausgreifen, sei es, daß Sie eine Vorstellung von der Gesamtkonzeption übermitteln. Doch könnte ich mir denken, daß Sie in der Konzeption des zweiten Bandes so tief drin sind, daß Sie auch bei solchen Anlässen davon sich nicht trennen mögen, und dann wäre es mir selbstverständlich ebenso recht, wenn Sie etwas daraus behandeln wollten. Gut wäre es nur, wenn wir zu einer endgültigen Formulierung des Themas so rechtzeitig gelangen könnten, daß der Druck der Ankündigung nicht unnütz sich verzögert.
Daß ich in einer kleinen Arbeit über den Freischütz, die die Hamburger Oper publizierte, Ihre Stelle über den Wald zitiert habe, wissen Sie vielleicht. Eine andere, mir ebenfalls sehr nahe liegende über die imago des Kapellmeisters wird in einer der musiksoziologischen Vorlesungen vorkommen, die ich in diesem Semester hier halte und aus denen schließlich wohl auch eine Publikation wird.
Eines noch. Der Norddeutsche Rundfunk hat angeregt, ein Gespräch zwischen Ihnen und mir über Ihr Buch zu übertragen. Mir wäre das sehr recht. Nur ist es für mich, wie Sie sich vorstellen können, während der Semestralzeit unmöglich, von hier weitere Reisen wie eine nach Hamburg zu unternehmen. Ich habe deshalb den Norddeutschen Rundfunk gebeten, hier eine sogenannte »Gefälligkeitsaufnahme« zu arrangieren, das heißt, wir würden uns hier im Radio unterhalten und

das Band würde dann nach Hamburg geschickt und dort übertragen. Das müßte dann in den Tagen stattfinden, in denen Sie hier sind. Sehr dankbar wäre ich Ihnen für ein Wort Ihres Einverständnisses, damit ich das Nötige veranlassen kann.
Meine Freude, Sie kennenzulernen, ist sicher nicht geringer als die Ihre.
In herzlicher Ergebenheit
Ihr

In Abschrift:
1) Herrn Stiftungsrat Rosenberg z. gflg. Kts.

E. Canetti
8 Thurlow Road
London N.W. 3

20. Januar 1962

Sehr geehrter Herr Prof. Adorno,
es ist nun wirklich höchste Zeit, dass ich Ihnen für Ihren Brief danke. Sicher wissen Sie, dass ich mich über ihn gefreut habe. Leider kann ich doch nicht zum früheren Termin in Frankfurt sein. Ich hoffe, es ist Ihnen recht, wenn es beim 19. Februar bleibt.
Als Thema schlage ich »Das Chaos der Grösse« vor. Es würde mir ermöglichen, verschiedene Aspekte des Buches zu berühren und ihnen durch eine andere Wendung ihres Zusammenhangs mehr Dringlichkeit zu geben. Ich werde trachten, alles zu vermeiden, was in die neuen Gedankengänge des zweiten Bandes führt, schon weil es für meinen eigenen Arbeitsprozess schädlich wäre, sie in der Diskussion von anderen, die mir unbekannt sind, angetastet zu fühlen.
Ich höre eben von Herrn Schickel, dass Sie sich zu einem Gespräch mit mir für sein Sonderprogramm bereit erklärt haben. Ich freue mich natürlich sehr darauf. In einer Stunde lässt sich allerhand sagen. Ich denke, es wird auch Ihnen recht sein, wenn wir uns vorher über die Haupt-Themen einigen, um die das Gespräch kreisen soll. Für die Aufnahme wäre mir irgend einer der drei Tage recht, die unmittelbar auf den 19. Februar folgen; am besten wäre der 20. oder 21. Herr Schickel wird versuchen, zur Aufnahme nach Frankfurt zu kommen.
Mir wäre es sehr angenehm, wenn ich Sie vor der Aufnahme schon ein wenig kenne. Ich möchte am 17. oder 18. nach Frankfurt kommen. Ich habe drei Jahre meiner Jugend in Frankfurt verbracht und im Frühjahr 1924 da das Abitur gemacht. Es wird ein Proustsches Erlebnis sein, die Stadt wiederzusehen, dank Ihnen von innen her, und meine Gedanken kreisen schon sehr um dieses Erlebnis.

Ich vergass Sie zu fragen, welche Dauer für Vorträge bei Ihnen üblich ist. Ich dachte an eine Stunde, könnte aber, wenn es Sitte ist, auch etwas länger lesen. Ich wäre Ihnen dankbar für eine Information darüber.
Nun grüsse ich Sie noch sehr herzlich als Ihr
Elias Canetti

Der Direktor 24. Januar 1962

Herrn
Dr. Elias Canetti
8 Thurlow Road
London, N.W. 3
England

Sehr geehrter Herr Dr. Canetti,
schönsten Dank für Ihren Brief. Ich bin sehr froh, daß es bei den Terminen bleibt. Gut wäre es nur, wenn wir *rechtzeitig* die Zeit vereinbaren wollten, in der wir das Gespräch im Rundfunk führen; der 20., ein Dienstag, ist für mich nicht günstig, das ist ein Hauptvorlesungstag. Dagegen würde mir der 21. vormittags gut passen; am Nachmittag droht Fakultätssitzung.
Sehr schön ist es, daß Sie schon ein paar Tage früher hier sein wollen; ich dachte gar nicht, daß Sie sozusagen ein halber Frankfurter sind, nach all den genealogischen Ausführungen von Scholem. Von dem Frankfurt unserer Jugend ist freilich sehr wenig übrig, und das bezieht sich nicht einmal in erster Linie auf die physische Zerstörung, deren Spuren ja rascher beseitigt worden sind, als es vielleicht gut war, sondern darauf, daß die Stadt gänzlich ihre Atmosphäre verloren hat und von irgendeiner beliebigen anderen, wie etwa Stuttgart, sich kaum mehr unterscheidet. Mit dem temps retrouvé ist es, wie ich Ihnen aus eigener Erfahrung sagen kann, eine prekäre Sache; zunächst empfängt man eher einen Schock (bei mir war er so groß, daß es mir, als ich das Viertel besuchte, in dem ich meine Kindheit verbrachte, buchstäblich übel wurde), und das Merkwürdige ist dann, wie doch unter all der Fremdheit das Vertraute sich wieder regt, aber so beschädigt wie etwa in Träumen, in denen man glaubt, in einer bestimmten und wohlbekannten Stadt zu sein, ohne daß doch irgend etwas von dem, was man sieht, jener gliche. Dies nur, um Ihnen vielleicht etwas von dem Schrecken zu ersparen, der mich selber hier überfallen hat, aber dann freilich sich verlor, vor allem auch deshalb, weil ich hier durch einige Freunde doch die Kontinuität nach aller Beschädigung wiedergefunden habe.

Unsere Vorträge dauern im allgemeinen dreiviertel bis eine Stunde. Das ist selbstverständlich keine sklavische Begrenzung, doch macht man immer wieder die Erfahrung, daß alles, was viel länger ist, den Zuhörern mehr zumutet, als sie an schweigender Konzentration aufbringen können.
Ein Wort noch wegen der Formulierung des Themas. Es wäre vielleicht, einfach im Gedanken an den Gesamtcharakter der Vorlesungen, deren manche ja arg down to earth sind, besser, wenn man ein klein wenig nüchterner formulieren könnte. Ich weiß, daß hinter dieser Formulierung bei Ihnen außerordentlich konkrete Vorstellungen stehen, sie werden sich aber dem, der mit Ihrem Werk nicht vertraut ist, nicht ohne weiteres herstellen. Wenn Sie deshalb, ohne gar zu große Mühe, einen Titel ersinnen könnten, der auch dem Uneingeweihten anzeigt, worum es Ihnen geht, so wäre ich Ihnen dankbar. Doch möchte ich darauf nicht insistieren.
Daß Sie sich auf Gedankengänge aus Ihrem ersten Band konzentrieren, verstehe ich gänzlich; mir selbst widerstrebt es ebenso, über ein work in progress zu reden oder gar etwas daraus mitzuteilen. Unser Rundfunkgespräch denke ich so vorzubereiten, daß ich bereits eine Anzahl von Fragen und Diskussionspunkten formuliere. Wir sollten uns dann kurz über den sogenannten roten Faden verständigen; andererseits aber das Gespräch ja nicht zu genau im voraus festlegen, da das, nach meiner Erfahrung, sonst der Spontaneität des Gesprächs selbst entzogen wird.
Ich freue mich also sehr – und bleibe mit den freundlichsten Grüßen
Ihr stets ergebener

Bitte geben Sie doch noch rechtzeitig Bescheid, wann Sie ankommen, damit Ihnen ein Zimmer zum richtigen Termin reserviert werden kann.

E. Canetti
8 Thurlow Road
London N.W. 3 3. Februar 1962

Sehr geehrter Herr Prof. Adorno,
ich danke Ihnen sehr für Ihren Brief. Ich bin natürlich einverstanden mit dem Termin, den Sie für das Gespräch im Rundfunk vorschlagen: der 21. vormittags. Vielleicht wäre es möglich, nicht zu früh zu beginnen. Vor zehn Uhr funktioniere ich leider recht mässig, aber von zehn Uhr ab wäre mir jeder Zeitpunkt recht. Ich weiss nicht, ob Sie Herrn Schickel über die genaue Stunde informieren wollen. Ich teile ihm auf alle Fälle das Datum von hier aus mit. Ich habe den Eindruck, dass er gern dabei wäre.

Ich stimme Ihnen durchaus zu: es ist sicher nicht geraten, das Gespräch im voraus zu genau festzulegen. Mir würde es genügen, wenige Tage vorher die wesentlichen Fragen kennen zu lernen, die Sie zur Sprache bringen wollen. So habe ich Musse, in mir alles auszuschalten, worüber ich mich *nicht* auslassen soll, und so kann ich der Gefahr von Uferlosigkeit begegnen, die im Gespräch manchmal bei mir besteht.
Für den Titel der Vorlesung bei Ihnen kann ich Ihnen zwei Vorschläge machen. Bitte wählen Sie, was Ihnen geeignet erscheint. Der eine wäre: »Macht und Überleben«, der andere: »Überleben als Keim und Ende der Macht.« Der Vortrag beschränkt sich wirklich auf den Zusammenhang zwischen Überleben und Macht; er wird weniger als eine Stunde dauern.
Ich wage es gar nicht, mich als halben Frankfurter zu bezeichnen, da ich nur drei Jahre da gelebt habe. Aber es waren wichtige und folgenreiche Jahre für mich: die gespenstige und erregte Zeit der Inflation. Die Schilderung Ihrer Rückkehr nach Frankfurt hat mich an meine Rückkehr nach Wien erinnert. Ich bin Ihnen dankbar für Ihre Warnung. Es kommt dazu, dass ich Frankfurt schon vor 38 Jahren verlassen habe und buchstäblich keinen einzigen Menschen aus jener Zeit dort kenne.
Nun habe ich noch eine Bitte an Sie. Ich möchte am 17. kommen, einem Samstag, und ich bin sehr froh, dass Sie vorhaben, ein Zimmer für mich reservieren zu lassen. Leider ist es aber so, dass ich in einem zu kleinen Zimmer weder atmen noch schlafen kann. Ich pflege darum, da es sich meist nicht anders trifft, ein Doppelzimmer aufzunehmen, und möchte gern auch in Frankfurt für eines aufkommen. Wenn es gar auch noch ruhig sein könnte, wäre ich glücklich. Vielleicht lassen Sie mir noch eine Zeile zukommen, wohin ich mich nach meiner Ankunft in Frankfurt wenden soll. Ich hoffe, ich mache Ihnen mit alledem keine Mühe.
Ich freue mich sehr auf Frankfurt, und ganz besonders auf die Begegnung mit Ihnen. Seien Sie nun noch herzlichst gegrüsst
von Ihrem
Elias Canetti

Herrn
Dr. Elias Canetti
8 Thurlow Road
London, N.W. 3
England

6. Februar 1962

Sehr geehrter Herr Dr. Canetti,
schönsten Dank für Ihren Brief.

Als Titel scheint mir »Macht und Überleben« seiner Prägnanz wegen der günstigere; er wird also gedruckt werden.
Die anderen Dinge werden pünktlich erledigt. Genaue Nachricht wegen des Zimmers erhalten Sie noch.
Ich freue mich sehr auf Ihr Kommen.
Mit den freundlichsten Grüßen
stets Ihr

Sekretärin von Professor Adorno 8. Februar 1962

Herrn
Dr. Elias Canetti
8 Thurlow Road
London, N. W. 3
England

Sehr verehrter Herr Dr. Canetti,
für Ihren Aufenthalt in Frankfurt kann Ihnen das Institut sein Gastzimmer (ein Einzelzimmer mit Bad) zur Verfügung stellen. Es war leider ganz unmöglich, ein Hotelzimmer für Sie zu bekommen, da gerade während Ihres Frankfurter Besuchs die in diesem Frühjahr vorverlegte Frankfurter Messe stattfindet und dafür alle nur verfügbaren Hotelzimmer schon Monate vorher ausverkauft sind.
Das Gastzimmer des Instituts steht vom 17. ab für Sie bereit. Frühstücken könnten Sie im drei Minuten vom Institut entfernt gelegenen Hotel Zeppelin oder auch in der Mensa der Universität.
Herr Professor Adorno hofft, daß Ihnen diese Lösung recht ist und daß Sie sich in unserem Institut wohlfühlen werden. Er läßt sich Ihnen aufs schönste empfehlen.
Mit den verbindlichsten Grüßen
Ihre sehr ergebene

Dr. E. Canetti
8 Thurlow Road
London N. W. 3 14. Februar 1962

Sehr geehrtes Frl. Olbrich,
ich danke Ihnen für Ihren Brief. Ich fahre am Samstag Nachmittag nach Frankfurt (Flug 604 der BEA) und komme um 6.30 am Flugfeld an. Ich weiss nicht, wie

lange die Fahrt in die Stadt dauert, aber ich stelle mir vor, dass ich etwas nach 7 Uhr im Institut einlangen werde. Ich bin natürlich sehr froh, dass Sie im Institut ein Zimmer für mich haben, da ich unter den Umständen sonst nicht wüsste, wo ich in Frankfurt absteigen könnte.
Mit den besten Grüssen
Elias Canetti

Elias Canetti
8 Thurlow Road
London N.W. 3 14. Februar 1962

Sehr geehrter Herr Prof. Adorno,
Frl. Olbrich schrieb mir über die Zimmerfrage. Ich bin sehr dankbar für die Gastfreundschaft Ihres Instituts. Ich hatte natürlich keine Ahnung von der Schwierigkeit, Hotelzimmer in Frankfurt zu bekommen. Es ist mir ein wenig peinlich, dass ich das Institut vier oder fünf Tage mit mir belasten soll, eine gewiss ungewöhnliche Dauer für einen Gast. Ich weiss aber nicht recht, wie ich es anders machen soll, wenn unsere Diskussion auf Mittwoch angesetzt ist. Ich komme Samstag um 6.30 am Frankfurter Flugfeld an, und vielleicht ist es das beste, ich fahre dann gleich in die Senckenberganlage.
Ich freue mich schon sehr darauf, Sie und Ihre Frau zu sehen, und bin mit den herzlichsten Grüssen
Ihr
Elias Canetti

16. Februar 1962

Lieber Herr Dr. Canetti,
tausend Dank für Ihren Brief – und seien Sie sehr herzlich willkommen.
Es ist vielleicht am besten, wenn Sie sogleich zu Hause bei mir anrufen (77 18 24). Auch möchte ich Sie jetzt schon bitten, den Sonntag für lunch bei uns zu reservieren.
En attendant sehr herzlich
Ihr

Elias Canetti 8 Thurlow Road London N.W. 3 23. März 1962

Sehr geehrter Herr Adorno,
ich möchte Ihnen, reichlich verspätet, sagen, wie sehr ich mich über die Begegnung mit Ihnen gefreut habe. Ich wünsche mir nichts mehr als weitere Gespräche mit Ihnen, doch schon während der wenigen, die wir hatten, staunte ich immer wieder über die unglaubliche Elastizität und Offenheit Ihres Geistes. Verzeihen Sie, dass ich das so gerade heraus sage und dass ich etwas hervorhebe, das Ihnen selbstverständlich und vielleicht auch gar nicht besonders wichtig erscheint. Aber es ist nach meiner Erfahrung eben die Eigenschaft, die Menschen von höchstem geistigen Rang gewöhnlich abgeht. Umso aufregender war es für mich, sie bei Ihnen endlich zu finden.
Ich hatte leider kein Glück mit meiner Büchersuche in Frankfurt und habe kein einziges Ihrer Bücher gefunden. Es ist mir im Augenblick besonders an Ihrer gemeinsamen Arbeit mit Horkheimer gelegen, der »Dialektik der Aufklärung«. Sie sprachen zweimal im Laufe meines Frankfurter Aufenthalts, einmal während der Diskussion vor Ihren Studenten und dann knapp nach Beginn des Rundfunk-Gesprächs, von einer Parallele zwischen meiner Theorie des Überlebens und Ihren eigenen Gedankengängen. Wenn ich Sie recht verstand, handelt es sich um Gedankengänge aus Ihrer und Ihres Freundes »Dialektik der Aufklärung«. Es wäre nun sehr interessant für mich, das Buch endlich zu sehen und mich selbst davon zu überzeugen. Besonders gern möchte ich wissen, ob es sich auch bei Ihnen um die konkrete Situation des Überlebens handelt, die einen Überlebten voraussetzt. (An den Todestrieb Freuds glaube ich nicht und ich grenze, wie Sie im zweiten Band sehen werden, meine Auffassung sehr scharf von seiner ab.) – Ich kann auch in London Ihre »Dialektik« nirgends auftreiben. Die London Library, in der Ihre Werke sonst recht gut vertreten sind, hat das Buch nicht. So muss ich hoffen, dass ein deutsches Antiquariat es einmal für mich findet, und mich bis dahin, sehr ungern, gedulden.
Ich möchte mich bei Ihnen noch für den Verlauf der Diskussion im Institut entschuldigen. Es ist mir nicht gegeben, auf »irgend etwas« zu antworten, wenn ich noch in einem so ungeheuren Gegenstand befangen bin. Das ist gewiss ein Defekt, vielleicht einfach ein Mangel an didaktischer Erfahrung. Ich war auch betroffen, weil kein Mensch etwas über den eigentlichen Gegenstand, um den es ging, zu sagen hatte. Erst später, im privaten Gespräch mit Herrn von Haselberg, kam etwas von der Reaktion, die ich erhofft hatte. Ich habe mich seit Jahrzehnten mit dieser Frage des Überlebens beschäftigt und kann mich ihr noch heute nicht nähern, ohne sozusagen den Kopf zu verlieren. Das, obwohl ich jetzt, wie ich glaube, die Lösung dafür gefunden habe. (Aber davon

konnte ich noch nicht sprechen; es bildet den wichtigsten Abschnitt des zweiten Bandes.)
Wirklich schön war die Rundfunk-Diskussion mit Ihnen. Ich höre aus Hamburg, dass sie Anwert findet; es heisst, dass sie sich ungemein lebendig anhört. Ihre Methode hat sich also bewährt: dass man sich einige Punkte für die Diskussion zurechtlegt, an die man sich dann darum nicht zu halten braucht, weil sie bestehen.
Zu danken habe ich Ihnen auch für die freundliche Aufnahme im Institut. Man hatte mir schon viel über die glückliche Beziehung zwischen Ihnen und Ihren Studenten erzählt. Es war wohltuend, sich mit eigenen Augen davon zu überzeugen.
Ich lese mit Genuss im zweiten Band Ihrer »Noten«. Ich hoffe, es dauert nicht zu lange bis zum nächsten Gespräch.
Seien Sie nun noch sehr herzlich gegrüsst von Ihrem
Elias Canetti

Elias Canetti 8 Thurlow Road London N.W.3 23. März 1962

Liebe Frau Gretel,
nun sind es schon vier Wochen her, dass ich in Frankfurt war, und ich habe Ihnen noch immer nicht für Ihre herzliche Aufnahme gedankt. Ich war sehr erleichtert und froh, Sie so kennen zu lernen, wie Sie wirklich sind; ganz anders, als man Sie mir vorzumalen versucht hatte. Ich habe aus *meinem* Bilde von Ihnen kein Hehl gemacht und unsere Freundin damit entwaffnet. Es wird nun eine Weile dauern, bis sie zu neuen Verwirrungen ausholen kann. Sie wird es schon wieder versuchen, sie kann nicht anders, aber für eine Weile ist Friede. Übrigens hat sich das »spanische Abenteuer« gelohnt. Marie Luise arbeitet seit Wochen mit grosser Ausdauer und es sind ihr wirklich schöne Sachen gelungen. Wenn sie malt, ist sie ein anderer, ein liebenswerter und rührend ernster Mensch.
Ich war auf das tiefste beeindruckt von der Atmosphäre, die Sie um Adorno geschaffen haben. Dass man so *wirksam* für einen anderen Menschen leben kann, ohne selbst unglücklich zu werden, d.h. ohne dabei im geringsten etwas von der eigenen Persönlichkeit aufzugeben, das habe ich noch nicht erlebt. Ich hatte es sogar, nach den Erfahrungen mit den geistigen Menschen meiner Umgebung, für unmöglich gehalten. Sie haben mich eines besseren belehrt, und dafür bin ich Ihnen dankbar.
Ich habe noch vor meiner Abreise in verschiedenen Frankfurter Buchhandlungen nach Büchern von Adorno gesucht und leider gar kein Glück gehabt. Wenn Sie zufällig einmal auf etwas stossen sollten, wäre ich natürlich sehr froh. Es ist mir

besonders um die »Dialektik der Aufklärung« zu tun, die ich gar nicht kenne und auch in London nirgends finden kann, und um die »Prismen«, die ich, wie Sie wissen, sehr schätze. Das Exemplar in London mit der Widmung an Marie Luise zirkuliert wohl unter meinen Freunden, aber ich hätte gern ein zweites, das ich dem einen oder anderen Verleger zeigen könnte. Man weiss natürlich nie, wann man Glück damit hat, aber ich will jedenfalls von mir aus alles tun, was mir möglich ist.
Vor etwa 14 Tagen sandte ich Ihnen neun Exemplare der Times Lit. ein und hoffe, dass sie angekommen sind. Ich habe noch vier bei mir behalten, für den Fall, dass die erste Sendung verloren geht. Sie stehen natürlich zu Ihrer Verfügung. Der Aufsatz ist übrigens viel gelesen worden und es ist darum der richtige Augenblick, mit Nachdruck auf die »Prismen« zu verweisen.
Bitte grüssen Sie Frau Dr. Str. herzlich von mir. Ich habe ihre runden Worte noch in den Ohren.
Ihnen selbst die allerherzlichsten Grüsse
von Ihrem
Elias Canetti

»Prismen« Handschriftliche Randnotiz der Empfängerin: »Unseld gebeten zu schicken«
Frau Dr. Str. Gertrud Straulino (Gertrud von Holzhausen), Ärztin und Übersetzerin

26. März 1962

Lieber Herr Canetti,
an mir wäre es, und nicht an Ihnen, des Schweigens wegen mich zu entschuldigen; habe ich doch noch nicht einmal Ihnen dafür gedankt, daß Sie so reizend waren, mir die Exemplare des Times Literary Supplement zu schicken. Es scheint, daß dieser Aufsatz wirklich etwas wie ein »break« für mich in England ist; nachdem ich so lange in Amerika lebte und schließlich dort einen irgendwie von der Ford Foundation ausgezeichneten Wälzer geschrieben habe, ebenso paradox wie erfreulich. Unterdessen ist auch eine Einladung der BBC an mich ergangen. Ich weiß, daß ich sie Ihnen zu verdanken habe, und möchte Ihnen schon jetzt sehr herzlich dafür danken.
Mit der »Dialektik der Aufklärung« ist es ein Kreuz, wenn Sie eine der Sache so wenig angemessene Metapher gestatten. Der Fischer Verlag, der übrigens mein neues musikalisches Buch »Der getreue Korrepetitor« herausbringen wird, wollte dringend eine neue, sehr große Auflage des vergriffenen Buches machen. Mein Freund Horkheimer hat das aber vetiert und, wie ich sagen muß, mit Gründen praktischer Art, gegen die ich um so weniger etwas Triftiges sagen konnte, als jeder Versuch, durch Änderungen dem Bedenken Rechnung zu tragen, eine

Verwässerung des Textes bedeutet hätte, zu der weder er noch ich uns verstehen wollen. Ich halte es zwar nicht für ausgeschlossen, daß es doch noch in absehbarer Zeit zu jener neuen Auflage kommt, da das Interesse von Fischer andauert, aber im Augenblick ist das Buch wirklich so gut wie verschwunden und ich habe nicht einmal, außer meinem eigenen Handexemplar und dem von Gretel, eines, das ich Ihnen schenken könnte. Das beschämt mich sehr und ich bitte Sie herzlich, das zu verzeihen. Ich glaube aber, daß über das Antiquariat das Buch sich auftreiben läßt – jedenfalls ist es mir nicht selten in Katalogen begegnet. Der »Prismen« hat sich die Gretel über Suhrkamp angenommen.
Über unser Hamburger Gespräch hat Hilde Claassen, die es abhörte, Ihnen wie mir einen ungemein freundlichen Brief geschrieben, von dem ich denken möchte, daß er ihrem Eindruck entspricht. Auch ich hatte das Gefühl, daß uns dies Gespräch wirklich gut gelang. Ob es bereits gesendet ist, oder wann es gesendet wird, weiß ich nicht; ist Ihnen etwas darüber bekannt?
Wegen der Diskussion im Institut brauchen Sie sich nicht die mindeste Sorge zu machen; ich glaube, daß auch sie eine durchaus erfreuliche Wirkung hatte.
Ich bin unterdessen nicht gerade faul gewesen und habe allerhand unter Dach und Fach gebracht. Darunter eine Arbeit zur Dialektik des Engagements, auf die ich ziemlich großen Wert lege und die im nächsten Heft der Neuen Rundschau stehen wird, und nun eine Rede »Zum Portrait Thomas Manns«, die ich vorgestern zur Eröffnung der Ausstellung in Darmstadt hielt. Jetzt bin ich wieder mit aller Energie bei meinem Hauptgeschäft, einem Kapitel meiner Dialektischen Meditationen, sprachphilosophischer Art, das wahrscheinlich »Der Jargon der Eigentlichkeit« heißen wird. Freilich hatte ich meine Kräfte überschätzt, als ich dachte, ich könnte es noch abschließen, ehe ich, an diesem kommenden Samstag, in Ferien gehe; ich muß es, wie Wagner den seligen Siegfried, unter der Linde verabschieden, da ich, in einem Zustand vollkommener Überarbeitung, jenen Urlaub schlechterdings nicht aufschieben kann.
Lassen Sie mich nur noch sagen, wie froh auch ich wäre, wenn wir uns bald wiedersähen; sei es in London, sei es hier, oder sei es gar in Wien. Daß der Kontakt zwischen uns nicht abreißen soll, scheint mir so selbstverständlich, daß ich mich fast geniere, es ausdrücklich zu sagen.
Alles Liebe an Piz, und Ihnen die herzlichsten Grüße von
Ihrem wahrhaft ergebenen

Gretel hat sich mit Ihrem Brief außerordentlich gefreut.

Elias Canetti
London N.W.3

8 Thurlow Road

20. September 1962

Sehr geehrter Herr Adorno,
bei meiner Rückkehr von einer langen Reise fand ich in London Ihr Buch vor. Ich war nicht wenig entsetzt, denn nun sind zwei Monate vergangen und ich habe mich nicht bei Ihnen bedankt. Ich lasse mir auf Reisen immer nur Briefe und manchmal nicht einmal diese nachschicken. Nun hat mich die Strafe dafür ereilt: eine Institution, die mich sonst vor vielem bewahrt, hat mir diesmal Ihr Buch vorenthalten. Nichts hätte ich auf meiner Reise lieber mitgehabt. Ich bitte Sie um Entschuldigung für etwas, das Ihnen als Unhöflichkeit erscheinen muss, das aber ganz und gar nicht der wirklichen Natur meiner akut freundschaftlichen Gefühle für Sie entspricht.
Ich freue mich unendlich auf die Lektüre Ihres Buches und nehme es mir nach Paris mit, wohin ich morgen fahre. Ich bleibe aber diesmal nur eine Woche fort und bin dann wieder für länger in London.
Ich dachte, dass Sie vielleicht einmal nach London kommen, und hatte sehr gehofft, dass eine Gelegenheit dazu sich ergeben würde. Über Ihre »Prismen« habe ich mit vielen Menschen eindringliche und, wie ich glaube, auch diplomatisch kluge Gespräche geführt. Leider habe ich noch nicht erreicht, was ich mir damit vorgenommen habe. Aber ich bin fest entschlossen, nicht locker zu lassen. Die Scheu auch der gezählten intelligenten Menschen hier vor grossen Essays, die es wirklich sind, und besonders vor der Universalität der Themen, die Sie beherrschen, ist fast nicht zu glauben. Man kann nur die Sprache immer wieder darauf bringen und den Widerstand allmählich unterhöhlen.
Ich darf Ihnen noch sagen, wie sehr ich mir eine Fortsetzung unseres Gespräches wünsche, das kaum begonnen hat. Vielleicht ergibt es sich doch einmal, dass wir beide zur selben Zeit Zeit haben.
Einstweilen noch einmal herzlichsten Dank für Ihr Buch und die freundschaftlichsten Grüße von
Ihrem
Elias Canetti

P.S. Marie Luise sagt mir, daß Frau Gretel einen Unfall hatte. Ich war sehr betroffen über die Nachricht und hoffe nur, dass sie sich inzwischen vollkommen wieder erholt hat. Bitte grüssen Sie sie auf das allerherzlichste von mir.

TOMASZ RÓŻYCKI

WIR HABEN UNS SCHULDIG GEMACHT

Gedichte

PLASTISPHÄRE

Die auf dem Pazifik treibende Insel
aus Plastikmüll hat eine um vieles
größere Fläche als mein Vaterland,
ändert aber wie dieses ihre Koordinaten,
und das ist nicht die einzige Gemeinsamkeit:
Für Lebewesen ist sie meist toxisch,

ausgenommen die Plastisphäre, Organismen,
die sich angepaßt haben. Und so wird wohl
auch unser Königreich enden:
Der Müll bedeckt alles Wasser und alles
Land und auch das Himmelsgewölbe,
vieles ist ja noch wegzuwerfen.

PARADOX

Was mitnehmen ins All? Eine Zahnbürste,
um nicht durch schlechten Atem künftige
interplanetare Beziehungen zu ruinieren.
Apropos Beziehungen: Nimm ein Foto mit
oder sündige hinter geschlossenen Lidern
mit einem aus der Tiefe auftauchenden

armen, seine flüchtige Form beklagenden
Schatten, den der Körper, und mühte er sich
für zwei, mit seinem Körper nicht füllen kann.
Es bleibt die Leere. Fliegst du ins All, dann
bedenke dies Paradox. Daß ihr Gewicht sich
unter dem Einfluß der Zeit drastisch erhöht.

LIEBE

Die Liebe, ein chemischer Krieg im Organismus.
Der Hypothalamus, Teil des Zwischenhirns,
entsendet Kohorte um Kohorte von Hormonen
mit dem Kamikaze-Befehl, den Kaiser
zum Lachen zu bringen. Daher das pochende Blut,
der Schweiß, das Händezittern et cetera.

Daher der Brandgeruch, wenn sie dich satthat und geht.
Der Körper sammelt beflissen die Splitter,
Scheite der zugeschlagenen Tür, und baut daraus
einen Trauerstoß, auf dem er sich verbrennt.
Deshalb auch die Verschränkung. Daß du dir dort in der Ferne
das Haar aus dem Gesicht streichst, und ich bin die Hand.

DER STURZ

Seht, ihr Götter! Dieses herrliche Licht –
man sieht durch die Haut, wieviel Dunkel
unsere Körper in diesem Winter tranken.
Wenn du schon dein Leben verändern mußt,
dann stelle dich in die Sonne. Laß sie trinken aus dir
wie aus einer Flasche, laß sie das Dunkel aufsaugen,

das leere Gefäß in die Hecken werfen
und triumphal wankend stürzen
hinters Zementwerk, den schwarzen Horizont,
wie ein im Flug glühender Düsenjet,
von dem sich ein unförmiger Gegenstand
löst: ein Flügel, eine Feder, ein Mensch.

PARKPLATZ

Immer weniger Bäume, immer mehr Parkplätze.
Das Leben ist ein Umstellen von Autos von einem
Platz auf den andern und das, was dazwischen liegt,
wenn du irgendwie deine Hände beschäftigen mußt.

Wir haben uns schuldig gemacht. Wenn unser großes
Königreich derart zittert vor den Ausschlägen der Börse,
einem Panikanfall im Gottesdienst oder beim Fußball.
Wie einmal ein nigerianisches Kind sagte,

das in Holland die Sommerferien verbrachte:
Die Weißen sind ein sehr abergläubisches Volk,
wenn sie das Meer sehen, ziehen sie die Hosen aus
und werfen sich platt vor ihm hin auf die Erde.

Wir haben uns schuldig gemacht. Mehr Smog, weniger Bäume.
Was verbrannt wurde, verbirgt sich solange
in Gestalt schwebender Feinstaubpartikel,
bis es irgendwann in jemandes Blut übergeht.

Das wissen am besten die Leute, die selbst
Feuer gelegt haben, die mit den Äxten.
Du kannst nicht endlos kreisen, mußt aussteigen,
wenn du schließlich dein Leben abstellst.

Wie das erwähnte nigerianische Kind sagte:
Wenn sie Hunde halten, lassen sie sie
im Haus frei herumlaufen und nehmen sie erst
an die Leine, wenn sie hinausgehen.

Aus dem Polnischen von Bernhard Hartmann

DETLEV SCHÖTTKER

REFLEXION UND RESIGNATION

Adornos »Minima Moralia« zwischen Verdrängung und Kritik

Liest man Theodor W. Adornos »Minima Moralia« gut siebzig Jahre nach ihrem Erscheinen (1951), irritiert die Fülle der Ressentiments und Pauschalurteile in den 153 autobiographisch grundierten Kurzessays. »Aus jedem Besuch des Kinos«, so heißt es zum Beispiel im fünften Abschnitt, »komme ich bei aller Wachsamkeit dümmer und schlechter wieder heraus.« Auf welche Filme, so fragt sich der Leser, bezieht sich der Verfasser? Hat ihn nie ein Film berührt oder interessiert? Der neunzehnte Abschnitt beginnt mit dem Satz: »Die Technisierung macht einstweilen die Gesten präzis und roh und damit die Menschen.« Welche »Technisierung« aber ist hier gemeint – die Druckerpresse, das Telefon oder das Auto? Und wie ist die Beziehung zwischen »Gesten« und »Menschen« zu verstehen? Das geht auch aus den anschließenden Erläuterungen nicht klar hervor. Man könnte so fortfahren und macht immer wieder dieselbe Erfahrung: Konkrete Erläuterungen fehlen, die Begriffe sind ungenau, Meinungen und Apodiktik dominieren. Von Dialektik, die Adorno als Erkenntnisform gefordert hat wie wenig andere, ist in den »Minima Moralia« kaum etwas zu spüren.

Kritiker haben sich dennoch auffällig zurückgehalten. Eine Ausnahme ist Michael Krüger in einem von Andreas Bernard und Ulrich Raulff 2003 herausgegebenen Bändchen mit Kommentaren zu den »Minima Moralia«: »Nur wer die Entstehungsgeschichte in Rechnung stellt, kann die zuweilen verbohrte, oft unerträglich rechthaberische, häufig von Ressentiments imprägnierte Diktion der kurzen Stücke ertragen.« Weshalb aber wurde das Buch zu einem philosophischen Bestseller mit weit über hunderttausend verkauften Exemplaren? Erstaunlicherweise ist über die Rezeptionsgeschichte der »Minima Moralia« kaum etwas bekannt. Weder Adorno-Interpreten noch Historiker der Frankfurter Schule haben sich mit dem Buch beschäftigt, abgesehen von Alex Demirović, der über die ersten Rezensionen zu Beginn der fünfziger Jahre berichtet hat (in »Kritische Theorie und Kultur«, 1989). Wie aber ist die klaffende Lücke zwischen der großen Verbreitung des Buches und der Zurückhaltung der Fachleute zu erklären? Ich sehe fünf Ursachen, die ich erläutern möchte.

Verdrängung und Aneignung: Steiner und Lepenies

Die zahlreichen Pauschalurteile in den Texten der »Minima Moralia« werden von der vielzitierten Hauptthese des Buches noch übertroffen: »Es gibt kein richtiges Leben im falschen.« Diese steht am Schluß des achtzehnten Abschnitts mit der Überschrift »Asyl für Obdachlose«, in dem es um die Unmöglichkeit angemessenen Wohnens geht. Doch ist ein Zusammenhang zwischen Text und Conclusio nicht ohne weiteres erkennbar. Was aber ist »richtiges«, was »falsches Leben«? Eine Antwort gibt die »Zueignung« am Anfang des Buches. Sie ist nicht nur eine Eloge an Max Horkheimer, sondern dient auch als gedanklicher Leitfaden der Texte. Hier heißt es: »Was einmal den Philosophen Leben hieß, ist zur Sphäre des Privaten und dann bloß noch des Konsums geworden, die als Anhang des materiellen Produktionsprozesses, ohne Autonomie und ohne eigene Substanz, mitgeschleift wird.« Schuld an der Degeneration des Lebens sei die spätkapitalistische Kultur, in der Kommerz die Kommunikation verdrängt hat. Philosophie und insbesondere »die Lehre vom richtigen Leben«, so Adorno im ersten Satz der »Zueignung«, könne deshalb nur als »traurige Wissenschaft« betrieben werden.

Es ist zu vermuten, daß der Erfolg der »Minima Moralia« auf dem betonten Zusammenhang zwischen Denken und Resignation beruht, der auch im Untertitel des Buches zum Ausdruck gebracht wird: »Reflexionen aus dem beschädigten Leben«. Eine ideengeschichtliche Erläuterung sucht man allerdings in der Adorno-Literatur vergeblich. In einem »Philosophischen Kommentar« (2004) hat Alexander García Düttmann die Grundgedanken der »Minima Moralia« dargelegt, diese aber nicht in einen historischen Zusammenhang gestellt. Stefan Müller-Doohm widmet dem Buch in seiner tausendseitigen Adorno-Biographie (2003) nur wenige Seiten. Und im »Adorno-Handbuch«, das 2019 von Mitarbeitern der Oldenburger Adorno-Arbeitsstelle herausgegeben wurde, werden die »Minima Moralia« gar nicht behandelt.

Die Enthaltsamkeit der Interpreten hat eine erfolgreiche Reaktivierung von Adornos Auffassung der Philosophie als »trauriger Wissenschaft« begünstigt. Es handelt sich um George Steiners Buch »Warum Denken traurig macht«, das 2006 bei Suhrkamp erschien und ebenfalls zum Bestseller wurde. Steiner, einer der bekanntesten britischen Literatur- und Kulturwissenschaftler, verwendete 1973 in seiner Rezension zu den »Gesammelten Schriften« Adornos im »Times Literary Supplement« die immer wieder zitierte Formel von der »Suhrkamp-Kultur«. Die Charakterisierung hatte ihre Berechtigung, weil Bücher und Autoren des Verlags die Debatten zu Kunst, Kultur und Gesellschaft in den siebziger und achtziger Jahren prägten, was nicht zuletzt an Adorno lag.

In »Warum Denken traurig macht« nennt Steiner zehn Gründe für intellektuelle Trauer und beruft sich dabei auf Schellings »Philosophische Untersuchungen über das Wesen der menschlichen Freiheit« von 1809. Schelling, so Steiner, verbinde »mit dem menschlichen Leben eine fundamentale, unvermeidliche Traurigkeit«. Diese gebe »den dunklen Grund ab, in dem Bewußtsein und Erkenntnis« wurzelten. In der Tat spricht Schelling von einer »allem endlichen Leben anklebenden Traurigkeit«, nennt aber auch eine Gegenkraft, die er als »Freude an der Überwindung« bezeichnet. Traurigkeit dominiere ein Subjekt nur dann, wenn sie nicht durch Handeln überwunden werde. Dazu trage Begeisterung bei. »Jede Begeisterung«, so Schelling, »äußert sich auf eine bestimmte Weise; und so gibt es auch eine, die sich durch dialektischen Kunsttrieb äußert, eine eigentlich wissenschaftliche Begeisterung.«

Die einseitige Auslegung von Schellings Schrift verwundert bei einem ideenhistorisch und philologisch so versierten Leser wie Steiner. Wollte er seine Quellen verdecken? Darunter fallen nicht nur Adornos »Minima Moralia«, sondern auch andere Vorläufer, die weder Steiner noch Adorno erwähnen. Zu diesen gehört Robert Burtons »Anatomie der Melancholie« von 1621, worin der Zusammenhang zwischen Reflexion und Resignation erstmals dargestellt wurde. Auf Burton wiederum beziehen sich Raymond Klibansky, Erwin Panofsky und Fritz Saxl, drei Autoren des Warburg-Kreises, die in ihrem Buch »Saturn und Melancholie« der Entstehung und Entwicklung der pessimistischen Weltsicht nachgehen. Ausgangspunkt des Buches ist die Aristoteles zugeschriebene Auffassung, daß »alle hervorragenden Männer Melancholiker« gewesen seien. Verbreitet hat sie der italienische Gelehrte und Platon-Übersetzer Marsilio Ficino Ende des 15. Jahrhunderts. Ihren bekanntesten visuellen Ausdruck fand diese Auffassung in Dürers Kupferstich »Melencolia I«, dem wiederum Panofsky und Saxl eine 1923 veröffentlichte Studie gewidmet haben.

»Saturn und Melancholie« hatte mit der ebenfalls bei Suhrkamp erschienenen Dissertation von Wolf Lepenies über »Melancholie und Gesellschaft« (1969) einen Nachfolger. Hier wird die Verbindung zwischen Denk- und Trauerarbeit für die Moderne in sozialpsychologischer Hinsicht erläutert. In der Einleitung zur Neuausgabe von 1998 hat Lepenies seine These prägnant zusammengefaßt: »Der melancholische Intellektuelle leidet an der Welt, er versucht, diesem Leiden Ausdruck zu verleihen, und schließlich leidet er an sich selbst, weil er nur noch grübeln und nicht mehr handeln kann.« Diese Handlungshemmung führe zur Erfindung einer besseren Welt. »Der Intellektuelle«, so Lepenies weiter, »klagt über die Welt, und aus dieser Klage entsteht das utopische Denken, das eine bessere Welt entwirft und damit die Melancholie vertreiben soll.« Damit liefert er auch eine Erklärung für Adornos Gegenüberstellung eines »falschen« und eines »richtigen« Lebens, geht aber nicht auf die »Minima Moralia« ein.

Ästhetik des Negativismus: Enzensberger und Bohrer

Psychoanalyse und Kulturtheorie sind dem Melancholie-Diskurs seit Beginn des 20. Jahrhunderts gefolgt. In seinem Aufsatz »Der Dichter und das Phantasieren« (1908) vertrat Sigmund Freud die Auffassung, daß nur der Unglückliche zur Phantasiebildung fähig sei. In der späteren Abhandlung »Das Unbehagen in der Kultur« (1930) erweiterte er die These in naturgeschichtlicher Hinsicht. »Man möchte sagen«, so heißt es hier, »die Absicht, daß der Mensch ›glücklich‹ sei, ist im Plan der ›Schöpfung‹ nicht enthalten.« Freud orientierte sich an Schopenhauers geschichtsphilosophischem Pessimismus, der seit der zweiten Hälfte des 19. Jahrhunderts die Diskussionen in Philosophie und Literatur geprägt hatte. Horkheimer bezog sich in mehreren Aufsätzen seit Ende der dreißiger Jahre auf Freud und Schopenhauer, um dem historischen Optimismus der marxistischen Geschichtsphilosophie, von dem die frühe Kritische Theorie inspiriert war, intellektuelle Skepsis entgegenzusetzen. In der »Dialektik der Aufklärung« (1947), die Horkheimer und Adorno Anfang der vierziger Jahre verfaßt haben, ist die pessimistische Wende der Kritischen Theorie vorbereitet. Während Horkheimer die Idee seit den fünfziger Jahren geschichtsphilosophisch vertiefte, wie mehrere Beiträge in den »Sozialphilosophischen Studien« (1972) zeigen, stellte Adorno in den »Minima Moralia« die private Erfahrung in den Mittelpunkt. Beide orientierten sich an der Kritik der Kulturindustrie, zu der Adorno seit Ende der dreißiger Jahre mehrere Beiträge in der »Zeitschrift für Sozialforschung« publiziert hatte – darunter den Essay »Über den Fetischcharakter in der Musik und die Regression des Hörens«.

Adorno hatte einen prominenten Anhänger, der zur Verbreitung seiner Auffassungen beitrug, nämlich Hans Magnus Enzensberger. Der Briefwechsel zwischen ihm und Adorno bestätigt die gedankliche Nähe zwischen 1955 und 1966 (in Sinn und Form 5/2021). Enzensbergers erster, 1957 bei Suhrkamp erschienener, in Kleinschreibung gedruckter Gedichtband »verteidigung der wölfe« wurde zur literarischen Inkunabel des Neopessimismus. Zwar gibt es hier auch »freundliche Gedichte«, doch überwiegen die »traurigen« und die »bösen« (so die Kapitelüberschriften). In vielen dieser Texte vernimmt man die Stimme Adornos – so in der ersten Strophe des Gedichts »geburtsanzeige«: »wenn dieses bündel auf die welt geworfen wird / die windeln sind noch nicht einmal gesäumt / der pfarrer nimmt das trinkgeld eh ers tauft / doch seine träume sind längst ausgeträumt / es ist verzettelt und verbrieft«. Konsequenter lautet die Schlußzeile in späteren Ausgaben – ganz im Sinne der moralistischen Ökonomiekritik Adornos: »es ist verraten und verkauft«.

Solche lyrischen »Reflexionen aus dem beschädigten Leben« wurden seit den späten sechziger Jahren in den literarischen Kanon integriert und setzten sich dort dauerhaft fest, obwohl sich ihr Urheber seit Ende der sechziger Jahre an Walter Benjamin und Bertolt Brecht orientierte. Beide forderten – anders als Adorno – gesellschaftliche Veränderung und Mitwirkung der Intellektuellen an den Massenmedien, wie Enzensberger in seinem »Baukasten zu einer Theorie der Medien« dargelegt hat (1970). Zwar kehrte der Pessimismus seit dem Epos »Der Untergang der Titanic« (1978) in Enzensbergers Texte zurück, bekam aber im Zeichen des Postmodernismus einen heiter-ironischen Gestus, der Adorno fremd war.

Adorno erneuerte dagegen den privaten Trauerdiskurs der »Minima Moralia« seit den späten fünfziger Jahren in philosophischer und kunsttheoretischer Hinsicht und konnte dabei an Überlegungen Horkheimers anknüpfen. In den beiden Hauptwerken, der »Negativen Dialektik« (1966) und der »Ästhetischen Theorie« (postum 1970), wird die Formel der »traurigen Wissenschaft« durch die Kategorie der »Negativität« ersetzt, wie die neue Pathosformel der Kritischen Theorie lautete. Wer sich auf sie berief, war nicht nur Welt-, sondern auch Kunstexperte, da sich Negativität nach Adorno im Widerstandspotential bedeutender Kunstwerke zeige. Die sprachlich wie gedanklich komplexen Überlegungen der Hauptwerke Adornos wurden in Publikationen des Suhrkamp Verlags erläutert. Zu den frühesten gehört ein Sammelband mit dem Titel »Adorno-Konferenz 1983«. Michael Theunissen, der bekannteste Vertreter einer »Negativen Theologie«, so der Titel seines Buches von 1991, faßt die Idee der Negativität dort prägnant zusammen: »Unter dem Negativen verstehen wir hier das, womit wir nicht einverstanden sind, oder das, wovon wir nicht wollen, daß es ist.«

Deutlich wurde der hohe Stellenwert der Negativität zunächst im sogenannten Zürcher Literaturstreit, den Emil Staiger mit seiner Dankesrede zur Verleihung des Zürcher Literaturpreises im Dezember 1966 ausgelöst hatte. Die These seiner Rede »Literatur und Öffentlichkeit«, die in der »Neuen Zürcher Zeitung« erschien, beschäftigte 1967 die Feuilletons aller großen deutschsprachigen Zeitungen und Zeitschriften. Staiger wandte sich hier, ohne Adorno zu nennen, gegen die Dominanz des Negativen in der literarischen Moderne und empfahl statt dessen eine »Heiterkeit des Schönen«. Dabei berief er sich auf Werke der Goethezeit, mit denen er sich als Literaturhistoriker in erster Linie beschäftigt hatte. Seine Kritiker verteidigten dagegen den Pessimismus der ästhetischen Moderne, wie die Dokumentation der Debatte in zwei Heften der Zeitschrift »Sprache im technischen Zeitalter« zeigt (22/1967 und 26/1968).

Auch Adorno beteiligte sich an dieser Diskussion, ohne jedoch den Namen Staigers zu nennen. In seinem Artikel »Ist die Kunst heiter?«, der 1967 in der »Süddeutschen Zeitung« erschien (nachgedruckt 1974 im vierten Band der »Noten zur Literatur«), begründete er seine Abneigung gegen Heiterkeit mit einer Auffassung, die er bereits zwanzig Jahre zuvor in der »Dialektik der Aufklärung« vertreten hatte und später in der »Ästhetischen Theorie« umfassend erläuterte. Er schreibt: »Seitdem die Kunst von der Kulturindustrie an die Kandare genommen wird und unter die Konsumgüter sich einreiht, ist ihre Heiterkeit synthetisch, falsch, verhext.« Die Vereinnahmung der Kunst im Spätkapitalismus wird hier als Ursache ihres Verfalls erklärt. Adornos Empfehlung lautet deshalb: »Kunst, die anders als reflektiert gar nicht möglich ist, muß von sich aus auf Heiterkeit verzichten.«

Die Wirksamkeit der Negativismusidee zeigte sich auch nach Adornos Tod 1969 auf den Gipfeltreffen der deutschen Geisteswissenschaften, den Symposien der Gruppe »Poetik und Hermeneutik«. Der Titel der Tagung von 1972 lautete »Positionen der Negativität« und orientierte sich explizit an Adorno. Bezeichnenderweise verdeutlicht gerade die darauffolgende Tagung »Das Komische« (1974) die Dominanz des Negativen. Denn »Heiterkeit«, die nach Hegel Voraussetzung des Komischen ist, wurde hier nur von einem Referenten behandelt, nämlich Odo Marquard, der diese allerdings in »Exile« verbannt sah, wo sie, wie er meinte, allein überleben könne.

Auch Karl Heinz Bohrer, der die ästhetische Idee des erlebten Augenblicks gegen Adornos geschichtsphilosophische Vereinnahmung der Kunst starkzumachen versuchte, bleibt der Verknüpfung von Denk- und Trauerarbeit verhaftet. In der umfangreichen, 1996 erschienenen Abhandlung »Der Abschied. Theorie der Trauer« entwirft er eine pessimistische Subjektphilosophie, für die es nur »Abschiede ohne Wiedersehen« geben könne. Bohrer bezeichnet die Idee als »Bewußtseinsform moderner Trauer«. Es gehe hier nicht wie bei Adorno um die Rettung der Vergangenheit, sondern um die Jetztzeit, in der das »Verschwinden von Gegenwart immer schon« vorgesehen sei.

Daß Bohrer Adornos Konzeption des Negativismus nicht überwindet, sondern eher ergänzt, zeigt auch sein nachfolgendes Buch »Ästhetische Negativität« (2002), obwohl er sich hier explizit von Adorno abgrenzt. Die »Minima Moralia« und die »Negative Dialektik« hätten, wie er schreibt, dem »Negativen eine Wendung gegeben, die ihrem Begriff nicht eigentlich« zukäme. Für Adorno, so Bohrer, könne sich »in der Zukunft« immer noch etwas ändern, da dies »eine vergangene negative Gegenwärtigkeit« bereits »getan« habe. Deshalb bleibe Adorno »befangen in einer philosophischen Ethik«. Diese will Bohrer durch eine neue Auffassung von Negativität überwinden, die er »Negativität als Imaginationsform« nennt.

Adornos Kritiker im System: Honneth und Rosa

Anders als Enzensberger und Bohrer haben die meisten Vertreter der Kritischen Theorie die »Minima Moralia« ignoriert. Jürgen Habermas, der die pessimistische Geschichtsphilosophie seiner Vorgänger durch eine kommunikationstheoretisch fundierte Sozialphilosophie ersetzt hat, erwähnt das Buch, wenn ich richtig sehe, nur einmal 1963 in einem kurzen Porträt Adornos, das er in die Sammlung seiner »Philosophisch-politischen Profile« aufnahm (erweiterte Neuausgabe 1991). Zwar hat er sich in Interviews mehrfach auf Adorno als Vorbild berufen, lieferte aber keine theoretische Begründung, so daß die Ehrerbietung auf der persönlichen Ebene blieb.

Im ersten Teil seines Buches »Kritik der Macht« (1989) hat Axel Honneth, der von Habermas den Staffelstab als Vordenker der Kritischen Theorie übernahm, die Wandlung der Frankfurter Schule vom gesellschaftsanalytischen Denken zur pessimistischen Geschichtsphilosophie eingehend darlegt. Neben der »Dialektik der Aufklärung« bezieht er sich auch auf die »Minima Moralia«. Adornos »Denken«, so Honneth, sei »von einer Geschichtserfahrung geprägt, der sich die Gegenwart als ein soziokulturelles Verhängnis« darstelle. »Der Nervenpunkt seiner Theorie« sei »das Entsetzen über die katastrophische Zuspitzung des Zivilisationsprozesses«.

In dem Aufsatz »Eine soziale Pathologie der Vernunft« (2004) bezeichnet er den »sozialtheoretischen Negativismus« als Ausgangspunkt der Schriften von Horkheimer und Adorno. Die Grundidee führt er auf die »Minima Moralia« zurück, ohne den Zusammenhang zwischen Buch und Theorieentwicklung darzulegen. Doch hatte Honneth die Vergangenheit der Kritischen Theorie bereits mit seinem Buch »Kampf um Anerkennung« (1992) hinter sich gelassen und sich auf Fragen der Kommunikation konzentriert, sich also an Habermas' Konzeption orientiert und dessen Ideen weitergeführt, wie Titel und Beiträge des 2010 erschienenen Bandes »Das Ich im Wir« deutlich werden lassen. Zwar wird der philosophische Pessimismus in diesem Band durch einen sozialanalytischen Zugriff ersetzt, die resignative Grundannahme jedoch nicht grundsätzlich verworfen.

Dies gilt auch für Hartmut Rosa, der in seinem Buch »Beschleunigung und Entfremdung« (2013) Ideen der Kritischen Theorie für die »Frage nach dem guten Leben« weiterführt. Das »reale menschliche Leiden«, so betont er allerdings, sei »der adäquate normative Ausgangspunkt für Kritische Theoretiker«. Alternativen hat Rosa erst in seinem Buch »Resonanz« (2016) entwickelt, das ebenfalls auf eine »Soziologie des guten Lebens« zielt. Doch findet er in den Schriften Adornos, wie sich hier zeigt, nur wenige Anknüpfungspunkte für seine Konzeption der »Weltbeziehung« des Individuums.

Rechtfertigung der Heiterkeit: Sloterdijk und Schmid

Die Lehre vom richtigen Leben hat in der Philosophie eine lange Tradition. Auch in den fünfziger Jahren gab es Versuche, Lebenskonzepte jenseits von Trauerarbeit zu begründen, wie Daniel Morat in seiner philosophiehistorischen Untersuchung »Von der Tat zur Gelassenheit« (2007) dargelegt hat. Dazu gehören unter anderem Ernst Jüngers Essay »Der Waldgang« (1951) und Martin Heideggers Vortrag »Gelassenheit« (1955). Allerdings hatten sich beide Autoren zeitweise mit dem NS-Regime arrangiert: der eine als Universitätsrektor in Freiburg, der andere als Besatzungsoffizier in Paris, so daß sie aus den philosophischen Debatten seit den späten sechziger Jahren ausgegrenzt wurden.

Eine erfolgreiche Gegenposition zum Neopessimismus der Kritischen Theorie lieferte erst Peter Sloterdijk mit der 1983 erschienenen »Kritik der zynischen Vernunft«. Sloterdijk bezog sich auf die antike Tradition kynischer Heiterkeit und verfolgte deren Entwicklung von den Verhaltenslehren der Frühen Neuzeit über Nietzsches Schriften bis zu den sozialphilosophischen Theorien der Weimarer Zeit. Dabei grenzte er sich von Adornos »Minima Moralia« ab, ohne Autor und Werk explizit zu nennen: »Wo Aufklärung als ›traurige Wissenschaft‹ erscheint, fördert sie wider Willen die melancholische Erstarrung. Die Kritik der zynischen Vernunft verspricht sich darum mehr von einer Erheiterungsarbeit, bei welcher von Anfang an feststeht, daß sie nicht so sehr Arbeit ist als Entspannung.«

Sloterdijks Idee der »Erheiterungsarbeit« orientiert sich an Nietzsches Aphorismenbuch »Die fröhliche Wissenschaft«, von dem sich Adorno mit dem Begriff der »traurigen Wissenschaft« distanziert hatte. Nietzsche wies dort aber die Auffassung zurück, daß Melancholie Voraussetzung von Reflexion sei. »Die liebliche Bestie Mensch«, so schreibt er, »verliert jedesmal, wie es scheint, die gute Laune, wenn sie gut denkt; sie wird ›ernst‹! Und ›wo Lachen und Fröhlichkeit ist, da taugt das Denken nichts‹: – so lautet das Vorurtheil dieser ernsten Bestie gegen alle ›fröhliche Wissenschaft‹. – Wohlan! Zeigen wir, daß es ein Vorurtheil ist!«

Auf Nietzsche und insbesondere »Die fröhliche Wissenschaft« beriefen sich seit den achtziger Jahren Vertreter des Postmodernismus, die für eine neue intellektuelle Unbeschwertheit plädierten, doch blieben ihre Überlegungen der Ästhetik verhaftet, wie Wolfgang Welschs Buch »Unsere postmoderne Moderne« (1988) und die parallel dazu erschienene Sammlung »Wege aus der Moderne« zeigen. Weitergeführt wurde Nietzsches Programm der heiteren Selbstbehauptung in Michel Foucaults späten Schriften zur Selbstsorge, die von 1983 bis 1989 unter dem Titel »Sexualität und Wahrheit« in drei Bänden bei Suhrkamp erschienen sind (später kam ein vierter Band hinzu). Sie haben zur Renaissance der antiken Konzepte des guten Lebens beigetragen.

Zu den erfolgreichsten Neuverfechtern gehört Wilhelm Schmid. In »Philosophie der Lebenskunst« (1998) geht er auf Adornos »Minima Moralia« ein und markiert die zentrale Leerstelle des Buches wie folgt: »Man müßte immerhin über einen starken Begriff des Richtigen und Wahren verfügen, um vom Falschen so ohne weiteres sprechen zu können.« Über eine mögliche Anknüpfung an Adornos Auffassung heißt es: »Unbestreitbar ist freilich, daß es gegenüber der ›Kälte‹ der modernen pragmatischen Welt, die Adorno als die falsche angenommen hat, in der Tat darauf ankommt, einiges an Romantik zu retten, um nicht in dieser Welt zu erfrieren.«

Auch wenn die Verwendung des Begriffs »Romantik« hier wenig sinnvoll erscheint, ist der Versuch bemerkenswert, Adornos Negativismus mit Foucaults Konzept der Lebenskunst zu verknüpfen. Schmid schreibt: »Getreu dem Programm einer zweiten, aufgeklärten Aufklärung hält sich die Philosophie der Lebenskunst fern von einem naiven, blinden Optimismus. Nicht Optimismus, auch nicht ein bloßer Pessimismus ist für sie prägend, vielmehr ein, wie man ihn paradoxerweise nennen könnte, *optimistischer Pessimismus*, oder kürzer, eine heitere Skepsis.« Geht man von einer solchen Idee skeptischer Heiterkeit aus, und es spricht eigentlich nichts dagegen, wäre freilich zu fragen, ob Adorno dafür der richtige Gewährsmann ist.

»Minima Moralia« als Sprachkunstwerk

Anders als die Vertreter der Kritischen Theorie wollte Sloterdijk die »Minima Moralia« offenbar nicht ad acta legen. Zwar hat er in einem offenen Brief an Jürgen Habermas, den »Die Zeit« 1999 veröffentlichte, den »Tod« der Kritischen Theorie vorausgesagt, setzte sich aber in seinem zwei Jahre später veröffentlichten Buch »Nicht gerettet – Versuche nach Heidegger« auf über vierzig Druckseiten erneut mit Adorno auseinander. Der Titel des Beitrags, der bereits einen Seitenhieb enthält, lautet: »Was ist Solidarität mit Metaphysik im Augenblick ihres Sturzes? Notiz über kritische und übertriebene Theorie«. Sloterdijk untersucht hier den letzten Abschnitt der »Minima Moralia«, der die Überschrift »Das Ende« trägt. Dort heißt es: »Philosophie, wie sie im Angesicht der Verzweiflung einzig noch zu verantworten ist, wäre der Versuch, alle Dinge so zu betrachten, wie sie vom Standpunkt der Erlösung aus sich darstellten.« Solche Sätze, so Sloterdijk, machten zwar »sprachlos«, seien aber »nicht bei jedem Wiederlesen gleich überwältigend«. Wie oft er die »Minima Moralia« gelesen hat, erwähnt er nicht, charakterisiert das Buch aber kenntnisreich: »Adornos kritische Ontologie beschreibt die Weltoberfläche wie eine totale Falle. Über weite Strecken liest sich sein Text wie eine Anweisung, das In-der-Welt-Sein als absurde Untersuchungshaft zu deuten. Es scheint in seinem Denken einen Wiederholungszwang zu geben, der in den verschiedenen sozialen und historischen Lagern das dramatische Schema von Gefangenschaft und Ausbruchstraum stereotyp reformuliert.«

Offenbar haben die »Minima Moralia« auch den schärfsten Kritiker Adornos nicht in Ruhe gelassen. Das ist kein Zufall. Denn wie kein anderer Vertreter der Kritischen Theorie pflegte Adorno eine eigenwillige essayistische Schreibweise, die sich von akademischen Gepflogenheiten der Argumentation deutlich unterscheidet, eine Vorliebe, die auch Sloterdijk teilt. Wie Beiträge zeigen, die Adorno nach den »Minima Moralia« veröffentlichte und in den »Noten zur Literatur« zusammengefaßt sind, faszinierten ihn vor allem solche Autoren, die philosophische Überlegungen und literarische Darstellung eng zu verbinden wußten, vor allem Friedrich Nietzsche, Paul Valéry, Ernst Bloch und Walter Benjamin. Sie alle haben auch Aphorismen verfaßt und die Gattung essayistisch erweitert. In der »Zueignung« der »Minima Moralia« hat auch Adorno die Texte seines Buches als »Aphorismen« bezeichnet. Dennoch ist fraglich, ob das zutrifft, wenn man davon ausgeht, daß die kurze, nichtfiktionale Prosaform die Grundidee der Gattung ist, wie von Harald Fricke in seinem Buch »Der Aphorismus« (1984) in historischer Perspektive erläutert. Grundform der »Minima Moralia« aber ist der narrativ geprägte Essay, mit dem sich Adorno 1958 in seinem Beitrag »Der Essay als Form« beschäftigt hat. Nicht zufällig steht er am Beginn des ersten Bandes der »Noten zur Literatur«.

Die Form des Aphorismus hat Adorno dagegen nie erläutert. Allerdings gibt es im 72. Abschnitt der »Minima Moralia« zwanzig Kurztexte, die das gesamte Spektrum der Aphoristik – von der Sentenz über die Maxime bis hin zum Fragment – zu umfassen scheinen. Einige lauten: »Heute löken die meisten mit dem Stachel.« Oder: »Fremdwörter sind die Juden der Sprache.« Oder: »Jedes Kunstwerk ist eine abgedungene Untat.« Fraglich ist aber, ob diese Kurztexte tatsächlich als Aphorismen zu bezeichnen sind. Folgt man den Kriterien von Fricke, dann gehören sprachliche Techniken wie Überspitzung, Aussparung oder Verrätselung zum Wesen des Aphorismus, da diese zur Auslegung herausfordern. Bei Adorno aber handelt es sich eher um Feststellungen oder Thesen, da die Formulierungen zu abstrakt sind, um neue Einsichten zu ermöglichen.

Das gilt vor allem für die Leitthese der »Minima Moralia«: »Es gibt kein richtiges Leben im falschen.« Sie faßt, wie anfangs erwähnt, Überlegungen zum Wohnen zusammen. In Bronze für die Ewigkeit gegossen findet sich die Formulierung auf einer vom Suhrkamp Verlag gestifteten Gedenktafel am Wohnhaus Adornos in Frankfurt am Main, wo er zwischen 1949 und 1969 lebte und zum erfolgreichsten deutschen Philosophen der Nachkriegszeit wurde. Ob dieses Leben ein »richtiges« oder ein »falsches« war, konnte nur der Wohnungsinhaber beurteilen. Der Leser aber darf den Satz doch mit Verwunderung zur Kenntnis nehmen.

NORBERT HUMMELT

DIE HUNDE VON BATUMI

Gedichte

PHLEGRÄISCHE FELDER

wir kamen den tag von pompeji herüber u.
hatten auf der fahrt sehr laut musik gehört

u. parkten in der prallen sonne, wo der kiosk
war. der gang war schmal u. sah nicht mal

besonders alt aus u. hatte seitlich solche
ausbuchtungen, konchen, oder wie man's

nennen soll. das waren sicher warteräume;
denn man durfte immer nur einzeln zu ihr.

wir wußten aber gar nicht, was wir fragen
sollten, denn die musik im radio war gut, das

meer war blau .. es war ja wie gesagt noch nichts
geschehen, u. über uns nicht eine wolke hing.

aber die sibylle von cumae hab ich gesehen, wie
sie draußen vor der höhle eine rauchen ging.

DIE HUNDE VON BATUMI

die hunde von batumi lungerten vor
dem hotel herum u. kriegten manchmal

einen fußtritt oder einen brocken brot.
die hunde von batumi hatten sanfte augen.

manche wurden aus der hand gefüttert. einer
stieß mich nachts mit seiner schnauze an, in

der dunkelheit der uferpromenade, als ich
vom sommertheater kam an einem jener

verregneten tage. einer hatte ein ganz weißes
auge, in dem alleine die pupille schwamm.

morgens schliefen sie im säulenumgang,
wo man ab sieben das frühstück servierte

u. warteten still, daß etwas passierte, für
einen fußtritt, einen brocken brot, nah bei

der küste, der steinigen küste, aber vater u.
mutter sind lange tot, wenn ich sie nur zu

rufen wüßte nahe dem vielüberflogenen meer
wo die glückverheißenden delphine sprangen!

DER STILLE HAIN

Wir werden heute nicht zum garten gehen ..
Stefan George

ich möchte heute nicht mehr in den garten gehen
wenn sie auch draußen alle lustig sind die eltern
schwestern u. familie cöllen selten genug daß wir
besuch bekommen ich bin ein sieben jahre altes
etwas stilles kind kann keinem sagen was der
grund ist für mein mich verbergen an diesem tag
an dem die sonne scheint an dem es heiß ist bis
zum späten abend an diesem tag an dem doch
alle fiebern weil man am abend noch das endspiel
zeigt u. jeder will jetzt daß brasilien gewinnt ..
aus dem nachbarsgarten dringt der grillgeruch
vor meinem mund das unsichtbare tuch sie rufen
komm doch raus denn draußen ist dein freund
aber sehen sie denn nicht wenn einer weint ich
kann vom zimmer aus bis zu den pappeln sehen
weiß wo der kirschbaum u. der flieder stehen ich
weiß die bohnenstangen u. die erdbeerbeete die
wäschewiese u. den stillen hain ganz weit hinter
den kartoffeln hinter dem sandkasten wo eine
bank steht wo sie lustig sind denn dort draußen
steht die volle wärme u. sie spielen dabei auch
noch federball aber ich fühle daß ich draußen
sterbe bis hier ins zimmer höre ich die stimmen
u. wie sie lachen aber ich bleibe lieber still hier
drinnen denn ich gab mich einem in die hand u.

er behielt etwas von mir zum pfand u. deshalb
kann ich heute nicht mehr in den garten gehen
ich muß im wohnzimmer bei den gardinen stehen
u. kann nur immerzu durch dieses fenster sehen u.
kann nun für mein leben nicht mehr draußen sein.

EOS

was immer das auch zu bedeuten hatte, die mücke
wollte etwas, aber nur von mir .. du lagst bedeckt
nur mit dem leichten laken u. ich hörte deine stillen
atemzüge .. was es auch war das mich allein betraf
es kostete mein blut u. meinen schlaf, so stand ich
endlich auf u. ließ die türe leise angelehnt. u. außer uns
war niemand in dem ganzen haus! auf der terrasse
bei der lampe auf dem plastikstuhl wie war die nacht
so tief u. gegen morgen kühl! was überkommt uns
was bleibt unerwähnt wie lange dauert es bis sich das
dunkel dehnt u. einen ersten schimmer freigibt an den
rändern? in welchen schichten zieht das licht herauf
wie lange hält es sich noch an den rändern auf u. warum
ist es nun auf einmal kalt, kommt nicht die sonne u.
der tag schon bald? so daß ich leise mir die jacke holte,
du lagst ganz unverändert da u. merktest gar nichts ..
endlich war der himmel soweit angefacht es stieg die
morgenröte aus der schwarzen nacht die rosenfingrige
wie heißt sie noch, daß ich ganz fickrig war in meinem
seelenloch u. ich ein stück hangabwärts der plantage
zu .. wie sich da etwas oder war's ein hund aus diesen
schatten löste, nein, ein fuchs sich löste aus dem frühen
rauch u. auf mich zukam, selber hauch. u. leise leise,
bloß kein laut. so stand ich da in meiner menschenhaut,
u. immer näher kam der fuchs heran. was will er von
mir, der nicht schlafen kann, was zieht in mir das fremde
wesen an? u. immer näher, leise leise, immer enger zog er
seine kreise. auf diese nähe war ich gar nicht eingestellt,
ist nicht ein jeder einsam in der welt? u. noch bevor er
mich berühren kann, bedeute ich ihm mit der hand: nicht
weiter! u. in den rosenübergossenen morgen schwand er.

HANS-PETER LÜHR

RUFER IN WELCHE RÄUME?

Willi Sitte und die Literatur

Willi Sitte war im Jahr des Mauerbaus gerade vierzig. Seit einem Jahrzehnt war er Dozent an der Burg Giebichenstein, seit 1959 Professor einer Klasse für Textilgestaltung. Als Künstler war er eigensinnig und wurde mit seiner Anhänglichkeit an die westeuropäische Moderne eher zur aufmüpfigen Künstlerszene Halles gezählt – ein Mann auf der Suche nach seinem künstlerischen Weg. Das brachte ihn nicht nur einmal in Konflikt mit seiner Partei, der SED, der er seit seiner Rückkehr aus Italien 1947 angehörte. Auch seine Freundschaften belegen diesen Eigensinn, und von ihnen soll hier die Rede sein. Christa und Gerhard Wolf, die bis 1962 in Halle lebten, gehörten ebenso zu diesem Kreis wie das andere berühmte Dichterpaar Sarah und Rainer Kirsch. Auch der junge Wolf Biermann, damals noch nicht gänzlich in Ungnade gefallen, griff bei Sitte in Halle zur Klampfe. Er galt als begabter Vertreter einer neuen Dichtergeneration, zu der auch Werner Bräunig, Volker Braun und Heinz Czechowski gehörten – alle aus einer Generation Mitte zwanzig, die Sitte aus vielen Gründen interessierte. Im Vergleich zu ihm waren sie die Nachgeborenen, gut fünfzehn Jahre jünger, bei Kriegsende noch Kinder und ausgestattet mit einer anderen Haltung zu dem neuen Staat DDR.

Sittes Bekanntschaft mit Christa Wolf fiel in einen schwierigen Lebensabschnitt im Jahr seines vierzigsten Geburtstags, das neben zermürbender Dauerkritik an seiner Kunst eine massive Ehekrise und zwei Selbstmordversuche mit Hospitalisierung gebracht hatte. In seiner Autobiographie schreibt er dazu: »Im Anschluß an den Klinikaufenthalt schickte mich die Parteiführung nach Ammendorf in die Waggonfabrik. Man sagte, der muß raus, der muß die Kraft der Arbeiterklasse spüren und ihre Solidarität, denn er kommt ja auch aus dieser Klasse. Man wollte mich von der Hochschule fernhalten, ich sollte mich erst einmal bewähren. Ich wurde einer Brigade zugeteilt, in der auch Christa Wolf war, die sollte sich um mich kümmern. Sie arbeitete dort an ihrem Roman ›Der geteilte Himmel‹ und betreute einen Zirkel schreibender Arbeiter.«

Gerhard Wolf, der damals mit seiner Frau als Außenlektor im Mitteldeutschen Verlag beschäftigt war, hat mir in einem ausführlichen Gespräch im Frühjahr 2021 die Geschichte bestätigt. Für beide Wolfs war die Bekanntschaft mit Willi Sitte die erste mit einem bildenden Künstler überhaupt. Sein Buch »Unsere Freunde, die Maler«, 1996 im eigenen Janus-Press-Verlag erschienen, eröffnete Gerhard

Wolf dann auch folgerichtig mit Sitte, von dem bis zuletzt zwei frühe Gemälde in der Familienwohnung hingen. Freundschaft sei es eher nicht gewesen, sagte er, aber bis Mitte der sechziger Jahre eine anregende Bekanntschaft. »Wir waren Ende der fünfziger Jahre, sozusagen auf Bitterfelder Wegen, nach Halle gekommen«, berichtet Wolf in der Einführung zu dem Buch: »Sitte wurde damals des ›Modernismus‹ bezichtigt. In seinen Bildern seien ›Züge Picassos und Guttusos‹ sichtbar. Uns war er eine so interessante Figur, daß wir uns entschlossen, in die erste Auflage des ›Geteilten Himmels‹ Zeichnungen von ihm aufzunehmen.« Von Christa Wolf ist in besagtem Malerbuch ein Brief an Sitte vom Dezember 1962 abgedruckt, in dem sie ihn gegen Angriffe des Ersten Sekretärs der SED-Bezirksleitung Halle, Bernhard Koenen, im Neuen Deutschland (ND) verteidigt: »Ich fühle mich direkt persönlich gekränkt, und zwar vor allem über zwei Sachen: Daß man Dir (und uns) unterstellt, wir gäben irgendeinem ›Druck des Gegners‹ nach; und daß man Dir vorschlägt, Dich endlich zum sozialistischen Realismus zu bekehren, was nach allem ja nur bedeuten kann: eine bestimmte Malweise zu akzeptieren. Beides zeigt: wir haben nichts gelernt.«

Ein halbes Jahr später erschien im Mai 1963 die erste Auflage des »Geteilten Himmels« im Mitteldeutschen Verlag mit acht Zeichnungen von Willi Sitte. Dessen Cover-Entwurf sei vom Verlag allerdings als zu formalistisch abgelehnt worden, berichtete Gerhard Wolf (mich hat die Vorlage aus dem Familienarchiv tatsächlich auch eher an Hermann Glöckner erinnert), und ab der dritten Auflage erschien Christa Wolfs Erzählung dann ohne Sittes Zeichnungen – die Akte seien wohl als zu freizügig empfunden worden. Die Verbindung blieb also eine Episode, und nach 1965 und vor allem nach 1968 sei die Entfremdung zwischen beiden Familien immer eindeutiger geworden, so Gerhard Wolf. Ansprechbar als Präsident des Verbands Bildender Künstler der DDR sei Sitte für ihn aber geblieben. So habe seine Intervention für Carlfriedrich Claus dazu geführt, daß der vom Asozialen-Paragraphen bedrohte Annaberger Außenseiter in den Künstlerverband aufgenommen wurde.

In dem besagten Brief von Christa Wolf an Sitte ist auch von der bedeutsamen Lesung junger Lyrik in der Akademie der Künste am 11. Dezember 1962 die Rede, die Stephan Hermlin organisierte und an der unter anderem Wolf Biermann, Volker Braun, Uwe Gressmann, Karl Mickel sowie Sarah und Rainer Kirsch beteiligt waren. Sitte war anwesend, die Wolfs wegen einer Terminverwechslung nicht. Der Abend, der als Auslöser für die sogenannte Lyrikwelle in der DDR gilt, brachte Hermlin massive Kritik und schließlich die Suspendierung vom Amt des Sekretärs der Sektion Dichtung der Akademie ein. Die Auseinandersetzungen aber waren noch viel umfassender und schärfer und erreichten erst im Dezember 1965 ihren Höhepunkt. Schon in dem zitierten Zeitungstext von Koenen waren Sitte als Klassenfeind und die beiden Kirschs als Gegner der DDR-Kulturpolitik bezeichnet worden. Das war starker Tobak.

Noch saßen der Maler und die beiden Dichter in einem Boot. Sitte erinnert sich in seiner Autobiographie: »Die starke Bewegung der jungen Lyriker war ein Bekenntnis, und wahrscheinlich fühlte ich mich deshalb zu ihnen hingezogen. Obwohl schon älter, gehörte ich als Satellit zu ihrer Gruppe. Es waren für mich ermutigende Kontakte: Wir empfanden uns als Kommunisten, bekämpften aber den Stalinismus mit allen seinen Ausprägungen, und wie sie in der Lyrik, suchte ich in der Malerei nach eigenen Formen.« Mit Sarah und Rainer Kirsch, die damals ebenfalls in Halle lebten, fühlte sich Sitte besonders verbunden. Diese Freundschaft veranlaßte Sitte und seine zweite Frau, ihrer 1966 geborenen Tochter den Namen Sarah zu geben. 1967 malte Sitte den Dichter als Akt. »Das Porträt von Rainer Kirsch malte ich nach Zeichnungen, die beim Sonnenbad in unserem Garten entstanden waren. In dem Bild drückt sich die Ungezwungenheit aus, die uns damals verband.« Rainer Kirschs Widmungsgedicht an Willi Sitte aus diesen Jahren »Such nicht nach mir« beginnt mit den Versen: »Durchbreche alle Traditionen / puste dir eine Wimper ins Ohr / und schicke den Frühling an dein Leben (...)«.

Diese Ungezwungenheit, die Ende 1965 mit dem 11. Plenum der SED abrupt endete, kann man heute nicht mehr ohne weiteres einordnen. Gerhard Wolf hat mir von einem unbekannt gebliebenen Drehbuch berichtet, das er mit seiner Frau für Kurt Barthels Spielfilm »Fräulein Schmetterling« geschrieben hatte, der im Rohschnitt fertig war und wie viele andere DEFA-Produktionen des Jahres 1965 unter das Verdikt besagten Plenums fiel. Eine rekonstruierte und neumontierte Fassung wurde am 26. Juni 2021 im MDR-Fernsehen ausgestrahlt. Wer sie gesehen hat, konnte nur staunen. Der poetische Film von fast französischer Leichtigkeit über die Selbstbehauptung zweier junger Frauen in einem Berliner Altbauviertel, das auf Abbruch steht, gibt realistische Einblicke in das Alltagsleben der sechziger Jahre. Die erstaunlichen Zukunftsträume der siebzehnjährigen Helene erheben den Film über die Tristesse der Zeit. »Das Gegenwartsmärchen über das Lebensgefühl junger Leute ist ein Plädoyer für Phantasie und Individualität«, kommentierte der MDR – und genau das war damals wohl der Grund für das Verbot. Die neurotisch verhärteten SED-Funktionäre fühlten sich durch nichts so provoziert wie durch Lebendigkeit und Selbstbewußtsein ihrer Bürger.

Wir Nachgeborenen empfinden die Zeit nach dem Mauerbau vor allem als Abriegelung und Beginn zwanghafter Bewegungsverbote – die DDR als großer Knast. Nicht wenige Zeitgenossen waren gleichwohl von der Hoffnung getragen, in dem nunmehr abgeschlossenen Land einen lebenswerten Sozialismus entwickeln zu können. Mit Adenauers westdeutscher Restauration, die auf einen Globke nicht verzichten wollte, und den Attacken gegen die DDR im kalten Krieg hatte eine

Mehrheit ostdeutscher Intellektueller und Künstler eben auch nichts am Hut. Allerdings war Ulbricht in Kunstdingen ein Kleinbürger und oft genug Dogmatiker. So versuchte eine junge Generation der Künstlerschaft Anfang der sechziger Jahre, sich von der Umklammerung durch den Stalinismus endlich zu befreien. Es war die Zeit, in der Ulbricht eine dringend nötige Modernisierung der schwerfälligen Wirtschaft, genannt NÖSPL (Neues ökonomisches System der Planung und Leitung), in Gang setzte, ein System »geregelter Marktwirtschaft«, wie Gunnar Decker in seinem fesselnden Buch »1965 – der kurze Sommer der DDR« den gesellschaftlichen Wandel genannt hat. Die ökonomischen Reformen spiegelten sich auch in der Kultur des Landes und stimulierten eine Aufbruchsbewegung, die von nicht wenigen späteren Beobachtern als Vorschein auf den Prager Frühling empfunden wurde.

Den inneren Widerspruch hat Friedrich Dieckmann einmal pointiert benannt: »Es ist nicht anders: Ulbricht und Biermann ziehen an einem Strang, nur weiß Biermann das nicht.« Daß die von Ulbricht erhoffte Harmonisierung unabdingbarer Wirtschaftsreformen mit einer neuen Jugendbewegung bei gleichzeitiger Domestizierung aufmüpfiger Künstler eine Quadratur des Kreises bedeutete, konnten die Reformer nicht mehr erfahren. Das Ende der Träume entschied sich in Moskau, als Chruschtschow, der Ulbrichts Pläne unterstützt hatte, 1964 von dem kalten Krieger Breschnew gestürzt wurde. Alle Reformen wurden sofort annulliert. Für die DDR übernahm Honecker das üble Amt der Restalinisierung, wagte aber keinen öffentlichen Angriff auf Ulbrichts Reformprogramm. Dann wurde Erich Apel, als Vorsitzender der staatlichen Plankommission einer der wichtigsten Unterstützer Ulbrichts, am 3. Dezember mit Kopfschuß in seinem Dienstzimmer tot aufgefunden. Wer den Finger am Drücker hatte, blieb unaufgeklärt – offiziell war es Selbstmord. Statt des schon erledigten NÖSPL maßregelte Honecker auf dem 11. Plenum die reformfreudige Kultur und entschied über diesen Umweg die machtpolitische Frage für die um ihren Einfluß bangende Funktionärsriege.

Daß Honecker mit seinem scharfen Kurs auch unter Künstlern Unterstützer fand, liest man heute mit Verblüffung. »Ich weiß mich mit meinen Genossen darin einig, (…) was wir spätestens seit der Schrift Lenins über Parteiorganisation und Parteiliteratur als unseren Anspruch erheben: die führende Rolle der Partei auch in Kunst und Literatur.« Dieses Credo formulierte am 19. Februar 1966 der Schriftsteller Erik Neutsch in der Halleschen SED-Zeitung »Freiheit« als sein Fazit vom 11. Plenum. Illustriert war die Seite mit einer Porträtzeichnung des Autors von Willi Sitte. Auch mit Neutsch war dieser nämlich schon viele Jahre befreundet. Es fällt schwer, diese spezielle Beziehung einzuordnen. Neutsch war stets ein rabiater Verteidiger straffer Parteidisziplin gewesen. Als es 1958 in Burg Giebichenstein Auseinandersetzungen um den künftigen Kurs der Hochschule für industrielle Formgestaltung gab, mischte er sich am 21. April in der Zeitung ein. »Genosse Willi Sitte, Dozent an der Burg, war sich nicht bewußt, daß seine künstlerische Arbeit nur insoweit von Wert ist, als sie von der Arbeiterklasse verstanden wird und fähig ist, die Werktätigen zur Parteinahme für die Sache des Sozialismus zu beeinflussen.« Er warf ihm Leugnung der führenden Rolle der Partei in Kunstdingen vor. Es müßten dringend »die ideologische Fäulnis an der Hochschule ausgemerzt und die Studenten und Lehrer zum sozialistischen Denken erzogen werden«. Ferner forderte er »ständige Angriffsbereitschaft und konsequentes Eintreten für die Politik der Partei«.

Daß Sitte, von Neutsch derart abgekanzelt, mit ihm näheren Umgang pflegte, ist schwer nachvollziehbar. Erst recht, daß er von Freundschaft sprach und ihn mit einem Porträt ehrte. Allerdings gab Sitte – nach all den Auseinandersetzungen womöglich mürbe geworden – der auf dem 11. Plenum ultimativ geforderten Parteidisziplin nach und knickte ein. Dann aber malte er 1967 ein Porträt von Franz Kafka, was nach der internationalen Kafka-Konferenz in der Tschechoslowakei von 1963 erstaunlich gewagt war. Der Autor erschien den Funktionären als die Inkarnation der Dekadenz. Man kann Sittes Ambivalenz wohl nur als andauerndes Schwanken zwischen Anpassung und Nonkonformismus deuten.

1978, zwei Jahre nach der Biermann-Affäre, in der auch Sitte gegen seinen einstigen Freund Position bezogen hatte, bedankte sich Neutsch mit einem Hörspiel bei dem in den Schoß der SED zurückgekehrten Maler: »Seine Kunst, finde ich, wird damit zum adäquaten Ausdruck des Sozialismus in der DDR. (...) Distanzhaltung? Nein. Parteilichkeit zeichnet ihn aus.« Es ist nicht bekannt, wie die Beziehung der beiden Verfechter des DDR-Sozialismus ab den siebziger Jahren beschaffen war. Sitte hält sich in seiner Autobiographie bei diesem Thema sehr zurück und im Berliner Erik-Neutsch-Archiv sind die Bestände noch nicht aufgearbeitet. Haben sie nach 1989/90 die Nutzlosigkeit ihrer lebenslangen Selbstdisziplinierung miteinander reflektiert? Die Frage muß offen bleiben. Neutsch bin ich im Sommer 1989 bei einer Autorenkonferenz in den Buna-Werken ein letztes Mal begegnet. Da war die Atmosphäre schon sehr angespannt. Heinz Czechowski ätzte gegen die Kulturpolitik; Erik Neutsch, sichtlich angetrunken, entgegnete: »Czecho schweig. Wenn hier die Konterrevolution marschiert, das sag ich dir, greife ich zur Waffe.« – Man konnte es ihm glauben, und uns allen, die wir damals dabeisaßen, stockte der Atem. Alle wußten um Neutschs heißen Draht zur »BL«, der Bezirksleitung der SED, und seine ständigen Interventionen. Als Feind war er sehr ernst zu nehmen. Gerhard Wolf erzählte mir, seine Frau und er hätten Halle wegen der durch ihn immer giftiger gewordenen Atmosphäre 1962 verlassen. Aber auch als Partner war Neutsch unberechenbar: Sein Verleger Eberhard Günther berichtet in seinen Erinnerungen (2009)

von Denunziationen und »von oben durchgestellten« Auflagen-Forderungen des machtsüchtigen, eitlen Autors.
Neutschs Aufstieg begann 1964 mit der Veröffentlichung seiner »Spur der Steine« im Mitteldeutschen Verlag. Der sprachmächtige Roman wurde mit einer Auflage von über 500 000 eines der erfolgreichsten Bücher der DDR-Literatur. Ein Vorabdruck war so heftig kritisiert worden, daß Neutsch mit dem Weiterschreiben zögerte, doch der fertige Roman wurde schnell kanonisch und erhielt Ende des Jahres den Nationalpreis. Das Verbot der berühmten Verfilmung mit Manfred Krug und der Dramatisierung von Heiner Müller (»Der Bau«) durch das 11. Plenum hat dem Autor dann schon nicht mehr geschadet. Seine Parteihörigkeit war dabei gewiß nicht ohne Einfluß.
Ein anderer begabter Autor aus Sittes Freundeskreis hatte nicht dieses Glück: Werner Bräunig. Der 1934 in Chemnitz geborene Bergmann war als schreibender Arbeiter Anfang der sechziger Jahre eine Art Vorzeigeschriftsteller geworden. Der bekannte Slogan der 1. Bitterfelder Konferenz vom April 1959 »Greif zur Feder, Kumpel« war seine Erfindung. Die vom Mitteldeutschen Verlag als internes Autorentreffen geplante Veranstaltung wurde auf Geheiß der SED zum Ausgangspunkt einer propagandistisch aufgewerteten neuen Kulturpolitik. Der Arbeiter sollte nunmehr die »Höhen der Kultur« erstürmen. Bräunig verkörperte auf idealtypische Weise diese Forderung, die zunächst von vielen anderen Autoren begrüßt wurde – wir denken an Brigitte Reimann und Christa Wolf.
1961 begann Bräunig mit einem großen Roman, der in der Wismut, dem sowjetisch kontrollierten Sächsisch-Thüringischen Uranbergbau, angesiedelt war. Vier Jahre später – der Autor lehrte inzwischen am Leipziger Literaturinstitut – war das siebenhundertseitige Werk »Rummelplatz« weitgehend fertiggestellt und erlebte im Frühjahr einen Vorabdruck in der Zeitschrift NDL (Neue Deutsche Literatur). Der allerdings erntete einen Sturm der Entrüstung. Die drastischen Szenen aus dem Arbeiterleben wurden von der überempfindlichen SED als Verunglimpfung der Arbeiterklasse und der sowjetischen Genossen empfunden, und schließlich wurde der Roman wegen seiner »schädlichen Tendenzen« auf dem 11. Plenum mit den Schriften von Stefan Heym, Heiner Müller und Wolf Biermann von Honecker höchstpersönlich massiv kritisiert. Aus dem Vorzeigekünstler war über Nacht ein Renegat geworden, der nicht begriff, wie ihm geschah. Das Manuskript verschwand beim Mitteldeutschen Verlag im Giftschrank und der verzweifelte Autor verfiel dem Alkohol.
Als ich 1978 in dem Verlag in Halle mit meiner Arbeit begann, war der gesundheitlich zerrüttete Bräunig dort zwei Jahre zuvor mit zweiundvierzig verstorben. Ich verstand schnell: Das war die Leiche im Keller des Verlags. Darüber wurde nur in Andeutungen gesprochen, aber als prominentes Opfer poststalinistischer

Repressionen war der gedemütigte Autor sehr wohl noch im Bewußtsein. Eine Freundin, zugleich Mitarbeiterin des Verlagschefs, hatte mir später das Manuskript heimlich übers Wochenende ausgeliehen (ich war damals gerade mit den Erinnerungen des proletarischen Malers Otto Griebel beschäftigt und suchte Vergleiche). Schon in den ersten Kapiteln war Bräunigs erzählerische Kraft zu erkennen. Nicht nur ich hatte erwartet, daß der verunglimpfte Roman nach 1990 in jenem Mitteldeutschen Verlag erscheinen würde, der fünfundzwanzig Jahre zuvor zu seiner Verdammung gezwungen worden war. Immerhin hatte er Anfang der achtziger Jahre in dem Bräunig-Auswahlband »Im Querschnitt« gut 180 Seiten aus dem Roman abgedruckt – eine Art Wiedergutmachung. Doch »Rummelplatz« erschien erst 2007, und dann als Sensationserfolg, im Aufbau Verlag. Die Süddeutsche Zeitung schrieb damals: »Hätte Bräunig weitergearbeitet, wäre er ohne weiteres neben Grass, Walser und Böll angekommen.« Grass wiederum urteilte über den Roman seines unbekannten Kollegen: »Ein großes Buch.«
Anfang der Sechziger also gehörte Werner Bräunig zum Umfeld von Sittes Hallenser Freundeskreis, aber sein tragischer Fall bleibt wie so viele andere Verluste in Sittes Autobiographie unkommentiert. Es kann nicht sein, daß er ihn nicht wahrgenommen hat. Für seine »Vergeßlichkeit« ist wohl der gleiche Verhaltenshintergrund wie für andere Machtkämpfe dieser Zeit in Betracht zu ziehen: Überforderung und Feigheit vor dem Freund. Courage hatte damals einen hohen Preis – die wenigsten Menschen hatten eine durch harte Familiengeschichte gegerbte Lederhaut wie Wolf Biermann, der zu keinem Rückzug zu bewegen war.
Die Verrätereien sind durch nichts zu entschuldigen, nur sollten wir dessen eingedenk bleiben, wie es uns selber ging und noch geht mit der Tapferkeit – wir, die wir hier in vermeintlich besseren, friedlichen Zeiten beieinandersitzen. Jeder mußte damals für die Balance von Anpassung und Selbstbehauptung seinen eigenen Weg finden. Als entlaufener Techniker hatte ich in den gemäßigten achtziger Jahren im Mitteldeutschen Verlag allzu oft den Mund gehalten und bin erst spät mutig geworden. Das war so, und das spreche ich bewußt aus, denn die Krise der Gegenwart verpflichtet uns zu Deutlichkeit: Keine Zeit ist ohne Anfechtungen. Wir bestehen sie auf unterschiedliche Weise. Unsere viel größeren Freiheiten heute geben uns allerdings die Chance, sie besser zu verstehen.
Gerhard Wolf, auf den Umgang mit den Katastrophen der sechziger Jahre angesprochen, berichtete von einer allgemeinen Verschwiegenheit. Nur im allerkleinsten Kreis habe man damals die Misere der Demokratiezerstörung beredet, die als düstere Realität im Raume stand. Mit Sitte war das so wenig möglich wie mit vielen anderen. Aber die Scheu sei eben nicht allein der Vorsicht zuzuschreiben gewesen – man wußte natürlich um die großen Ohren der Stasi –, sondern auch einem tiefen Respekt gegenüber den wenigen alten Genossen, die Hitler und

Stalin überlebt hatten; jenen »edleren Vätern«, die als Funktionäre inzwischen wichtige Leitungspositionen innehatten und die zu kritisieren man sich lange Zeit einfach nicht traute. Zu lang, sagen wir heute, aber das Urteil der Nachwelt ist immer preiswerter zu haben. Er, Gerhard Wolf, sei jedenfalls mit seiner Kritik an anderen Menschen vorsichtig geworden.

Seine Auskünfte haben mich beeindruckt. Christa Wolfs berühmtes Diktum von der »subjektiven Authentizität« kommt mir dabei in Erinnerung. Wir wissen inzwischen, daß dieses Festhalten an der eigenen Wahrnehmung über alle Anfechtungen und ideologischen Kämpfe hinweg eine Voraussetzung für die Gültigkeit von Kunst ist. Christa und Gerhard Wolf haben mit ihrer literarischen und publizistischen Arbeit von Jahrzehnten eine doppelte Produktivität bewiesen. Ihre Wohnung am Pankower Amalienpark, auf die heute ein Gedenkstein hinweist, wurde zu einem geistigen Zentrum ostdeutscher Intellektualität und damit auch zu einem Ort europäischer Kultur.

Sitte hat einen anderen Weg gewählt. Zwischen ultimativer künstlerischer Selbständigkeit, die ihm in den frühen Jahren Leitbild war, und einer ähnlich starken inneren Verpflichtung, seiner Partei die Treue zu halten, hatte er sich zuletzt für die fatale Treue entschieden. Verrat an seiner Kunst? – Das Wort ist vielleicht zu stark, aber Sitte hätte von seinen Dichterfreunden lernen können, daß jede Preisgabe des künstlerischen Eigenwillens zwangsläufig auch die Kunst beschädigt. Man kann das deutlich anhand seiner Bilder studieren: In welche Räume haben Sittes Rufer welche Botschaften gesandt? Sie gingen oft genug ins Leere.

Hätte Sitte nicht auch von dem Aufklärer Victor Klemperer lernen können, der bis 1960 Professor in Halle war und dessen Vorlesungen er oft lauschte? Beider Lebenssituationen waren zwar ähnlich, aber einen Austausch hat es nie gegeben. Klemperer, dessen Nachkriegstagebücher erst 1999 vollständig erschienen, gilt heute als einer der wichtigsten Zeugen für die Spannungen unter linken Intellektuellen in der frühen DDR; jenes Land, das nach der Barbarei der Nazizeit für eine politische Alternative stand und das doch von der anderen großen Diktatur des 20. Jahrhunderts geprägt war, der paranoiden Herrschaft Stalins. Klemperer agitierte als SED-Mitglied tagsüber für seinen neuen Staat, nachts notierte er in seinem Tagebuch die schlimme Wirklichkeit der neuen Diktatur.

Aber jenen »Firnis des Tröstlichen«, den Klemperer schon im Sommer 1945 ausmachte und der später die DDR imprägnierte, hat er selber nie gewollt. Der jüdische Gelehrte blieb bei seiner unbedingten subjektiven Wahrhaftigkeit. Martin Walser hat dies einmal als die zentrale Qualität seiner Tagebücher bezeichnet. Klemperer beschreibt den Grundwiderspruch einer ganzen linksorientierten Generation in der DDR. Wer möchte, kann dieses Tagebuch aufklärerisch heranziehen auch für den »Fall Willi Sitte«. Lernen können wir von beidem allemal.

MICHAEL SPYRA

ERINNERUNG AN EINE SEHR VIEL ÄLTERE VERSION

Gedichte

IN EINER VILLA IM ASCHERSLEBENER VOGELGESANG

Die Einfahrt ist verwildert, die Garage
verschlossen, Haustür zu und Fenster blind,
Garderobe, Treppe, Teppiche, Möblage,
die unter feinem Staub begraben sind.

Das Haus ist still. Die Stille ist zu hören,
sie dehnt sich aus und macht sich unbeliebt,
sie ist dabei, sich selber aufzustören,
sie reibt und schleift sich ein, sie pfeift und fiept.

Die Stille täuscht, sie ist Geräusch und rauscht,
sie flirrt und sirrt im zweiten wie zuvor
im ersten Ohr, das in die Stille lauscht,
sie schwebt im Bad und steht im Korridor

wie ein Besucher, wechselt die Frequenzen.
Die Stille wächst nach innen, zischelt, zischt
und ist durch Selbstgespräche zu ergänzen,
in die sie sich, als lange Pause, mischt:

Verwirbelungen, Strudel und Spiralen,
ein Schwindel und Verlust des Gleichgewichts,
der Übergang in einen anormalen
Bewußtseinszustand und dann weiter nichts.

ZWEITE INVERSION

Der Raum, die Wand, das Brett daran, darauf
das Buch, die Hand daran, darin die Schrift,
die Schwünge und Arkaden im Verlauf,
das Wort, in dem sie auf sich selber trifft,

aus dem sie sich entgegentritt, erscheint
aus einer andern Zeit, demselben Buch,
gebunden an das Wort, wie angeleint
sich selber sieht, die wieder zu Besuch

hineingelesen hat, am Zeilensprung
verblaßt, wie auch die letzten Male schon,
ein Schatten ihrer selbst, Erinnerung
an eine sehr viel ältere Version,

die sich entdeckt, an sich vorübertreibt,
wo sie sich konzentrierte, konserviert,
sich wiederfindet und dann überschreibt,
für ihre nächste Lesung korrigiert,

zurückgelassen, eingelesen, fest
verankert und verschwunden irgendwann,
nach allen Korrekturen nur ein Rest,
an den sie niemand sonst erinnern kann.

WIE EINE ERSTE ASTRONAUTIN IN EINEM WURMLOCH VERSCHWAND

Die Frau verschwindet in der Dunkelheit,
der Finsternis, entgleitet in die Leere
und ist in dieser Leere ohne Schwere
und nähert sich darin dem Rand der Zeit,

versinkt in einem bodenlosen Raum,
entfällt in eine namenlose Tiefe.
Die Frau erweckt den Eindruck, daß sie schliefe,
als wäre sie in diesem Schlaf ein Traum.

Der Traum von einer schwerelosen Frau,
die aus der stillen Finsternis hervortritt,
als fände sie zurück auf ihren Orbit,
auf dem sie immer wieder und genau

im selben Abstand um sich selber kreist,
bevor sie sich zu allen Seiten weitet,
vergrößert, dehnt und expandiert, verbreitet
und dabei immer auf sich selbst verweist.

Die aufgelöste Frau, die nicht mehr ist
und nie mehr wird, bis auf das Abbild derer,
die einmal war, ein letztlich peripherer
Moment am Ende einer kurzen Frist.

DIE ZWANZIG VERSCHWUNDENEN HERREN AUS HERNE

Der erste Herr steigt unter eine Klappe,
von einem zweiten steht die Pappattrappe,
wo er bis eben stand. In einem Loch
versinkt der dritte und ein vierter noch.

Der fünfte Herr verschwindet in der Steppe,
der sechste Herr auf einer Wendeltreppe,
der siebente in einer Drehtür und
der achte schwindet in den Hintergrund.

Ein neunter Herr verschwindet von der Klippe,
der zehnte und ein elfter von der Wippe,
der zwölfte Herr auf einem Karussell.
Ein dreizehnter verschwindet im Bordell.

Der vierzehnte entsteigt in die saloppe
Garderobe eines fünfzehnten, die Joppe
des sechzehnten verbirgt denselben vor
dem siebenzehnten, der sich schon verlor.

Der achtzehnte verschwindet aus der Gruppe,
statt eines neunzehnten steht eine Puppe,
wo er bis eben stand. Ein zwanzigster
geht rückwärts allen andern hinterher.

CHRISTINE WOLTER

DER EINSIEDLER UND SEIN BIOGRAPH

Ihr *müßt* den Pontormo sehen, sagten Anna und Giulio, unsere Gastgeber in Prato, und so fuhren wir über Hügel und durch Wälder der Toskana in den winzigen Ort Carmignano. An das Äußere der Kirche San Michele kann ich mich nicht erinnern, nur an einen kleinen Platz vor den Bögen eines Portikus. Vom Innern ist mir vor allem ein Bild im Gedächtnis geblieben, eben die »Heimsuchung« von Pontormo, gemalt um 1528. Unvergeßlich. Unsere Gastgeber führten uns damals so in den Kirchenraum, daß der Blick auf dieses eine Bild, eine große hochformatige Altartafel, fallen mußte. Es zeigt die Begegnung zweier Frauen, die sich entgegenkommen und in dieser Bewegung schon die Arme umeinander legen. Ihre starken Körper unter weitgebauschten Stoffen berühren sich unmerklich. Zwei Frauen sehen einander an, zwei Profile, ein junges, ein altes, klar und wissend. Hinter ihnen stehen ihre beiden Begleiterinnen, und bei genauer Betrachtung haben deren Gesichter, die uns frontal ansehen, eine magische Ähnlichkeit mit den Profilen der beiden Hauptfiguren, der jungen und der alten. Wir standen und schauten.

Woher kam unsere Andacht, damals in San Michele in Carmignano? Es war ein nicht zu begreifendes Ergriffensein. Dauerhaft blieb die Erinnerung an ein Rot. Ein weiches, starkes Rot, nicht das brillante Rot eines Raffael, überhaupt nicht das übliche Rot und der Glanz und Glamour der Renaissance. Es war sanft, fruchtig, wie die beiden Frauenfiguren. Hatte es damit zu tun, daß sie einander berührten und in diesem Arme-umeinander-Legen auch die »Frucht ihres Leibes« begrüßten? Jenes Rot, das sich in meiner phantasierenden Erinnerung über das ganze Bild wölbte, war in Wirklichkeit, als ich das Gemälde in der Florentiner Pontormo-Ausstellung später wiedersah, »nur« seine leuchtende Umrahmung. Maria aus der biblischen Erzählung, hier eine Frau aus dem toskanischen Dorf, ist in ein trübblaues faltiges Wogen gekleidet. Rot ist das Kleid der hinter Maria stehenden Magd. Auf der anderen Seite ist es der Umhang der Elisabeth, die in einem hellgrünen Gewand auf Maria zugeht. Und inmitten dieses Rots ist das Begegnen und Umarmen zugleich ein Schweben, wie ein vom Boden gelöstes Wehen.

Ein magisches, faszinierendes Bild. Um 1528 ist es im Auftrag eines Stifters für diese Kirche entstanden. Und dort ist es geblieben, vergessen für lange Zeit, aber auch bewahrt und erhalten über Epochen der Kriege und Machtkämpfe. 1791 erscheint diese »Heimsuchung« überraschenderweise in der »Etruria Pittrice«, einer der toskanischen Malerei gewidmeten Kupferstichsammlung. Erst Ende des 19. Jahrhunderts wird das Bild wiederentdeckt.

Jacopo Carucci, Pontormo genannt, wurde 1494 in der Ortschaft Pontorme bei Empoli in der Nähe von Florenz geboren. Der Vater war Maler, er starb 1499, die Mutter fünf Jahre darauf; nach dem Tod des Großvaters blieben Jacopo und seine jüngere Schwester bei der Großmutter. Sie brachte den Jungen, als er dreizehn Jahre alt wurde, nach Florenz. Unter städtischer Vormundschaft kam er in verschiedenen Werkstätten unter, um sich einen bescheidenen Lebensunterhalt zu verdienen. Möglicherweise lernte er kurze Zeit in der Werkstatt von Leonardo da Vinci. Die entscheidende Malschule war die von Andrea del Sarto, von dessen Können Wunderbares berichtet wurde. Jacopo führte als Gehilfe für Andrea Nebenarbeiten aus, dann auch selbständig Stücke an Fresken, bei denen er Talent und Schnelligkeit bewies. 1512 erhielt der Achtzehnjährige – zusammen mit den wichtigsten Florentiner Malern – den Auftrag, Triumphwagen für die Familie Medici zu bemalen, die nach zwanzig Jahren Exil nach Florenz zurückkam. Der Mönch Savonarola hatte 1492 mit fanatischen Predigten den »heidnischen Verirrungen« der blühenden Stadt ein Ende bereitet, nach seinem Tod 1498 auf dem Scheiterhaufen war Florenz Republik geblieben – bis zu jenem Jahr 1512, als der Kardinal Giovanni de' Medici im Triumph als Sieger in die Stadt einzog.

Jacopo machte mit eigenen Arbeiten zunehmend auf sich aufmerksam. Als Michelangelo im Jahr darauf durch Florenz kam – der Achtunddreißigjährige war hochberühmt, sein marmorner »David« leuchtete vor dem Palazzo Vecchio –, soll er laut Giorgio Vasari, dem einzigen zeitgenössischen Biographen, gesagt haben: »Dieser junge Mann wird, wenn er am Leben bleibt und wirkt, die Kunst in den Himmel heben.« Wenn er am Leben blieb – denn das Leben war unsicher, gefährdet durch Krieg, Machtkämpfe, Verschwörungen und immer wieder die Pest.

Jacopo hatte die Malschule Andrea del Sartos verlassen und wurde selbst Lehrer des neun Jahre jüngeren Agnolo Bronzino. Die ersten wichtigen Aufträge kamen von den Servitenbrüdern von Santissima Annunziata; Papst Leo X. beauftragte ihn mit einem postumen Porträt von Lorenzo de' Medici, eine Prestigearbeit, die ihn als Porträtisten berühmt machte. Die Florentiner Medici riefen Jacopo für die Ausschmückung ihrer Villa in Poggio a Caiano mit Fresken. Als 1523 die Pest Florenz heimsuchte, konnte Jacopo im friedlichen Galluzzo außerhalb der Stadt für die Karthäusermönche einen großen Passionszyklus schaffen. Reiche Bürger bemühten sich um den Meister, er schuf Bildtafeln und Porträts, malte in Florenz in der Kirche Santa Felicita eine Kapelle für die Familie Capponi und um 1528, wieder auf der Flucht vor Pest und Krieg, im abgelegenen Carmignano jene berühmte und lange vergessene »Heimsuchung« für die Familie Pinadoro.

Als 1527 wieder Krieg und Pest über Florenz hereingebrochen waren, wurden die Medici von einer wütenden Volksmenge vertrieben. 1530 kamen sie unter dem Schutz der Lega und der Habsburger zurück. Doch der neue Medici-Herrscher, Alessandro, wurde von seinem Cousin Lorenzino ermordet, und erst nach 1537 konnte Cosimo, nun als Herzog, die Medici-Macht festigen. Jacopo malte für die wechselnden Herrscher Freskenzyklen für ihre Villen, in Florenz schuf er Bildtafeln und geniale Porträts. Von Cosimo erhielt er 1546 seinen größten Auftrag, die Ausmalung des Chores von San Lorenzo, der Familienkirche der Medici. Zehn Jahre, bis zu seinem Tod mit zweiundsechzig Jahren, arbeitete er an einem »Jüngsten Gericht«.

Wenig ist erhalten aus diesem von Arbeit erfüllten Leben. Die frühen Fresken in Santa Annunziata, jene für die Medici-Villen und einige aus dem Kloster zu Galluzzo, zwei Altarbilder, die Cappella Capponi in Florenz mit der »Überführung«, die »Heimsuchung« in Carmignano, Bildtafeln für eine reiche Florentiner Familie: eine »Josephsgeschichte« und eine »Anbetung der Könige«; wenige außergewöhnliche Porträts. Das große Freskowerk der letzten zehn Lebensjahre für Cosimo de' Medici im Chor von San Lorenzo blieb unvollendet; vom Schüler und Freund Bronzino zu Ende geführt, wurde es jedoch bald überweißt: Das Klima des Tridentiner Konzils (1545–63) erlaubte keine freie, »phantastische« Behandlung eines religiösen Themas. 1738 wurde es endgültig abgeschlagen.

Wenig weiß man auch über ein Leben inmitten chaotischer Zeiten, das aus Malen und Überleben bestand. Nur zwei Äußerungen des Künstlers sind überliefert. 1547 antwortet er auf eine Umfrage der Accademia Fiorentina, ob der Plastik oder der Malerei der Vorrang in den Künsten gebühre. Michelangelo hielt solche intellektuellen Spiele für Zeitverschwendung. Die Antwort des dreiundfünfzigjährigen Pontormo ist erhellend: Während die Arbeit an der Plastik den Künstler stärke, sei der Maler den Mühen der Kunst körperlich nicht gewachsen und sein Geist leide, weil es Kühnheit erfordere, das, was die Natur geschaffen hat, lebendig, ja noch besser, reicher und auf einer Fläche wiederzugeben und mit Farben ihrem Abbild Geist einzuhauchen. Pontormo meinte weder die inzwischen von allen Malern beherrschte Perspektive noch täuschende Lebensechtheit, die den meisten Zeitgenossen als höchste Leistung in der Kunst galt. Er erstrebte vielmehr etwas Wesenhaftes, eine ideelle Substanz: Leben, Bewegung, Atem, Geist. Eine schmerzende Gewißheit, daß er in seiner Kunst etwas Unmögliches versuchte, klingt aus dieser Antwort. Malen war für ihn das Streben nach einem unerreichbaren Ziel, was ihn zögern ließ und zu Korrekturen und Änderungen trieb. Dagegen galt Schnelligkeit als Zeichen höchsten Könnens. Das machte ihn einsam und absonderlich.

Das andere persönliche Zeugnis Pontormos sind Aufzeichnungen aus den letzten drei Lebensjahren. Eine Art Tagebuch, in dem Ernährung, Fastenzeiten, Verdauung,

Krankheit, Wetter, Fortschritte der letzten Fresko-Arbeit in San Lorenzo vermerkt sind. Ein Register des Überlebens, des Am-Leben-Bleibens für ein großes, ehrgeiziges Werk, das als Parallele zu Michelangelos »Jüngstem Gericht« in der Capella Sistina in Rom gelten konnte. Eng beschriebene Seiten, von 1554 bis 1556. Skizzen am Rand über den Stand der Arbeit. »Unordnung im Handeln, in der Kleidung, beim Coitus und übermäßiges Essen bringen dich in ein paar Tagen ins Grab oder machen dich krank«, schreibt er, an sich selbst gerichtet. Eine Regel, um zum Ende eines Werkes zu kommen, das ihn zehn Jahre beansprucht, ihn verbraucht. Er wiegt das Brot. Fastet abends, wenn er mit Bronzino zu Mittag gegessen hat.
»Ostersonntag. Sehr kalt und windig und Regen. Aß mittags bei Bronzino sechs Unzen Brot und abends nichts.« Zu Hause gibt es oft nur ein Ei und Brot. Das Brot, in Unzen gewogen, ungefähr dreißig Gramm, manchmal zwei, manchmal drei oder fünf Unzen. Tag für Tag notiert.
»Donnerstag malte ich die beiden Arme. Aß abends neun Unzen Brot, Fleisch und Käse. Es war kalt.« So geht es drei Jahre. Er wiegt das Brot, registriert Fleisch oder Fisch, manchmal Gemüse. Oft allein, aber auch in Gesellschaft von Bronzino, der ihn liebt. Nichts von ihren Gesprächen, nichts über das Malen von Porträts, worin Bronzino ein Meister wird, nichts über Themen oder Auftraggeber, den wechselnden Reigen von Mächtigen und Entmachteten. Dafür ist kein Raum, keine Kraft mehr. Oft ist er elend, krank, hat Schmerzen, friert. Selten geht es ihm gut – nur dann glückt auch die Arbeit an dem Riesenwerk.
Keine Kommentare, keine Konfessionen, kleine Pläne. Und doch erscheint da ein Mensch. Von seinem Werk besessen, von der Schwäche der Physis geängstigt, allein, dennoch verbunden mit einigen Menschen, vor allem Bronzino und dem Gehilfen Daniele, mit Nachbarn, auch dem Dichter und Gelehrten Benedetto Varchi.
Auf einem seiner schönsten und wichtigsten Werke, der »Überführung Christi« in Santa Felicita, hat er sich selbst abgebildet. Die Altartafel zeigt trauernde Frauen, die den Körper eines toten Jünglings umgeben, zwei junge Wesen tragen den schönen Leib, eine im Schmerz halb hingesunkene Frau im blauen Gewand weist auf ihn. Vom Rand des Bildes schaut ein junger Mann auf die Szene. Sein blondes Haar ist von einer dunklen turbanähnlichen Mütze bedeckt, ein dünner blonder Backenbart umrahmt das beinah kindliche Gesicht. Sein ernster Blick geht auf die Mitte des Bildes, er ist zugleich Teil und Beobachter der Szene, er schaut fragend, die Miene ist leidvoll-still. So sah Pontormo sich.
Wie aber wurde er gesehen? Ein Gedicht seines Schülers und Freunds Bronzino zeichnet in vielen Strophen ein Porträt des Meisters und dessen vorgeblicher Einsamkeit. Es ist eine im Zeitstil gehaltene Lobrede, wortreich, voller Ironie, ehrfurchtsvollem Spott und tiefblickender Bewunderung.

Bronzino wohnte in der Nähe. Sie schätzten einander. Skizzen, die Agnolo für Pontormos größere Aufträge gefertigt hatte, nutzte der Meister nicht selbst, wie es üblich war, sondern ließ sie den Jüngeren als selbständige Arbeit zu Ende führen. Manchmal gab es kleine Geplänkel zwischen ihnen. Dann zog sich Pontormo zurück, hockte in seinem bescheidenen Haus oben in seinem Zimmer, zu dem nur eine einholbare Leiter führte. Bronzino bedichtet dieses Eremitentum in fünfundneunzig Terzinen mit dem Titel »Das Gefängnis«: ein abgeschiedener Ort, gut verschlossen, in rauhen Zeiten Schutz vor Krieg und Mord, vor Ehebruch bietend, doch auch Raum für Stille und Gedankenfreiheit. Denn dahin führten die Verse letztlich: Dieses Gefängnis sei die einzige wirkliche Freiheit, biete Frieden vor lästigen Besuchern, zeige »tausend Wälder und Ozeane, Städte und Villen, / Seen, heiße Quellen, Vulkane, tausend Monster, Chimären und Sibyllen«. Kurzum, ein Reich der Phantasie! Bronzino hatte verstanden: Aus der Enge der Wirklichkeit führte die Gefängniseinsamkeit des Pontormo in das Grenzenlose der Kunst.

Ein zweiter Zeitgenosse, Benedetto Varchi, Notar, Dichter, Dante-Kommentator, Gelehrter und Mitbegründer der Florentiner Accademia, würdigte seinen Freund in einem Sonett. Pontormo erhielt es am 26. März 1555, wie er in seinem Diät- und Arbeitsbuch verzeichnete. Varchis Urteil galt etwas. Er stellt seine blasse Tinte neben die leuchtenden Farben des Malerfreundes: »großer Pontormo, den antiken Zeiten gleich (...) / schenkt Ihr den Farben neuen Glanz / und ragt hervor für alle sichtbar«. Varchi sah die Einzigartigkeit des Malers und schloß: »Glücklicher, der Ihr auf geheimem Weg / noch unberührt von andren Schritten / allein zu nie gesehenem Ruhme geht / wo jene Frau, die alle faßt / Euch doch nicht fassen kann.«

Metaphorisch, im Sonett-Konstrukt, doch klar und bewundernd: Pontormos Kunst war Suche, einsam, auch unverstanden. Aber sie würde überdauern. »Ruhm« hieß das in der Sprache des 16. Jahrhunderts, und es bedeutete: Dieses Werk hat Bestand. Über den Tod hinaus. Die gefürchtete Verfolgerin, »jene Frau, die alle faßt« (la morte, der Tod), sollte seine Kunst nicht auslöschen.

Jacopo Pontormo starb in der Nacht vom 31. Dezember 1556 zum ersten Januar 1557. Er wurde unter einem von ihm gemalten Fresko im Kreuzgang der Kirche der Servitenbrüder begraben. Seine Beisetzung fand unter großer Teilnahme statt, ungewöhnlich und beeindruckend sogar für den Berichtenden, Giorgio Vasari, der ihn als Einsiedler, Eigenbrötler, Wirrkopf beschrieben hatte. »Alle Maler, Bildhauer und Architekten gaben ihm ein ehrenvolles Geleit.«

Das ist die dritte Stimme. Nicht der dichtende Maler Bronzino, auch nicht der Sonettkünstler Varchi haben das Bild bestimmt, das der Nachwelt von Pontormo überliefert ist. Es ist Vasari, dem die Geschichte der Kunst ausführliche

Nachrichten von Leben und Werk des Malers verdankt – gefärbt von einer Meinung.

Vasari, 1511 in Arezzo geboren, also eine Generation jünger als Pontormo, wuchs privilegiert im Umkreis der Familie Medici auf, überstand die Florentiner Krisenzeiten auf Reisen oder in seiner Heimatstadt, wurde schließlich unter Herzog Cosimo anerkannter Hofkünstler. Er war Maler, Architekt, vor allem Erbauer der Uffizien. Bekannt wurde er schon zu Lebzeiten durch seine »Lebensbeschreibungen der berühmtesten Maler, Bildhauer und Architekten«, die vom 13. Jahrhundert bis in seine Gegenwart, zum Gipfelpunkt des »göttlichen« Michelangelo, führen. Die erste Ausgabe des Werkes wurde 1550 gedruckt. In der zweiten Ausgabe von 1567 war auch die Biographie des zehn Jahre zuvor gestorbenen Pontormo enthalten.

Diese endet mit der rühmenden Beschreibung des Begräbnisses. Sie enthält auch Lob für einzelne Werke. Dabei hat Vasari, obwohl die Arbeiten Pontormos in und um Florenz erreichbar waren, manches nicht zur Kenntnis genommen, wie zum Beispiel die »Heimsuchung« in Carmignano. Als anerkannte Autorität hat er seine Meinung deutlich in die Beschreibungen einfließen lassen, Ansichten eines hochangesehenen Künstlers und weitgereisten Kenners.

Auch die anfangs zitierte Meinung von Michelangelo über den jungen Malerlehrling hat Vasari überliefert. »Dieser junge Mann wird, wenn er am Leben bleibt und wirkt, die Kunst in den Himmel heben.« Und Vasari berichtet von schönen, überraschenden Werken des jungen Malers. Aber allmählich wandelt sich das Urteil. In Vasaris Beschreibungen erscheinen Worte wie »bizarr«, »grüblerisch«, »unzufrieden«, »unruhig«. Sogar »verdreht«, »verrückt«. Ließ Pontormo sich doch von den Nordländern, von Dürer beeinflussen! Dessen Drucke übten einen schädlichen Einfluß auf Pontormo und andere aus – diese Deutschen kamen doch nach Italien, um zu lernen! Und warum, fragte Vasari, diese ruhelose Suche nach Neuem? Dies ewige Korrigieren? Dazu paßte für Vasari der Lebensstil des Malers: Dieser Seltsame war arm und blieb es lange, bekam für ein herrliches Fresko nur sechzehn Scudi. Für ein allseits gelobtes Porträt des Herzogs Alessandro de' Medici habe er – nach seiner Honorarforderung gefragt – so viel verlangt, wie er brauche, »um einen Mantel auszulösen, den er verpfändet habe«. Ängstlich oder überspannt fand das Vasari. Der hatte andere Vorstellungen von Forderungen, die man an Mäzene, Päpste, Kirchenfürsten, Medici-Abkömmlinge, Florentiner Herren richtete. Um das Bild des Sonderlings zu vervollständigen, berichtet Vasari, selbst Besitzer eines reichgeschmückten Palazzo in Florenz, daß der Maler, als er endlich zu etwas Geld gekommen war, sich keine »vernünftige Wohnung« einrichtete, wie man es von einem Erfolgskünstler erwartet hätte, sondern den Bau »eines Phantasten«. Unbegreiflich und phantastisch war es doch, daß der Maler in seinem bescheidenen Haus nur mittels einer Leiter zu dem Zimmer im oberen Stock gelangen konnte, in dem er schlief und arbeitete; daß er diese Leiter, sobald er oben war, hinaufzog, »so daß niemand gegen seinen Willen und ohne sein Wissen zu ihm konnte«. Ist auch der siebzehn Jahre jüngere, neugierige Vasari einmal abgewiesen worden? Für Vasari war es ein deutliches Zeichen der Absonderlichkeit. Dabei war es nicht ungewöhnlich, einen Teil des Hauses in kriegerischen Zeiten für Überfälle unzugänglich zu machen. Doch hier paßte es ins Bild des Ängstlichen, des Melancholikers. Auch daß der Maler in Klöstern außerhalb von Florenz Zuflucht vor Krieg und Pest fand, bewies für Vasari nur seinen furchtsamen Charakter. Einem weit herumgekommenen und erfahrenen Hofkünstler erschien das unwürdig. Ganz unbegreiflich aber war ihm die fehlende Bereitschaft des Malers, jeden Auftraggeber zu befriedigen, unverständlich, da er doch so schnell und meisterhaft male und so viele Wohlhabende sich wünschten, von diesem Genialen porträtiert zu werden. Statt dessen malte der Meister für den Maurer, der ihm einen Ziegelfußboden legte, drei Bilder – Giorgio Vasari verhehlt nicht seine abschätzige Verwunderung.

So verschiebt sich das Bild, vom Begabten zum Absonderlichen. Wenn Pontormo »wie Michelangelo« malt und es offenbar kann, ist Vasari begeistert und lobt. Wenn Pontormo anderes versucht, anderes will, sieht Vasari »Manier«. Die Stimme des Biographen wird zunehmend strenger, je weiter die Lebensbeschreibung voranschreitet. Mißbilligend spricht er von Pontormos Manie, nicht zeigen zu wollen, woran er arbeitete. Er versteckte sich hinter Gerüsten und Tüchern, solange ein Werk nicht fertig war, zum Ärger hochgestellter Auftraggeber. Das war für Vasari Respektlosigkeit, auch dies eine der vielen Verrücktheiten.

Aber eigentlich war es das letzte Werk Pontormos, das den Kunstrichter irritierte, ja empörte, als es nach elf Jahren strenger Geheimhaltung enthüllt wurde. Es war das große Fresko im Chor der Hauptkirche San Lorenzo, ein Auftrag des Herzogs Cosimo de' Medici, um den sich auch andere Maler beworben hatten und dessen sich der Bevorzugte und, laut Vasari, »schon Bejahrte« (der noch nicht sechzig war) gerühmt haben soll. Was war da zu sehen von der Weltschöpfung und dem Jüngsten Gericht? fragte Vasari und vermied eine gefährliche theologische Argumentation über Ordnung und Ränge der biblischen Motive, mit denen der Maler anscheinend willkürlich verfuhr: Die Gegenreformation warf erste Schatten. Vasari betonte sein »rein handwerkliches« Urteil: Wirrnis und Durcheinander! Und so viele Leichen! Falsche Proportionen! Keine Regel! Keine Perspektive! Was im Betrachter wenig Vergnügen und viel Traurigkeit erzeuge (die ewige Optimismus-Forderung). Er, der selbst Maler sei, wolle nicht urteilen. Daß Vasari betonte, selbst Maler zu sein, zeugt von glücklichem Selbstbewußtsein: Die erschreckende Flachheit der eigenen Malerei, die leere

Michelangelo-Nachahmung – sah er sie nicht? Seine Lebensbeschreibungen waren ein grandioses Werk. Nun aber, bei einem Zeitgenossen, der in seinen Augen vom Wege abgekommen war, wurde aus dem Bericht ein Gericht. Das Urteil wurde zur Verurteilung. Beim Betrachten der letzten, verwirrenden Werke von Pontormo habe er gefürchtet, selbst »verrückt und irre« zu werden. Das klang denunziatorisch. Pontormo ein Wirrkopf und Verwirrer.

Vasari war zwar eine Generation jünger, aber künstlerisch eine Generation älter als Pontormo. Sein Maßstab war Michelangelo. Andere Wege waren Irrwege, es konnte nichts Neues mehr geben. Die Nachfahren konnten nur noch »Manieristen« werden. Vasaris Meinung galt und wirkte über Jahrhunderte. Kennzeichnend ist schon eine Anmerkung in der römischen Ausgabe, die kurz nach der florentinischen von 1567 erschien. Erwähnt wurde ein »Gerücht« über Pontormo, das großartig paßte. Der Maler habe, der realistischen Darstellung der Sintflut halber, Leichen in Wasser aufbewahrt, damit sie aufquollen. Das war es, eine skandalöse, abartige Kunst. Zum Glück, fuhr der Kommentator der Ausgabe fort, sei das Fresko inzwischen »unter allgemeinem Beifall« überweißt worden.

Der Manierist. Der Einsiedler. Der Melancholiker. Der Selbstzweifler. Ein Holzschnitt auf der Titelseite der Pontormo-Lebensbeschreibung Vasaris zeigt wie zum Beweis einen alten, zerquält blickenden Mann. Diese seltsame, rätselhafte Erscheinung »Pontormo«, von Vasari vorgeführt, erwies sich, als die Blicke in neuerer Zeit wieder auf die wenigen erhaltenen Werke fielen, als interessant und ergiebig. Für Historiker und Kunsthistoriker, für Neurologen, Psychologen und Psychiater, für Spezialisten eines Manierismus.

Pontormos Arbeiten sind vor allem in Florenz und der umgebenden Toskana erhalten. Das von Vasari geschmähte Werk »Überführung« gilt heute, zusammen mit der »Heimsuchung« in Carmignano, als eines der Meisterwerke des Cinquecento. Ausländische Museen kennen ihn kaum: Der Louvre besitzt zwei Bilder, die National Gallery London den Josephszyklus, das Niedersächsische Landesmuseum einen »Heiligen Hieronymus«. Als Kuriosität zu erwähnen ist eine kleine Tonplastik, »Heilige Familie«, im Bode-Museum, wahrscheinlich eine Skizzierhilfe, eine Art Modell-Ersatz für das Malen von Figurenkompositionen. Waren dies die »Leichen«, die lüsterne Beobachter gesehen haben wollten?

UMSCHAU

LIESELOTTE KITTENBERGER: DER FAUSTKÄMPFER

Jetzt reisen sie wieder, die deutschen Schüler. Im römischen Palazzo Massimo strömt eine Schar Sechzehnjähriger hinter ihrer Lehrerin an den ersten Mosaiken vorbei. Etwas später treffen sie im Saal der hellenistischen Bronzefiguren ein. Das Gewusel um den heroisch in Szene gesetzten Prinzen drängt sich auf dem Umweg akustischer Signale ins Bewußtsein der unbeteiligten Besucherin, denn empfindliche Sensoren melden jede Annäherung mit lautstarkem Gefiepe: ein Schutz vor Berührung, womöglich Beschädigung, während an Diebstahl, zumindest tagsüber, bei dem vierhundert Kilo schweren Jüngling nicht zu denken ist.

Ein paar Schritte weiter, in der zweiten Saalhälfte, bleibt es still. Noch halten die Jugendlichen Abstand zum sitzenden Faustkämpfer, der das Gesicht von ihnen abwendet. In seiner Nähe machen sich allerdings drei Personen zu schaffen. Müßten nicht auch hier die Sensoren anschlagen? Auf dem Museumspodest steht ein aufgeklappter Laptop, ein Techniker tastet mit zuckendem Laserstrahl die gekreuzten Hände des ruhenden Boxers ab, von allen Seiten, aus verschiedenen Winkeln. Und auf dem Bildschirm setzt sich allmählich ein vielfarbiges Modell dieser Hände zusammen, Hände, die mit einem Schlagriemen umwickelt sind. So seelenruhig, wie der Angriff auf die Aura des Hellenen ausgeführt wird, muß er von höherer Stelle genehmigt, wenn nicht in Auftrag gegeben worden sein. In einer Pause des Laserblitzgewitters antwortet der offensichtlich Befugte, daß ein digitales Modell erstellt wird, um die Figur zu reproduzieren.

Kopien der Skulptur gibt es bereits: Seit 1936 sitzt ein bronzener Faustkämpfer am Olympiastadion in Berlin, ein anderer vor dem Schloß im polnischen Milicz. Studienzwecken dient ein bronzierter Abguß in der Münchner Antikensammlung, ein unbemalter, weißer in der Abgußsammlung der Freien Universität Berlin und ebenso in der Gipsothek der römischen Universität La Sapienza. Für das jüngste Projekt im Frankfurter Liebighaus wurde die Gußform bereits mittels Laserscan und 3D-Drucker hergestellt. Für welche Institution scannt man den Faustkämpfer jetzt?

Oder lebt die Nachfrage nach antiken Dekorstücken wieder auf, der im Verlauf des 18. und 19. Jahrhunderts die hochspezialisierte Zunft der römischen Kunstformer kaum nachkommen konnte? Goethe berichtet in seiner »Italienreise« von der Freude, »zu einem Gipsgießer hineinzutreten, wo man die herrlichen Glieder der Statuen einzeln aus der Form hervorgehen sieht und dadurch ganz neue Ansichten der Gestalten gewinnt«. Aber es bleibt nicht bei Anschauung und Erkenntnisgewinn, Goethe gesteht, er habe sich »nicht enthalten können, den kolossalen Kopf eines Jupiters anzuschaffen«, den er dem Bett gegenüber aufstellt, damit er beim Aufwachen seine »Morgenandacht an ihn richten« könne, was die Katze der Hauswirtin auf ihre Art auch tut und bei aller »Großheit und Würde« des antiken Gottes »den heiligen Bart mit der größten Zierlichkeit beleckt«. Kein Grund zur Aufregung. Beklagenswert erscheint etwas anderes: nämlich die fehlende Ausdruckskraft des Materials. Im Abguß bleibe nichts übrig vom Zauber ewiger Jugend eines Apoll von Belvedere, ebensowenig »das ängstliche Starren des Todes« einer Medusa Rondanini, Gips wirke immer »kreidenhaft und tot«.

Die Gipsabformungen des Faustkämpfers, nur in zwei Fällen kreidenhaft, im dritten gleichmäßig mit Bronzefarbe überzogen, bestätigen den Vorwurf mangelnder Tiefe. Dem Original des ruhenden Athleten im Palazzo Massimo dagegen verleiht sein bronzemetallener Nuancenreichtum im Scheinwerferlicht mehr Lebensnähe, als es Marmor vermag, und die rotgrün marmorierte Patina den Reiz kristallisierter Zeit. Beides übt seine Wirkung auf die Betrachter aus. Die nunmehr versammelten Schüler sollen überlegen, ob die Darstellung des antiken Boxers ihn vor oder nach dem Kampf zeigt, eine in der Forschung kontrovers diskutierte Frage. Da sitzt er auf einem Felsstumpf, mit durchtrainiertem Körper, die bandagierten Unterarme auf die geöffneten Schenkel gestützt, die Muskeln trotz ruhender Haltung gespannt. Dazu hat er den Kopf in abrupter Bewegung nach rechts oben gedreht: Lauscht er der Entscheidung über Sieg und Niederlage, erwartet er die Ankündigung eines Kampfes? Allein aus der Haltung läßt die Frage sich nicht beantworten.

Weicht man der Schülergruppe nach links aus, kann man dem Lauschenden ins Gesicht blicken, das im Gegensatz zum unversehrten Körper von unzähligen Verletzungen gezeichnet ist: Indiz für den Realismus der Darstellung, da es im antiken Faustkampf darum ging, Treffer gegen den Kopf des Gegners zu landen und ihn kampfunfähig zu schlagen. Zu sehen sind alte Narben und frische Platzwunden auf Wangen, Schläfen und Stirn, auch auf den Lippen, eine deformierte Nase, ein verquollenes rechtes Auge, berufstypische Blumenkohl-Ohren, eine über fehlenden Zähnen einfallende Oberlippe. Es scheint, als atme der Mann durch den Mund, da die schweißgetränkten Büschelchen des Lippenbarts sich nach oben biegen. Und möglicherweise dreht der schwer Getroffene den Kopf nur deshalb so stark, weil er einen Hörschaden auszugleichen und der Miene des Ringrichters das Urteil abzulesen sucht. Alles spricht dafür, daß dieser Athlet eben einen harten Kampf ausgefochten hat. War ihm ein gleichwertiger Gegner zugelost worden, mochte sich die Entscheidung über Stunden hingezogen haben, da die Begegnung in der Regel erst mit dem K.o. oder dem Aufgeben des Gegners endete. Bei Gleichstand sprachen die Ringrichter Gott den Sieg zu, nur in Agonen von geringerer Bedeutung wurden beide Kontrahenten zu Siegern erklärt, und ihre Statuen teilten sich einen Sockel. Ob unser Hellene als Verlierer hervorgeht oder als Sieger sich für die nächste Runde qualifiziert, ist nicht zu erkennen.

Sicher ist eines: Der Schöpfer der Statue hatte keinerlei Absicht, die Brutalität des Faustkampfs zu verleugnen, so eingehend wie er veristische Details des entstellten Gesichts gestaltet hat. Mehr noch: Er hat sie hervorgehoben durch faszinierende Farbeffekte der metallenen Oberfläche, die erst durch die profunde Restaurierung der achtziger Jahre zutage traten. Rot schimmern Rinnsale unter den Cuts, dazu am rechten Unterarm und Oberschenkel Blutstropfen, die im Moment der Kopfdrehung von den Wunden abgefallen sind. Die dramatische Lage des Faustkämpfers ist auf den Augenblick der erwarteten Entscheidung zugespitzt, beläßt uns Zuschauer in der Ambivalenz zwischen Sieg und Niederlage.

Dieses Gesicht berührt zutiefst und fordert doch kein Mitleid heraus. Trotz Ermüdung zeigt sich der Athlet wachsam, zur nächsten Herausforderung bereit. Distanz schafft auch die eigentümlich idealisierte Erscheinung der übrigen Gestalt, angefangen von den geordneten Locken des Haupt- und Barthaars. Dem Betrachter bietet sich kein wehrloses Opfer unbändiger Gewalt, ebensowenig ein ungetrübtes Bild des strahlenden Helden. Dieser Faustkämpfer bedient nicht die Gier nach Spannung und Gefahr, die Zuschauer in die Palästra trieb und Leser kruder Schilderungen des Spektakels etwa bei Homer, und später auch bei Vergil, fesseln mochte; in seiner Ruhepause verkörpert der Kämpfer trotz blutender Wunden Kampfesmut, Ausdauer, Kraft, gleich den antiken Heroen.

Wer 2015 diese Figur anläßlich der Ausstellung »Power and Pathos« gesehen hat, weiß von der stilistischen Nähe zur spätklassischen Herakles-Ikonographie: Dem ruhenden Herakles Farnese gleichen der muskulöse Körper eines reifen Mannes, die sorgfältig gelockte Haartracht, nicht zu vergessen die verknorpelten Ohren; dem Herakles Epitrapezios die sitzende Position und das seitlich nach oben gewandte Gesicht. In der Antike vielfach kopiert, stammen die Originale von Lysipp, dem Meister des Kairos, der den »fruchtbaren Augenblick« nicht im Sieg, sondern in den Ruhemomenten zwischen den ermattenden Arbeiten zu fassen suchte, was auch auf den Faustkämpfer zutrifft. Dessen Gesicht geht allerdings über Lysipps spätklassisches Bildprogramm hinaus. Plinius nennt Lysistratos, den Bruder Lysipps, als ersten, der für die realistische Wirkung von Porträts sich an Gipsabdrükken realer Physiognomien orientierte. Die Spannung zwischen Realität und Idealität, zwischen Pathos und stiller Würde, verweist jedenfalls auf eine Epoche, in der mit den Gewißheiten die Harmonie des Menschenbilds abhanden kam und die Selbstbehauptung des Menschen in den Fokus gerückt wurde. Darin ist er uns nah, der Kämpfer aus der Antike, näher als ein in Selbstgewißheit strahlender Sieger.

Daß er erhalten geblieben ist, grenzt an ein Wunder. Denn was die römische Kaiserzeit an griechischen Kunstwerken überliefert hat, und seien es deren Kopien, ist zumeist dem Idealschönen verpflichtet, was in der Darstellung der Athleten die Tilgung von Spuren der Anstrengung, womöglich Schmerzen, verlangt. Und doch muß unser schwer gezeichneter »Herkules« große Verehrung erfahren haben. Über lange Zeit müssen abergläubische Menschen seine Füße berührt haben, in der Hoffnung, die vermeintlichen Heilkräfte des Athleten auf sich zu übertragen. Das sagen zumindest Forscher, die Abnutzungserscheinungen an der Bronze feststellen konnten. Vielleicht war er an einem heiligen oder öffentlichen Ort Griechenlands aufgestellt, etwa an seinem Geburtsort, wo man seiner gedachte? In den Palästren dienten Statuen von Athleten als Vorbild für die *jeunesse dorée* der Antike, die dort im Ring- und Faustkampf ausgebildet wurde. Aber die Statuen siegreicher Athleten, die einen Ehrenplatz im Stadtheiligtum erhielten und für immer von der individuellen Leistung wie auch vom Stolz der Polis kündeten, beförderten ganz wesentlich die Ausbildung einer kollektiven Identität, auch mittels Verflechtung der Herkunftsgeschichte mit mythischen Erzählungen, und bescherten dem Athleten kultische Verehrung. Theogenes etwa, Athlet des 5. vorchristlichen Jahrhunderts, der mehr als tausend Siege errungen haben soll, wurde in seiner Stadt Thasos so sehr verehrt, daß man ihm nach seinem Tod einen Altar stiftete und wie einem Gott Opfer darbrachte. Ihm wurden vor allem Heilkräfte zugeschrieben. Erzählt wurde, er sei von Herakles gezeugt worden, der Theogenes' Mutter in Gestalt ihres Gatten Timoxenus besucht habe. Schon in der Kindheit soll er seine Stärke unter Beweis gestellt haben. Interessant ist ein von Pausanias kolportierter Vorfall aus dem Jahr 480, als Theogenes in Olympia den Sieg im Faustkampf gegen Euthymos davontrug, aber daraus so geschwächt hervorging, daß er vom anschließenden Pankration zurücktrat und wegen »unsportlichen Verhaltens« bestraft wurde. Trotz verschiedener Wechselfälle breitete sich der Kult des Theogenes in ganz Griechenland, ja sogar in den barbarischen Ländern aus – ähnlich wie der den Schutzgöttern der Athleten Hermes, Herakles und Theseus geweihte.

Aber war es die kultische Bedeutung oder ästhetische Wertschätzung, die Jahrhunderte später, auf römischem Boden, zur Rettung der hellenistischen Athletenstatue führte? Als im März 1885 bei Aushubarbeiten für das jetzt schon nicht mehr bestehende Teatro Drammatico Nazionale der Faustkämpfer langsam aus dem Boden auftauchte, nach den Worten des Archäologen Rodolfo Lanciani, »als erwache er aus langem Schlaf, nachdem er sich wacker geschlagen hatte«, wurde das Fundstück zur Dokumentation photographiert. Vor dem riesigen Dunkel der Baugrube sitzt der alte Kämpfer verloren und wie aus der Zeit gefallen. Wie die Museumsbesucher nachlesen können, hatte man ihn in den Raum zwischen einer eigens errichteten Wand und der Grundmauer eines antiken Gebäudes gesetzt, sechs Meter unter der Oberfläche, und sorgsam mit gesiebtem Sand bedeckt, um ihn der Nachwelt zu erhalten. Ein Rätsel bleibt, ob er im 4. Jahrhundert aus den nahen Konstantins-Thermen gebracht wurde oder, wie Elon D. Heymans vorschlägt, nicht später als 200 n. Chr. aus dem Tempel für Semo Sancus, der sich genau dort erhob und an dessen Stelle heute die Kirche San Silvestro al Quirinale steht. Sancus war übrigens eine der ältesten römischen Gottheiten, die kurioserweise auch mit Herkules gleichgesetzt wurde. Der uneingeweihten Besucherin schließt sich ein Kreis: Wurde ein Athlet nach dem Modell des Herakles abgebildet, um schließlich als Bild des Herkules verehrt zu werden?

JENS-FIETJE DWARS: IM ZEICHEN VON KAISERSASCHERN

Eine Ausstellung in der halb geretteten Nietzsche-Kirche von Pobles

I

»Die Trauung, wo mein guter Ludwig im Ornat, ich in weißer Seide erschien, war eine äußerst feierliche und bewegte Stunde. Den Act [vollzog] mein guter Vater [in der] von der Gemeinde prächtig geschmückten Kirche [...], woran sich ein recht heiteres herrliches Familienfest anschloß ...«

So erinnert sich Franziska Nietzsche nach fünfzig Jahren an ihre Hochzeit, hier, in dieser Kirche von Pobles. Es war der 10. Oktober 1843, der dreißigste Geburtstag ihres Gatten Karl Ludwig Nietzsche, einst Prinzessinnenerzieher am Hof von Altenburg, der das Pfarramt über Röcken und Michlitz direkt vom preußischen König Friedrich Wilhelm IV. erhalten und sich beim Antrittsbesuch bei seinem Pfarrkollegen David Ernst Oehler sogleich in dessen jüngste Tochter verliebt hatte. Die war noch keine achtzehn und gebar ein Jahr später, am Geburtstag des Königs, einen Jungen, dem der stolze Vater den Namen seines »königlichen Wohltäters« gab: Friedrich Wilhelm.

»Was, meinest du, will aus dem Kindlein werden?« rief der Pfarrer von Röcken in seiner Taufrede mit Lucas 1, Vers 66. Und vor hundert Jahren hätte man vielleicht mit jenem Friedrich Wilhelm Nietzsche selbst geantwortet, der an der Schwelle zu seiner Umnachtung bekannte: »Ich kenne mein Los. Es wird sich einmal an meinen Namen die Erinnerung an etwas Ungeheures anknüpfen – an eine Krisis, wie es keine auf Erden gab, an die tiefste Gewissens-Kollision, an eine Entscheidung, heraufbeschworen *gegen* alles, was bis dahin geglaubt, gefordert, geheiligt worden war. Ich bin kein Mensch, ich bin Dynamit. – (...) meine Wahrheit ist *furchtbar:* denn man hieß bisher die *Lüge* Wahrheit. – *Umwertung aller Werte:* das ist meine Formel für einen Akt höchster Selbstbesinnung der Menschheit, der in mir Fleisch und Genie geworden ist.«

Heute ist uns solch Pathos fremd. Obwohl wir, fürchte ich, gerade wieder in moralinsaure Zeiten hineingleiten, in denen Bekenntnisse mehr zählen als Erkenntnisse. Und haben sich nicht Nietzsches Prophezeiungen auf erschreckende Weise erfüllt?

Das Buch, in dem die eingangs zitierte Erinnerung Franziska Nietzsches erstmals gedruckt wurde, erschien 1994. Neben dem Text stand ein Bild vom Innern der Pobleser Kirche, die längst kein Gotteshaus mehr war. 1326 erstmals erwähnt und dem Heiligen St. Gangolf geweiht, hatte sie noch immer das Dorf überragt, doch Gottesdienste fanden hier seit Mitte der achtziger Jahre nicht mehr statt. Auf dem Foto vom Anfang der Neunziger sind die Fensterrahmen leer, die Dielen aufgebrochen, der Altar zerborsten, nur die stuckverzierte Decke ist noch zu sehen, die wenig später vom einstürzenden Dach unter sich begraben wird.

Im Frühjahr 2000 fand ich eine Ruine vor, Schutt und Steine, zwischen denen Sträucher und winzige Bäume zu wuchern begannen. Ein Wundmal, in dem sich Nietzsches Diagnose verkörperte: »Was sind denn diese Kirchen noch, wenn sie nicht die Grüfte und Grabmäler Gottes sind?« Nur die Balustrade der einstigen Empore war übriggeblieben, ragte, von einer morschen Säule gestützt, in den leeren Raum. Ich entnahm ihr ein Segment, barg es für meine Ausstellung zum jungen Nietzsche in Naumburg und fügte es später in die Gedenkstätte ein, die seit 2003 an die Lebensstationen des Dichterphilosophen in Röcken erinnert. Dort wurde er 1844 geboren, verlor mit fünf seinen Vater, ein halbes Jahr darauf den Bruder und mit dem Umzug in die Stadt auch die Heimat.

Hier in Pobles fand Nietzsche den ersehnten Lebenshalt. Mit vierzehn schrieb er zum Geburtstag seines Großvaters David Ernst Oehler eine Hymne auf das Dorf:

> »O Ort der du stets mir / Der Heimat Schimmer
> Die ich verloren / Von Neuem gegeben
> Du bist mir erkoren / Die Spuren der Kindheit
> (…) / Gar treu zu bewahren.«

Oehler war der wichtigste Vertraute seiner Kindheit, der als erster das Genie des Jungen erkannte (»Das ist das ungewöhnlichste und begabteste Kind, das mir in meinem ganzen Leben vorgekommen ist …«) und seine Begabung zu fördern begann, indem er ihn in die Welt der Literatur einführte, in Goethes Naturgedichte ebenso wie in die rebellische Prosa eines Gottfried Seume, der aus dem benachbarten Poserna stammte.

Und trotzdem verfiel die Pobleser Kirche von Jahr zu Jahr, trotz aller Mahnrufe in Zeitungen und Zeitschriften, trotz meines Buches »Wo liegt Kaisersaschern« über Nietzsches Herkunft, trotz aller Bemühungen eines hiesigen Professors, das Gebäude zu retten.

II

Da brachen 2016 zwei Maler aus Halle auf, der Welt ihre Bilder zu zeigen: Moritz Götze und Rüdiger Giebler. »Made in Kaisersaschern« hieß ihre Grand Tour, die sie über alle fünf Kontinente führte, von Ahrenshoop über Brüssel, London und New York bis ins indische Bangalore, nach Australien und Neuseeland. Angeregt vom Konzeptkünstler Bazon Brock wurde »Kaisersaschern« ihr Logo, ihr Warenzeichen. Ein Ortsname, den Thomas Mann in seinem Nietzsche-Roman »Doktor Faustus« vor 75 Jahren erfunden hat. Die Bildermacher nahmen ihn als Synonym für die Kultur Mitteldeutschlands, für die ostdeutsche Provinz, die doch voller Geschichte steckt: ein Land der Burgen und Dome, des Aufruhrs im Zeichen von

Luther und Müntzer, der Schlachtfelder des Dreißigjährigen Krieges und glanzvoller Barock-Residenzen, Wiege der deutschen Chemieindustrie und Zeuge blutig niedergeschlagener Aufstände von Bauern und Proleten. Von der Lust und Last dieser Geschichte erzählen die Bilder der beiden Maler in kleinen Geschichten.

So beglückt, bereichert durch mannigfache Begegnungen auf ihrer Tour, wollten sie diesem »Kaisersaschern« etwas zurückgeben und beschlossen daher, die Bilderreise im Herzen Mitteldeutschlands enden zu lassen. Nicht in den Zentren Magdeburg oder Halle, nein, in dem unscheinbaren Dorfflekken Pobles, im arg gebeutelten Landkreis Weißenfels. Hier gründeten sie im Herbst 2020 mit Freunden und Gleichgesinnten den »Kaisersaschern-Verein zur Förderung von Kunst und Kultur Mitteldeutschlands«, der sich die Rettung der Pobleser Nietzsche-Kirche, ihren Umbau in eine Ausstellungshalle zum Ziel gesetzt hat. Und siehe: Es geschehen noch Zeichen und Wunder.

Dabei bot die Ruine vor zwei Jahren einen trostlosen Anblick: Wie im Dschungel lag sie in wild wucherndem Grün verborgen. Die zarten Schößlinge der Jahrtausendwende waren zu Bäumen von zehn Metern Höhe emporgewachsen. Mit Motorsägen begannen die Vereinsmitglieder den Wald zu roden. Statiker prüften die Tragfähigkeit der achthundertjährigen Wände und des bröckelnden Turmes. Trotz aller Schäden gab das Gutachten Hoffnung für den Erhalt des Gemäuers. Spendengelder wurden gesammelt, Fördermittel beantragt und genehmigt, morsches Gebälk ersetzt und die Mauern befestigt.

So ermöglichte die Tatkraft und Umsicht vieler, was so lange unvorstellbar erschien: Die Bausubstanz ist gesichert, und auch wenn noch ein neues Dach fehlt, so werden doch ab heute die Bilder von Götze und Giebler im Zeichen von Kaisersaschern zu sehen sein.

Aber halt: Ist das nicht eine doppelte Anmaßung? Was hat Pobles mit Kaisersaschern zu tun, und was verbindet die Maler mit Nietzsche? Sind sie Erbschleicher oder clevere Marketingstrategen, die den Philosophen vor ihren Karren spannen?

III

Abgesehen davon, daß sie mit der Rettung der Kirche seines Großvaters Nietzsches Erbe in Mitteldeutschland bewahren, erweisen sich die beiden auf ihrem ureigensten Arbeitsfeld mit dem Denker verwandt: in ihrer Malerei.

Moritz Götze, 1964 in Halle geboren, wird seit den frühen neunziger Jahren für seine farbenfrohen Bilder gefeiert. Endlich Pop, endlich Leichtigkeit in der deutschen Malerei, riefen die Kritiker und feierten das Wunderkind, das frei von akademischem Ballast eine bunte Bilderwelt für jedermann schuf.

Doch was die meisten Lobredner Götzes bis heute übersehen: Seine Figuren waren von Anfang an starr, in sich verloren, Gefangene ihrer Individuation, wie Nietzsche sie im Apollinischen verkörpert sah – dem Prinzip der Vereinzelung, das einen Moment aus dem Lebensstrom herausreißt, ihn Gestalt werden läßt und damit zugleich zum Tode verurteilt. Denn das Gewordene ist das Vergehende, beständig nur das sich ewig Wandelnde. Die schwarze Umrißzeichnung seiner Figuren erweist sich bei genauerer Betrachtung als Trauerrand atomisierter Gestalten, die gleichsam in kosmischer Leere durchs All schweben, beziehungslos, auch wenn sie neben- und beieinander liegen. Die schrille Bilderwelt des Moritz Götze ist zutiefst melancholisch, obwohl ihr Schöpfer das Leben bejaht. Aber das gerade verbindet ihn ja mit Nietzsche, der den aufkommenden Nihilismus, die heimlich-unheimliche Umwertung der Werte bejahen und über sich hinaus treiben wollte. Götze hält uns einen

Spiegel vor, er schockgefriert die schöne neue Welt, den bunten Kosmos der wohlfeilen Dinge, in dem wir selber uns zu Dingen machen, ohne darüber zu klagen.

Rüdiger Giebler, 1958 in Halle geboren und Absolvent der Kunsthochschule Burg Giebichenstein, scheint gerade das Gegenteil zu sein: anarchisch, wild, ungreifbar. 2003 hat er mit Jo Schaller und mir die Nietzsche-Gedenkstätte in Röcken gestaltet. Seine Aufgabe war es, unsere allzu perfekt geplante Abfolge der Ausstellungstafeln aufzubrechen, für den Funken Chaos zu sorgen, der eine Ordnung erst lebendig macht. Ungezügelte Vitalität zeichnet seine Bildwelt bis heute aus: Ob in großformatigen Ölbildern oder auf kleinen Zeichnungen und Gouachen – immer begegnet uns ein Gewirr nervöser Linien, ein zuckendes Muskelgewebe, oft aus kontrastierenden Farben verwoben, pulsierend, vibrierend, als seien sie auf dem Sprung in etwas anderes. Augenblicksaufnahmen einer inneren Verwandlung, unvollendet aus Prinzip, primitiv im Sinne von usprünglich. Keine Illustration fertiger Ideen, vielmehr unbewußten Impulsen gehorchend, auch jäh mitten in der Arbeit umbrechend, wenn Malschichten einander wie im Traum überlagern, Figuren unvermittelt aufhuschen. Wie auf Zeichnungen von Kindern oder »Verrückten«, die in ihrer eigenen Welt leben und noch nicht die Kunst beherrschen, durch fertige Muster zu blenden, mehr zu scheinen, als sie sind.

So können wir die expressive Bilderwelt Gieblers mit Nietzsche »dionysisch« nennen oder mit Rimbaud »Entregelung der Sinne«, um die Rhythmen des Lebens spürbar zu machen. Und so ergänzen sich die beiden Freunde aufs schönste, zeigen sie uns in ihrer Doppelperspektive, apollinisch und dionysisch, eine Welt, die gewiß nicht gänzlich der Nietzsches entspricht, aber doch durchaus seinem beweglichen Blick verwandt ist und reichlich Stoff zum Staunen und Denken gibt.

IV

So weit, so gut, doch: Was hat Pobles nun mit Kaisersaschern zu tun? Meint das Wort tatsächlich nicht mehr als ein Zeichen für den kulturellen Reichtum Mitteldeutschlands? Bei Thomas Mann keineswegs, für ihn war es ein zwiespältiges Symbol – für das Heikle, das Fragwürdige eben dieser Kultur, nichts ein für allemal Gewonnenes, unsicherstes Terrain vielmehr. Kaisersaschern war für Mann, der von 1943 bis 1947 am »Faustus«-Roman schrieb, ein Gleichnis für den Irrweg der deutschen Nation, von der er selbst sich nicht ausschloß, der er sich im Exil in Liebe und Schuld verbunden sah. Eine Stadt, in der die Asche der Kaiserzeit noch glimmt, »mitten im Heimatbezirk der Reformation« gelegen, des Luther-Landes, das er halb schon der Aufklärung verpflichtet, halb noch im Mittelalter befangen sah.

Für Nietzsche und Mann gab es keine Mitte der Deutschen, bestand deren kulturelle Eigenart gerade darin, daß sie ohne ausgleichende Mitte immer wieder zu Extremen neigten, daß die Geschichte ihrer Bildung zur Nation mit der Gründung des Wilhelminischen Reichs eben nicht abgeschlossen, sondern verfehlt war. Die Deutschen waren für sie ein Volk im Werden, hoffnungsvoll und gefährlich, vorwärts- und rückwärtsgewandt zugleich.

Den Nationalsozialismus begriff Thomas Mann als Erbe, als Zuspitzung dieses gelebten Widerspruchs: neuzeitlicher Selbstbestimmung und fortgesetzter Teufelsseherei. Ausdruck einer Volkskrankheit: der Verkehrung von Tatkraft in Innerlichkeit, einer Kompensation von weltscheuer Einigelung vor allem Fremden durch romantische Sehnsucht nach universaler Einheit, die zur Musik und zur Spekulation drängt. Etwas Abgründiges, das die Völker an den Deutschen lieben – und vor dem sie sich fürchten.

Seinem Faustus, dem Tonsetzer Adrian Leverkühn, erscheint der Teufel im Fieber kühnster Verzweiflung: als Spiegelbild seiner übersteigerten Rationalität, die ins Irrationale umschlägt. Weil in der Kunst alles schon einmal dagewesen sei, man mit redlichen Mitteln nichts Neues mehr erschaffen könne, will Leverkühn die Ratio, das Regelwerk, die Technik über sich hinaus treiben, frei nach Kleists »Marionettentheater« über die Hölle des rein Mechanischen, des Seelenlosen, ins Paradies einer neuen Unschuld vorstoßen: mit einer »intentionellen Re-Barbarisierung« die Grenzen der Tradition überwinden, Kunst und Kultur von den Fesseln des Zweifels, der Reflexion und der Moral erlösen. So habe sich den Deutschen, resümierte Thomas Mann in seiner Rede »Deutschland und die Deutschen« (1945), ihr Gutes in ihr Böses verkehrt: die Steigerung der Kultur in einen Bruch mit der Zivilisation.

Man muß diese Sicht der Deutschen, unserer eigenen Geschichte, nicht teilen, aber sollte sich ihr doch stellen, sich mit ihr auseinandersetzen. So könnte die Ausstellung der Bilder von Giebler und Götze Abschluß und Neubeginn sein: Heimkehr in ein Kaisersaschern, das jetzt erst entsteht. Jenseits aller Demonstration von Größe und weltanmaßender Wichtigkeit wäre die unscheinbare Kirche von Pobles der denkbar schönste Ort, sich solchen Fragen künftig zu widmen, die Rätsel unseres Woher und Wohin zu deuten.

Allein schon ihre Rettung durch Kunst im Namen eines Romans der Weltliteratur gleicht einem Wunder: ein Zeichen für die Lebenskraft der Kultur in Mitteldeutschland. Möge sie bald ein neues Dach erhalten, um ein geschützter Ort der Begegnung zu werden, ein Raum des Nachdenkens, der Besinnung durch Ausstellungen, Konzerte und Streitgespräche.

So unglaublich diese Rettungsgeschichte, so gewagt ist die heute zu eröffnende Ausstellung: An weißen Holzwänden, einem Kunstraum im doppelten Wortsinn, hängen inmitten der geschichtsträchtigen Ruine Bilder aus Öl und Emaille. Dazwischen stehen, irritierend und faszinierend, Reste jener Bäume, die hier seit dreißig Jahren aus dem Boden sprießen, Zeichen für die Regenerierungskraft der Erde, des Lebendigen. So verbinden sich Kunst, Natur, Architektur, Technik und Handwerk zu einer temporären Installation unter freiem Himmel, ausgesetzt dem Wechsel von Sonne, Wind und Regen, die den Besuchern offensteht, ihren Blick für ungewohnte Perspektiven öffnet.

Und so wundervoll das alles ist, sei mir doch am Ende eine beunruhigende Frage erlaubt: Ist Gott doch nicht tot, wirkt er in all denen lebendig fort, die seine Schöpfung bewahren – oder haben wir, wie so viele, die Nietzsches Namen leichtfertig im Munde führen, den Jahrtausendkritiker verfälscht, betrügen wir uns selbst mit einer fortgesetzten Schein-Welt, mit einer Lüge als höchster Wahrheit?

ARIS FIORETOS: EIN ZWEITER MORGEN

Ich bin nur einmal in meinem Leben auf einen Schatz gestoßen. In Berlin.

Drei Besuche waren erforderlich, bevor es geschah. Das erste Mal war ich noch Teenager. Nach einer schlaflosen Reise gegen Ende der bleiernen Zeit entstieg ich dem Zug am Bahnhof Zoo. Als halbwüchsiger Nachtschwärmer wollte ich böse Berliner Blumen zu Sträußen binden, wenn auch mit dem Unkraut der Unbeholfenheit verunziert. Ein Freund lebte seit ein paar Wochen in einer Mietbaracke im Norden. Sein Zimmer erwies sich jedoch als so klein, daß ich nur im Stehen hätte schlafen

können, weshalb ich zu einem griechischen Bekannten zog, der im Botanischen Garten arbeitete. Das Labor, in dem ich mich einrichtete, war mit Pflanzen gefüllt, die pausenlos besprüht wurden. Nach ein paar Nächten auf der dauerfeuchten Couch, wie zur Einbalsamierung in Decken gehüllt, wachte ich frostgeschüttelt auf. Das einzige, was ich während des bald darauf abgebrochenen Besuchs festzuhalten vermochte, waren die Namen der Gewächse. (Weder böse noch blaue Blumen darunter.) Und daß der Himmel über Berlin einen Schleier aus Braunkohle trug.
Der zweite Besuch erfolgte zehn Jahre später, kurz nach dem Mauerfall. Diesmal kam ich besser gerüstet. Ich hatte aufgehört, Hymnen an die städtische Nacht zu schreiben, aber im Gepäck war alles, was für einen Deuter von deutscher Lyrik zum Überleben erforderlich war: Wärmflasche, lange Unterhosen, Heinrich Lausbergs »Handbuch der literarischen Rhetorik«. Außerdem hatte ich eine Freundin, die die Vorgeschichte der Kommunistischen Partei erforschte. Während sie ihre Tage in den beheizten Räumen des Zentralarchivs verbrachte, lag ich mit abgeschnittenen Fäustlingen unter doppelten Decken, vergnügt überrascht, daß es Fortschritte bei der Arbeit geben konnte. Die elektrische Verkabelung in der Wohnung war allerdings so heimtückisch, daß der Heizkörper, den wir auf dem Polenmarkt beschafft hatten, nach einer Stunde spröder Hitze zu rauchen anfing. Täglich rechnete ich mit einer ähnlichen Rauchentwicklung am Computer und schrieb meine Überlegungen daher schneller, als es der bedächtige Lausberg wohl gutgeheißen hätte.
Kurz vor Weihnachten fuhr meine Freundin zu ihrer Familie nach Schottland. Das Archiv war geschlossen, die Wohnung zu kalt. Heiligabend verbrachte ich allein vor einem winzigen Küchenherd. Das Türchen war kleiner als ein A4-Blatt, aber die Hitze höllisch – offensichtlich wurde die Sonne in einer gußeisernen Zelle festgehalten. Die Körperteile, die ich vor der Öffnung plazieren konnte, bekamen eine halbe Minute Hitze ab. Wenn ich die Position zeitig genug veränderte, verbrannte ich mich nicht. Einen Tag später fuhr auch ich zu meiner Familie. Berlin gab immer noch sein Bestes, um mich kaltzustellen.
Im Botanischen Garten hatte ich mich wie eine Mumie gefühlt, ohne Sinn für die Flora oder für Selbstentfaltung. Vor der Ofentür im Winsviertel wurde mir klar, daß die »heilige, unaussprechliche, geheimnisvolle Nacht«, von der Novalis einst sang, möglicherweise unsäglich bleiben würde, aber sie kam mir weder heilig noch geheimnisvoll vor. Zwei Aufenthalte, einmal im Westen, einmal im Osten, und trotzdem zwei geplatzte Träume. Nach dem Abschied von der Lyrik, und später auch von der Literaturwissenschaft, blieb mir beim dritten Besuch ein paar Jahre darauf nur noch ein Traum übrig: Romane zu schreiben.
Aus Gründen, die mit einer neuen Liebe zu tun hatten, verbrachte ich damals eine Woche pro Monat auf der anderen Seite des Atlantiks. Die meiste Zeit lag ich daher mit Jetlag in der Wohnung, die ich an einer der Hauptadern der soeben wiedervereinten Stadt gefunden hatte, in einem Hinterhaus, das zum Vorderhaus befördert worden war, weil jenes im Krieg bombardierte nicht wieder aufgebaut werden konnte. Bald erkannte ich die Vorteile des Jetlags. Nein, »Vorteile« ist ein zu mildes Wort. Ich erlebte eine riesige und dennoch stille Freude aufzuwachen, wenn andere es nicht taten. Vielleicht weil ich zu denen gehöre, deren Gehirn nur direkt nach dem Schlafen halbwegs arbeitstauglich ist. Nun passierte dies zunächst morgens gegen halb fünf, wenn die Durchgangsstraße, die damals noch Wilhelm-Pieck-Straße hieß, so selbstverloren und idyllisch dalag, als verliefe sie durch einen Märchenwald. Dann nach dem wirren Nickerchen um die Mittagszeit erneut gegen

halb fünf, diesmal am Nachmittag. So lernte ich, daß Berlin Gehirnen meiner Sorte doch einen zweiten Morgen bot.
Bei diesem dritten Aufenthalt war ich auf die Kälte vorbereitet. Die Männer, die die sicherheitshalber schon Anfang September bestellten Briketts lieferten, erklärten, daß sie nicht vorhätten, die Ladung bis zur Wohnung hochzutragen. Es gebe doch einen Kohlenkeller, oder? Unsicher zuckte ich mit den Schultern.
Der am wenigsten betrunkene Mann identifizierte eine Tür im Hof; zusammen stiegen wir nach unten. Jeder Kellerraum war mit einem Vorhängeschloß versehen, ein unheilverheißender Gang führte jedoch weiter. »Keene Angst«, sagte der Kohlenträger und setzte den Weg torkelnd fort, eine Kurve nach der anderen. Schließlich fanden wir in einem Winkel, der so weit weg war, daß ich annahm, wir hätten das Grundstück, auf dem das Haus stand, längst verlassen, die Durchgangsstraße unterquert und die gegenüberliegende Querstraße erreicht, einen unverriegelten Lagerraum. Der Mann riß die Tür auf. Und dort, im Licht der Glühbirne, leuchtete matt und – zugegeben – etwas modrig der Schatz. Die fünf, vielleicht auch zehn Tonnen Briketts, die jemand anno dazumal zurückgelassen haben mußte, waren von der Marke Rekord – was im sozialistischen Deutschland Goldbarren am nächsten kam, glaube ich. »Jut. Det war's.« Das Grinsen des Kohlenträgers war um einige Watt heller als die Glühbirne. Ich sah sogar seine Plomben.
In jenem Winter stieg ich regelmäßig in die Unterwelt hinab. Zum ersten Mal fühlte ich mich auf Augenhöhe mit der Stadt. Da ich nie einen klugen Umgang mit den Briketts lernte, waren Möbel, Kleider und Papiere schnell verrußt. Aber das bestätigte bloß den Verdacht, den ich bei einem der zwei wachsten Köpfe Berlins formuliert fand: »Es träumt sich nicht mehr recht von der blauen Blume. Wer heut als Heinrich von Ofterdingen erwacht, muß verschlafen haben.« Wie für Walter Benjamin vor dem Krieg galt für Träumer, die nach demselben schreiben wollten, das Gegenteil: »Der Traum eröffnet nicht mehr eine blaue Ferne. Er ist grau geworden. Die graue Staubschicht auf den Dingen ist sein bestes Teil.«
Es dauerte noch eine Weile und klingt ungewollt blumig, aber in einem Berliner Hinterhaus ging mein Traum in Erfüllung. Ich verfügte über einen braun-schwarzen Schatz und doppelt so viele Vormittage wie die übrigen Bewohner. Seither kann ich nicht an Wärme denken – das einzige, was ein Gehirn unbedingt braucht, um zu funktionieren –, ohne mich an jenen willkommenen Jetlag zu erinnern, und nicht an den kaputten Tagesrhythmus, ohne die verheißungsvolle Braunkohle zu riechen.
Das Haus, in dem ich damals wohnte, lag übrigens in direkter Verlängerung der Querstraße, die nach dem zweiten der beiden klügsten Köpfe der Weimarer Republik benannt ist – dem Mann, der nach Prozessen 1929 sein Land verließ und nur sechs Jahre später in meiner Geburtsstadt Göteborg sein Leben beendete. Vor hundert Jahren stellte jener Kurt Tucholsky klar: »Gebt den Leuten mehr Schlaf – und sie werden wacher sein, wenn sie wach sind.« Ich kann nicht versichern, daß es mir gelingen wird, diesem Ideal gerecht zu werden. Aber ich verspreche, ich werde nicht einschlafen. Nicht hier, nicht in Ihrer wacheren Gesellschaft.

ANMERKUNGEN

Natascha Wodin, geb. 1945 in Fürth, Schriftstellerin und Übersetzerin, lebt in Berlin. Zuletzt erschienen »Irgendwo in diesem Dunkel« (2018) und »Nastjas Tränen. Roman« (2021). Das Gespräch wurde im Sommer 2022 schriftlich geführt. Siehe auch Sinn und Form 6/2011 und 5/2015.

Tanja Walenski, geb. 1968 in West-Berlin, Germanistin und Lehrkraft für Deutsch als Fremdsprache. Veröffentlichungen u.a. zu Natascha Wodin und Katja Petrowskaja, Herausgeberin von Lew Kopelew, Christa Wolf »Sehnsucht nach Menschlichkeit – Der Briefwechsel 1969–1997« (2017).

Abdelfattah Kilito, geb. 1945 in Rabat, marokkanischer Schriftsteller, schreibt auf französisch und arabisch, war Professor für französische Literatur an der Universität Mohammed V. in Rabat, wo er auch lebt. Zuletzt erschien der Roman »Par Dieu, cette histoire est mon histoire« (2022). Aus: »Archéologie. Douze miniatures« (2012).

Claudia Hamm, geb. 1969 in Jena, Übersetzerin u.a. von Édouard Levé und Emmanuel Carrère, Theaterregisseurin, Sprecherin, lebt in Berlin.

Kornelia Koepsell, geb. 1955 in Gießen, Psychoanalytikerin in Höchberg bei Würzburg. Zuletzt erschienen die Gedichtbände »Die Mundharmonika« (2020) und »Heimatland« (2022). Siehe auch Sinn und Form 4/2022 und 3/2023.

Julian Barnes, geb. 1946 in Leicester, Romane, Erzählungen, Essays, lebt in London. Auf deutsch erschienen zuletzt die Romane »Der Mann im roten Rock« (2021) und »Elizabeth Finch« (2022). Aus: London Review of Books, 7. April 2022. Siehe auch Sinn und Form 2/2020 und 6/2020.

Ariel Rosé, geb. 1982 in Dobre Miasto, polnisch-norwegischer Schriftsteller, Übersetzer und Illustrator, lebt in Berlin. Ein Gedichtband mit dem Titel »Północ. Przypowieści« (Norden. Gleichnisse) erschien 2019 unter dem Namen Alicja Rosé. Aus dem Gedichtband »morze nocą jest mi śniem serca« (Das nächtliche Meer ist der Herzmuskel, 2022).

Bernhard Malkmus, geb. 1973 in Aschaffenburg, Essayist, Übersetzer und Professor of German and Environmental Humanities an der Universität Oxford. Zuletzt erschien »Luchse. Ein Portrait« (2022), Vorbereitung einer Literaturgeschichte der Großen Beschleunigung 1945–1973. Siehe auch Sinn und Form 5/2017.

Krystyna Dąbrowska, geb. 1979 in Warschau, wo sie auch lebt, Lyrikerin, Übersetzerin, Kritikerin. Aus: »Miasto z indu« (Die Stadt aus Indium, 2022). Siehe auch Sinn und Form 2/2014.

Elias Canetti (1905–1994), Nobelpreis für Literatur 1981, Mitglied der Akademie der Künste. Der Abdruck der Canetti-Briefe erfolgt mit freundlicher Genehmigung von Johanna Canetti und der Canetti-Stiftung, Zürich. Siehe auch Sinn und Form 2/2000 und 6/2013.

Theodor W. Adorno (1903–1969), deutscher Philosoph, Soziologe, Musiktheoretiker und Komponist. Seine Gesammelten und auch seine Nachgelassenen Schriften sind im Suhrkamp Verlag erschienen. Der Abdruck der Adorno-Briefe erfolgt mit freundlicher Genehmigung der Hamburger Stiftung zur Förderung von Wissenschaft und Kultur. Die Dokumente befinden sich im Theodor W. Adorno Archiv, Frankfurt am Main. Mit Dank an Michael Schwarz, Walter Benjamin Archiv der Akademie der Künste. Offensichtliche Schreibfehler in den Briefen wurden stillschweigend korrigiert, Unterstreichungen oder Sperrungen in Kursiva umgewandelt. Siehe auch Sinn und Form 2/2022 und 6/2022.

Sven Hanuschek, geb. 1964 in Essen, Germanist und Publizist, Professor an der Ludwig-Maximilians-Universität in München, wo er auch lebt. Veröffentlichungen u.a.: »Elias Canetti. Biographie« (2005) und Erich Kästner, »Resignation ist kein Gesichtspunkt. Politische Reden und Feuilletons« (Hg., 2023).

Tomasz Różycki, geb. 1970 im oberschlesischen Opole, wo er auch lebt, Lyriker, Essayist und Nachdichter. Auf deutsch erschienen zuletzt »Über die Farben. Berliner Notizen« (2020) und »Kolonien. Gedichte« (2023). Aus dem Band »Kapitan X« (2020). Siehe auch Sinn und Form 6/2022 und 2/2023.

Detlev Schöttker, geb. 1954 in Vienenburg/Harzvorland, Professor für Neuere deutsche Literatur an der Humboldt-Universität zu Berlin und Projektleiter am Leibniz-Zentrum für Literatur- und Kulturforschung in Berlin. Zuletzt erschien »Planen, Wohnen, Schreiben. Architekturtexte der Wiener Moderne« (Mithg. 2021). Siehe auch Sinn und Form 1/2021 und 4/2022.

Norbert Hummelt, geb. 1962 in Neuss, Lyriker, Essayist und Übersetzer, lebt in Berlin. Zuletzt erschienen der Gedichtband »Sonnengesang« (2020) und »1922 – Wunderjahr der Worte« (2022). Siehe auch Sinn und Form 4/2015 und 4/2019.

Hans-Peter Lühr, geb. 1951 in Dresden, wo er auch lebt. Publizist, Essayist, Lektor und Historiker, 1990–2016 verantwortlicher Redakteur der »Dresdner Hefte«. 2022 erschien »Dresden. Erfahrungen mit der Erinnerung. Essays und Aufsätze«. Druckfassung eines Vortrags beim Willi-Sitte-Kolloquium am 10. November 2021 in der Moritzburg-Galerie Halle.

Michael Spyra, geb. 1983 in Aschersleben, Schriftsteller, diplomierter Sprechwissenschaftler, Erzieher, lebt in Halle. Zuletzt erschienen die Gedichtbände »Die Berichte des Voyeurs« (2021) und »In Auflösung begriffen« (2023). Siehe auch Sinn und Form 6/2021.

Christine Wolter, geb. 1939 in Königsberg, Schriftstellerin und Übersetzerin, lebt in Albavilla (Como). Zuletzt erschienen der Gedichtband »Geografia sentimentale« (2013) und eine Neuausgabe ihres Romans »Die Alleinseglerin« (2023). Siehe auch Sinn und Form 5/1978 und 1/2022.

Lieselotte Kittenberger, geb. 1954 in Österreich, lebt in Berlin. Lehrtätigkeit an in- und ausländischen Universitäten und Schulen, literarische Übersetzungen, u.a. von Delio Tessa und Claude Vigée. Vorbereitung einer übersetzungskritischen Arbeit über Balzac in Deutschland.

Jens-Fietje Dwars, geb. 1960 in Weißenfels, Autor, Dokumentarfilmer, Ausstellungsmacher, lebt in Jena. Veröffentlichungen u.a. »Johannes R. Becher. Triumph und Verfall« (2003) sowie »Und dennoch Hoffnung. Peter Weiss« (2007). Druckfassung der am 10. September 2022 in Pobles gehaltenen Rede zur Eröffnung der Ausstellung »Made in Kaisersaschern«.

Aris Fioretos, geb. 1960 in Göteborg, schwedischer Schriftsteller, lebt in Stockholm. Zuletzt erschienen auf deutsch »Wasser, Gänsehaut« (2017) und »Nelly B.s Herz« (2020). Antrittsrede als Mitglied der Akademie der Künste zu Berlin am 2. Dezember 2022. Siehe auch Sinn und Form 2/2014 und 5/2017.

Alle Beiträge sind, soweit nicht anders angegeben,
Erstveröffentlichungen oder Erstübersetzungen.

JAHRESINHALTVERZEICHNIS